Gyde Callesen

Angst hat die Quersumme 5

Roman

Wiesenburg Verlag

Bibliographische Information der Deutschen Nationalbibliothek:

Die Deutsche Nationalbibliothek verzeichnet diese Publikation
in der Deutschen Nationalbibliographie;
detaillierte bibliographische Daten sind im Internet
über http://dnb.d-nb.de abrufbar.

1. Auflage 2013
Wiesenburg Verlag
Postfach 4410 · 97412 Schweinfurt
www.wiesenburgverlag.de

Umschlaggestaltung und Layout
Media-Print-Service Luff · 97456 Dittelbrunn
mps-luff@t-online.de

Umschlagfoto: iStock © acilo

ISBN 978-3-943528-87-9

notiz

es ist glück
die angst zu vergessen
und mut zu haben
es ist glück
den mut zu vergessen
und mut zu haben
es ist freiheit
angst zu haben
und mutig zu sein

„Es braucht viel Mut
Angst zu spüren."

Für all diejenigen,
die mit enger werdenden Kreisen
in ihrem Leben ringen,
die erlebt haben und erleben,
dass die Folgen unerträglicher
sein können als die Ursachen,
dass sie die Freiheit und Weite
wiederfinden und
nicht vergessen mögen,
dass nichts größer ist
als die Kraft der Liebe –

und für Asgard

Kapitel 1

Ihr Leben war ein schrumpfender Kreis. Irgendwann würde es kein Kreis mehr sein, sondern ein Punkt. Sie wusste nicht, was das bedeutete.

Ich grub meine Füße in den Sand, so dass die Sandkörner zwischen meinen Zehen wieder hervorquollen. Ein paar verspätete Sommerurlauber liefen am Strand entlang und genossen das für diese Jahreszeit ungewöhnlich warme Wetter. Der Wind bog alle Dünengräser in eine Richtung und verwischte Spuren, die eben noch im Sand zu sehen gewesen waren. Ich saß in einer kleinen Kuhle in einer Düne am Weststrand und beobachtete, wie das Blau des Wassers und das Blau des Himmels ineinander übergingen.
Es wäre eine wunderbare Zeit, um an diesem Ort zu sein. Die großen Touristenströme waren bereits verebbt, und es war noch warm genug, um zu baden und am Strand zu liegen. Ich nahm eine Schwertmuschel und füllte sie mit Sand, ließ den Sand wieder herausrieseln, füllte sie wieder und so fort, bis mein Blick erneut am Horizont hängenblieb. Seit ich an diesem Ort war, hatte Zeit eine neue Bedeutung bekommen. Es war, als wäre ich in eine Falte von Zeit geraten, wo Zeit nicht mehr verging, wo sie endlos wurde. Das könnte man vielleicht genießen. Ich hatte mir einen Traum erfüllt, zwei Wochen allein mit dem Meer, mit seinen Bildern und den Geschichten, die es erzählt. Ich war mir sicher, es könnte traumhaft werden, ich müsste mich nur etwas anstrengen. Ich grub die Zehenspitzen noch etwas tiefer in den Sand, stieß gegen etwas Hartes und blinzelte den Horizont an.

Plötzlich schien er zu schwanken, schien erst nach links, dann nach rechts zu wanken, so als säße man auf einem Segelboot. Hastig richtete ich mich auf, hustete und nahm die Schwertmuschel wieder in die Hand. Es gab keine schwankenden Horizonte. Nicht wenn man auf einer Düne an Land saß. Ich starrte in den Sand vor mir, schloss kurz die Augen, öffnete sie wieder und malte mit der Spitze der Muschel einen Kreis in den Sand. Vielleicht war der Kreis schon wieder etwas kleiner geworden seit heute morgen, vielleicht ein paar Millimeter enger.

Schnell packte ich meinen Rucksack und nahm die Schwertmuschel und stand auf, suchte nach der Uhr in meiner Hosentasche. Es war halb fünf. Der Tag war noch zu lang, um ihn schon zu vergessen. Es war ein Traum gewesen.

Langsam ging ich zurück zu meinem Zimmer im Möwenweg. Ich hatte noch kein einziges Foto gemacht, seit ich hier war, ich hatte keine Ruhe. Seit ich auf der Insel war, hatte mich eine merkwürdige Unruhe ergriffen, die ich nicht kannte, die es mir unmöglich machte mich zu konzentrieren.

Ich schloss die weiße Holztür zu dem alten Insulanerhaus auf, wo ich für zwei Wochen eine winzige Einliegerwohnung gemietet hatte. Meinen Rucksack stellte ich in die Ecke, nahm die Nikon-Kamera heraus und legte sie zu den beiden anderen Fotoapparaten auf den Tisch. Die Filme bewahrte ich im Gemüsefach des Kühlschranks auf, das damit voll war. Die beiden Stative lehnten in der Ecke neben dem Schrank. Zwei Wochen lang dem Wesen des Meeres näher kommen. Auf die richtigen Augenblicke warten, das Flüchtige ins Bild bannen. Ich sah aus dem Fenster, das Ausblick auf die mit Hagebutten und Sanddorn bewachsene Rückseite der Dünen bot, aber nicht auf den Horizont.

Ich kam hier nicht weg. Ich war auf einer Insel. Es gab in dieser Jahreszeit nur ein Schiff am Tag. Ich konnte nicht einfach wegfahren, diesen Ort verlassen, wann ich wollte, weil der Horizont wankte. Ich würde bleiben müssen, mindestens noch einen Tag lang, bis das nächste Schiff fuhr. Ich setzte mich auf die Bettkante und machte das Radio an. Was dachte ich, wieso weg, wieso wegfahren, ich wollte doch hierher kommen, ich hatte mir doch zwei Wochen frei genommen, um hier zu sein. Zwei Wochen, um Fotos für die Ausstellung zu machen und um das zu fotografieren, was mir am Herzen lag. Es sollte auch Urlaub von routinierter Auftragsfotografie sein. Ich merkte, wie etwas in mir noch unruhiger wurde, und ich stand auf, um mir einen Tee zu kochen. Das Zimmer war nicht größer als fünfzehn Quadratmeter, hatte eine Küchenzeile und ein kleines Bad. Ich versuchte zu überlegen, wo ich morgen Fotos machen könnte, welche Filme ich auswählen würde. Das Wetter sollte wieder gut werden. Ich hatte mich noch nie so einsam gefühlt. Dabei war ich nicht auf den Samoa-Inseln oder auf den Seychellen, ich war vier Zugstunden und zwei Stunden Schifffahrt von zu Hause entfernt. Ich blickte auf das Display des Handys, das hier fast keinen Empfang hatte. Hendrik anrufen, seine Stimme hören, vielleicht würde das wieder etwas in mir in Ordnung bringen. Das, was irgendwo zwischen Zeit und Horizont gefallen war.

Ich suchte seine Nummer und merkte, dass meine Hände zitterten, dass mein Herz klopfte.

‚Hier ist die Mailbox von Hendrik Fahlbeck, bitte hinterlassen Sie eine Nachricht.'

Ich ließ das Handy sinken, setzte mich an den Tisch und nahm den Teebeutel aus der Tasse. Mein Herz raste. Ich wusste nicht warum. Mir wurde schwindelig und übel. Ich nahm den

Zeichenblock aus dem Koffer und malte einen Kreis, aber ich maß ihn nicht aus, ich wollte nicht wissen, ob der Kreis wieder kleiner geworden war. Es war ein blauer Kreis mit einer unruhigen, zittrigen Linie.

Plötzlich hatte etwas unter ihr geschwankt, vielleicht war es der Boden, vielleicht die Selbstverständlichkeit, auf der sie bis dahin ihre Tage gebaut hatte. Dieser Satz: Und plötzlich ist nichts mehr, wie es war - sie hatte ihn immer etwas übertrieben und pathetisch gefunden. Nun war nichts mehr so, wie es war. Jegliche Zuverlässigkeit war plötzlich aus ihrem Leben verschwunden, ganz unpathetisch und unglaublich. Das Schwanken war jeden Tag stärker geworden.
Anna ging durch die kleine blaue Eingangspforte und vergaß, sie hinter sich zuzumachen. Eine Wunde, die Zeit in sie gerissen hatte und die Zeit nicht heilen würde.
Wenn es möglich wäre, würde sie die ganze Erdkugel abmessen und ihr nachfühlen, ob sie noch eine Kugel wäre. Ihr Leben war eine glatte Kugel gewesen, die sehr schnell rollte, die nie aus der Bahn sprang. Sie müsste den Horizont fühlen und ihn im Zweifel geradebiegen, sich der Form der Welt annähern, jeden Tag von vorn beginnen. Sich auf den Boden legen und versuchen, den Herzschlag der Erde zu hören.
Und sie legte sich hin, presste ihr Ohr gegen den von der Sonne heiß gewordenen Boden. Zu laut das Pochen der Gedanken in ihrem Kopf, zu laut die hämmernde Frage nach der Wunde, die sie so offen mit sich herumtrug, dass diese sie ständig entblößte, obwohl niemand sie kannte. Das Pochen wurde lauter, unerbittlicher, Fragen, die in sie eindrangen, sie durch-

wühlten, ohne ein Ende zu finden. Vorsichtig setzte sie sich auf, lehnte sich mit dem Rücken an die weißgeputzte Mauer, in der die blaue Pforte hing, die im Wind leicht hin- und herschwang. Der Herzschlag der Erde hatte sich ihr verweigert, wie sich ihr alles verweigerte seit dem Zeitpunkt, als sie etwas wiederzuerkennen versuchte. Wo war sie? Die blaue Pforte, die weiße Mauer, sie war noch nie hier gewesen. Niemand war hier. Niemand störte sie in ihrer verzweifelten Suche nach, ja, sie wusste nicht, nach was eigentlich, nach einem Wort, nach einem Loch in der Zeit, über das zu schnell zuviel Zeit gefallen war, nach jemandem, den sie fragen könnte, was denn passiert sei. Das was sie zu erkennen glaubte, wenn sie lang genug die Augen schloss, war ein nebliger Faden, der etwas trennte, der zwei Farben auseinander hielt, die ineinander verlaufen wollten. Aber vielleicht war es auch nur eine Mauer.

Sie hatte den nebligen Faden aufgenommen, war hinter der weißen Mauer weitergegangen. Die blaue Pforte hatte noch im Wind geschwankt. Dahinter begann ein einsamer Weg, zwischen zwei Feldern zog er sich dahin, ohne dass ein Ende abzusehen war. Eine alte Holzbank am Wegrand, ohne Rückenlehne, schon fast auseinandergefallen, niemand würde sich hierhin setzen. Anna ging langsam. Ein stiller Weg, um sich zu erinnern und zurückzukehren. Und um noch einmal anzufangen. Stille, nichts sonst. Ein alter Stacheldraht grenzte den Weg auf beiden Seiten ab, alle zwei bis drei Meter ein Zaunpfahl. Der Draht hatte sich tief in das Holz gedrückt. Anna hatte Löwenzahnblüten gesammelt. Abwechselnd legte sie eine Blüte auf einen Zaunpfahl links und auf einen Zaunpfahl rechts. Sie würde sich den Weg säumen. Ab und zu blieb sie stehen und betrachtete ein Spinnennetz, noch feucht vom Morgentau, sah die glitzernden Tropfen an und ging weiter. Und wenn sie irgendwann umkehren würde, würde vielleicht jemand auf der verrotteten Bank sitzen und sagen: Ich bin Asgard.

Zum sechsten Mal an diesem Abend rief ich die Fahrplanauskunft der Deutschen Bahn an. Um überhaupt Empfang zu haben, musste ich mit dem Handy hinausgehen und mich auf eine Düne stellen. Das nächste Schiff ging am nächsten Morgen um fünf Uhr fünfzehn. Früh, verdammt früh. Wollte ich wirklich alles hinwerfen, so schnell aufgeben? Ich war erst seit zwei Tagen hier. Gäbe es nicht eine Chance, dass es anders, einfacher werden könnte? Dass Horizonte aufhörten zu schwanken und dass ich Fotos vom Meer machen könnte?

„Wann geht übermorgen ein Schiff zum Festland?“

„Ich schaue nach, Moment – ... um fünf Uhr fünfundvierzig.“

Ich notierte die Zeit mit einem Kugelschreiber auf meinem Handrücken. Einen Tag würde ich es noch versuchen. Die Insel hatte es verdient und mein Traum auch.

Ich setzte mich in die Dünen und sah der untergehenden Sonne zu. Es war das erste Mal an diesem Tag, dass sich so etwas wie Ruhe in mir ausbreitete. Die Erhabenheit der im Meer versinkenden Sonne ließ mich etwas von der Weite spüren, die mir immer mehr verloren zu gehen schien.

Drei etwa fünfzehnjährige Jungen spielten im flachen Wasser Volleyball. Ich nahm meine Kamera, stellte Belichtungszeit und Blende ein. Der Ball flog genau in den Kreis der untergehenden Sonne, es war so etwas wie Leichtigkeit am Ende eines schweren Tages.

Am frühen Morgen wachte ich auf, schreckte hoch. Das Tuten des Schiffes hatte mich geweckt. Ich griff nach dem Wecker, es war fünf Uhr fünfzehn, das einzige Schiff am heutigen Tag fuhr ab in Richtung Festland. Mein Herz begann zu rasen, mein Hals wurde eng. Vierundzwanzig Stunden festgelegt. Vierundzwanzig Stunden würde ich nicht fliehen können. Ich versuchte langsam zu atmen, starrte auf das blaugelbe Gardinenmuster. Bleiben. Zurückbleiben. Es war der Kreis, der wieder etwas enger wurde, sich um mich schloss. Ein bisschen weniger Platz zu leben.
Hendrik war weit weg. Weit weg kann abgeschnitten sein. Dort, wo jede Verbindung fehlt, wo es keine Möglichkeit mehr gibt, Hilfe zu rufen. Dort, wo alles still wird. Ganz still. Wo die Verlassenheit eine einsame, weiße Wüste ist.
Eine weite weiße Wüste. Eine leere Wüste, ohne jegliche Landmarken. Nichts, woran man sich orientieren könnte. Ich lief in diese weiße Wüste hinein und verlor mich in Weiß. In der Grellheit und Kälte des Weiß. Und in der Abwesenheit von Weiß. Wo bist du, wollte ich fragen, aber die Wüste schluckte meine Worte, kaum waren sie ausgesprochen. Es gab hier Nichts.
Ich nahm meinen Zeichenblock, der auf dem Fußboden neben dem Bett lag und malte einen Kreis. Wie jeden Morgen. Dann maß ich ihn aus, maß 34,7cm. Sorgfältig notierte ich in dem kleinen Oktavheft das heutige Datum und den Durchmesser des Kreises. Gestern waren es noch acht Millimeter mehr gewesen. Es wurde jeden Tag enger, nicht gleichmäßig, nicht

immer spürbar, aber es wurde enger. Auch wenn ich mir jeden Morgen vornahm, den Kreis größer zu malen, Grenzen zu sprengen. Ich wollte nicht darüber nachdenken, wie klein Kreise werden können.

Wie es gewesen war, als ich mich noch sicher gefühlt hatte. Als der Boden fest und der Horizont ein verlässlicher Strich war. Als Reisen Spaß gemacht und alles Neue eine willkommene Herausforderung dargestellt hatte.

Erinnerung, ich schrieb weiter, jeden Tag drei Seiten Erinnerung, in die gelbe Kladde. Nicht meine Erinnerung, was war Erinnerung, jeder könnte die Erinnerung eines anderen werden oder sein. Ich schrieb Gedächtnis, schrieb das Wort langsam, schmeckte jeden Buchstaben, dachte dabei an Andacht, an verdächtig und Ächtung. Schrieb daneben die Zahl zehn, die Anzahl der Buchstaben im Wort Gedächtnis, Quersumme eins. Das Wort Gedächtnis gefiel mir, zwischen vergessen und gedenken, es hatte diesen hellblauen Schimmer, so wie das Wort Kurve. Meine Lieblingsfarbe, zwischen dunkelblau und weiß. Zwischen Meer und Wüste. Zwischen sich verlieren und verschmelzen.

Wieder ein Tag, mit Zeit gefüllt, der langsamer als Sand durch die Hände rinnt. Erinnerung ist eine flexible Ellipse, kein Kreis. Wie sehen schrumpfende Ellipsen aus? Ich malte eine Ellipse. Die Umlaufbahnen der Planeten, verbogene Kreise, mit zwei Brennpunkten, so wie die Erinnerung. Erinnerung hat nicht nur einen Mittelpunkt. Der eine Punkt liegt in der Vergangenheit und der andere in der Zukunft. Sie ist die Verknüpfung von Aufgeben und Hoffen.

Ich würde jetzt frühstücken und dann fotografieren gehen. Und versuchen Platz zu schaffen für das Leben.

Dahinter begann ein einsamer Weg, zwischen zwei Feldern zog er sich dahin, ohne dass ein Ende abzusehen war.
Die Löwenzahnblüten waren verwelkt. Anna ging langsam, wie immer. Mit dem Blick in der Ferne, als würde sie etwas suchen, was schon lange verschwunden war.
Sie sah nicht, dass auf der Holzbank jemand saß. Auf der Bank, die fast verfallen und deren Rücklehne bereits abgebrochen war. Sie suchte etwas. Und sie ging so, als müsste sie aufpassen, nicht gegen eine Mauer zu laufen.
Anna wusste nicht, wieviel Zeit vergangen war, seit sie das letzte Mal die blaue Pforte durchschritten hatte. Sie wusste nicht, was sie hier wollte. Irgend etwas zog sie erneut an diesen Ort, der so gewöhnlich zu sein schien und der doch unter seiner Oberfläche etwas verbarg, was nur sie entdecken konnte.
Links vom Weg erhoben sich sanfte Hügel, auf denen Pferde grasten. Rechts schlängelte sich ein plätschernder Bach durch sumpfiges mit Schwarzerlen bewachsenes Gelände.
Die alte Frau auf der Bank, die fast regungslos dort saß, die nur ab und zu mit ihrer linken Schuhspitze etwas in den Sand zu zeichnen schien – Anna sah sie nicht. Sie ging an ihr vorüber, wurde gesehen, ohne es zu merken. Ohne zu merken, dass die alte Frau auch diesen suchenden Blick hatte, der in einer unbekannten Ferne verweilte.

Das Licht bis zum späten Vormittag war am schönsten. Wenn die Mittagssonne kam, wurde es zu grell, wurden die Konturen schärfer, als sie es wirklich waren. Mit meiner Fototasche und dem Stativ ging ich am Strand entlang in Richtung West-

spitze der Insel. Ich versuchte zu vergessen, dass ich auf einer Insel war. Ich versuchte mir vorzustellen, dass es eine Landzunge gab, die mich mit dem Festland verband. Dass es eine Verbindung gäbe, die nicht riss. Es dauerte zwei Stunden, bis ich am westlichen Rand der Insel ankam, wo sich außer Seevögeln niemand aufhielt. Der Wind wehte hier heftig, es gab wenig Schutz, die Strömung im Wasser war stark. Kein Ort zum Baden, aber der Ort, wo sich das Blau des Meeres mit dem Blau des Himmels besonders faszinierend vermischte. Ich hatte diesen Ort vor zwei Jahren entdeckt, als ich das erste Mal mit Hendrik auf dieser Insel gewesen war.
Damit das Stativ nicht vom Wind umgeworfen wurde, grub ich seine Beine in den Sand ein. Um das Gehäuse der Kamera hatte ich eine dünne Folie gewickelt, um sie vor den herumfliegenden Sandkörnern zu schützen. Ich fotografierte immer noch traditionell. Mit Filmen und mit der Überraschung, wenn sie entwickelt wurden. Das Warten zwischen dem Moment des Festhaltens und dem Moment des Sichtbarwerdens der Motive wollte ich nicht aufgeben. Die Digitalfotografie war mir suspekt, sie eröffnete zwar neue Möglichkeiten, verführte aber auch zum schnellen, achtlosen Bildermachen. Ich suchte ihn noch, den magischen Moment, mit dem perfekten Zusammenspiel von Licht und Schatten. Ich wusste, dass jeder Fotograf, der seine Bilder heute nicht inszenierte, stilisierte oder retouchierte, schnell belächelt wurde. Der magische Moment war aus der Fotografie verschwunden, überflüssig geworden, in einer Zeit, die sich immer und überall ihre Momente produzieren konnte. Warten brauchte man nicht mehr.
Ich wartete. Versank im Rauschen der Wellen, in dem darin eingetauchten Geschrei der Möwen und in dem Blau von Meer

und Himmel. Wenn ich vergaß, war es gut. Dann begann ich zu fotografieren, dann wusste ich, was ich tat, ohne es zu wissen. Dann näherten sich die ungewöhnlichen Motive. Und es erschien in dieser seltsam gleichförmigen Landschaft etwas, was sofort die ganze Aufmerksamkeit auf sich zog.
Als die Sonne hoch am Himmel stand, hörte ich auf. Tauchte auf aus einer anderen Welt. Erst jetzt merkte ich, dass ich Hunger hatte. Ich dachte an Hendrik, wir hatten gestern abend nicht mehr telefoniert, ich wollte seine Stimme hören und suchte mein Handy im Rucksack. Als ich es fand, sah ich, dass es hier keinen Empfang gab. Plötzlich schossen mir Worte durch den Kopf: Kein Empfang, du bist auf einer Insel, abgeschnitten, kein Empfang, zwei Stunden Fußweg bis zum Ort, Einsamkeit, verloren, kein Empfang, verloren, keine Hilfe... Die Worte wiederholten sich, wurden schneller, rasten im Kreis, so dass mir schwindelig wurde. Ich setzte mich hin, versuchte den Boden zu spüren. Was war los? Ich hatte die Einsamkeit immer geliebt, die Stille, die Menschenleere, die Weite, und jetzt stürzte ich durch den Raum, fiel ohne Netz, fand keinen Halt. Ich versuchte, nicht auf den Horizont zu schauen, der bestimmt wieder schwankte. Mir wurde heiß, sehr heiß. Ein scharfer Schmerz durchfuhr meine Brust, und mein Kopf fühlte sich an, als würde er in eine Schraubzwinge gepresst. Hastig packte ich meine Sachen und verließ fluchtartig den Ort, an dem ich noch wenige Momente zuvor in aller Seelenruhe fotografiert hatte. An dem ich mich eben noch eins gefühlt hatte mit der mich umgebenden Landschaft, an dem ich mich sicher gefühlt hatte.
Ich rannte fast, prüfte immer wieder das Display meines Handys. Nach einer Stunde hatte ich wieder Empfang.

„Hendrik?“
„Ja?“
„Ich muss hier weg!“
„Ist etwas passiert?“ Hendriks Stimme klang irritiert.
„Nein, das heißt, ja. – Ich halte es hier nicht mehr aus. Ich verliere mich, und es gibt keine Verbindung.“
„Warum bist du so außer Atem? Bist du gerannt? – Ich verstehe dich nicht, was ist los?“
Erst langsam wurde mir klar, dass man es wahrscheinlich nicht verstehen konnte. Diese wankenden Horizonte und dieses Abgeschnittensein.
„Ach, mir geht es einfach nicht gut. Ich werde morgen abreisen.“
„Bist du sicher? Überlege es dir noch einmal. – Ich muss jetzt aufhören, wir können später telefonieren, ja?“

Ich ging langsamer. Was war los? Gute Frage. Es war, als hätte mich urplötzlich ein Gespenst, ein Dämon angefallen, mich entwurzelt und mitgerissen.
Als ich an einem Bäcker vorbeikam, ich hatte fast die Fußgängerzone erreicht, kaufte ich mir ein Fischbrötchen und eine Flasche Mineralwasser.
Die Wirklichkeit war unwirklich geworden.
In meinem Zimmer begann ich zu packen, nach drei Tagen Insel würde ich abreisen. Morgen früh, um viertel vor sechs würde ich das Abgeschnittensein verlassen. Als alles gepackt war, setzte ich mich auf den Holzstuhl an den Tisch und sah hinaus. Der Wind heulte.
Die weiße Wüste beginnt dort, wo du vorbei fällst. Vorbei fällst am Vertrauen und an der Verlässlichkeit. An Augen, die dich halten könnten. Wo das Niemandsland ist. Da ist die leere

Stelle der Seele, der Ort, wo etwas unberührt geblieben ist, obwohl es berührt werden wollte. Es ist der Ort der größten unerfüllten Sehnsucht.
Ich versuchte normal zu sein. Ich fotografierte nicht. Der Übergang zwischen den Momenten der Inspiration und den Momenten des Heute gelang mir nicht, nicht hier auf der Insel. Ein normaler Nachmittag. Mit Kuchen essen und Tee trinken. Mit nichts denken und nichts fragen. Mit sich entspannen und etwas lesen. So wie die meisten Urlauber jeden Nachmittag verlebten.
Es war schwierig. Weil ich auf der Flucht war. Weil ich schon auf dem Schiff saß, das erst morgen früh gehen würde. Weil ich verwirrt war und nicht wusste, was hier geschah. Weil ich allein war. Ich hatte mir eine lokale Zeitung gekauft und las von Deicherneuerungen, Fischfangquoten und von der Wahl des neuen Bürgermeisters auf der Insel. Aß Pflaumenkuchen und trank Assamtee.
Und kam mir vor, als liefe ich zwischen zwei Wegen, ohne es ändern zu können.

Es wäre etwas in der Familie passiert, ich müsste dringend nach Hause. Meine Vermieterin verstand und bedauerte es. Ich musste lügen, weil es nicht zu verstehen war. In 24 Stunden wäre ich zu Hause. Ohne wankende Horizonte und mit einem Traum weniger.
Den Abend verbrachte ich in den Dünen hinter dem Haus, wo ich wohnte. Ich setzte mich in den Sand und beobachtete den Sonnenuntergang. Als es fast ganz dunkel war und ich zurückgehen wollte, kam eine ältere Frau vorbei. Sie setzte sich neben mich. Ich betrachtete ihre Handtasche, die wie ein Regentropfen geformt war und überlegte, ob die Tasche

schwarz oder dunkelblau oder violett sei. Es war schon zu dunkel, um es zu erkennen.
„Hier hat man viel mehr Zeit als anderswo. Alles geht hier langsamer, auch das Älterwerden. Ist das nicht wunderbar?"
Ich schwieg. Ich wollte gar nicht mehr Zeit haben. Mein Älterwerden nicht spüren.
Die alte Dame sei acht Wochen hier gewesen, erzählte sie, jedes Jahr im Spätsommer verbringe sie zwei Monate auf der Insel.
Wir saßen noch eine Weile schweigend nebeneinander, bis es so dunkel war, dass man kaum seine Hand vor dem Gesicht sehen konnte. Dann verabschiedeten wir uns, ohne dass ich bis dahin etwas gesagt hatte. Jetzt fragte ich:
„Welche Farbe hat Ihre Handtasche?"
„Violett."
Ich nickte, was sie natürlich nicht sehen konnte. Das hatte ich vermutet.
Vielleicht hatte ich Angst.

Als sie umkehrte und den Weg zurückging, saß jemand auf der verrotteten Bank und sagte, als sie vorüber kam: „Ich heiße Asgard."
Anna schreckte zusammen, blinzelte und sah eine alte Frau mit langem grauen Pferdeschwanz und Augen, die so hellblau leuchteten, wie Anna es noch nie zuvor gesehen hatte.
„Wie bitte?"
„Ich bin Asgard." Die alte Frau lächelte und zog ihr pflaumenfarbenes Schultertuch gerade.
„Ich bin Anna." Anna war verlegen und lächelte ihre Schuhspitzen an.

„Setz dich", die alte Frau zeigte auf den freien Platz neben sich. Ohne etwas zu sagen, saßen sie etwa eine Viertelstunde nebeneinander, dann fragte Asgard: „Was hast du verloren?"
Anna fuhr sich durch die langen, braunen Haare und erwiderte: „Das Heute."
Sie schwiegen wieder. In der Ferne lachte ein Grünspecht. Es roch nach frischem Heu und nach Spätsommer.
Asgard fragte: „Wie groß war dein Kreis heute morgen?"
„Zu klein", antwortete Anna, „wieder etwas kleiner."
Asgard nickte. „Du wirst noch einige Male umkehren müssen. Aber wenn du dich erinnern willst, komm hierher. Ich erinnere. An die Zukunft."
Sie lächelte wieder. Anna wirkte unruhig. Flüchtig begegneten sich ihre Augen. Anna sah in die Augen der alten Frau und fand Grund. Es waren Augen, in denen man stehen konnte.
Anna war eine Augenblickssammlerin. Sie sah in die Augen von Menschen und sah, ob sie voll oder leer waren. Sie sammelte Blicke, die sie meinten. Augen, die sie ansahen, wenn sie sie anschauten. Asgards Augen waren voll.
Asgard nahm ihre Hand und drückte sie: „Es kann sein, dass man nur die Erinnerung eines anderen ist." Dann stand die alte Frau auf und ging langsam davon.

Kapitel 2

Der Anruf von der Redaktion hatte mich gestern abend erreicht, als Hendrik und ich dabei waren Fondue zu essen.
„Können Sie bis in vierzehn Tagen eine Foto-Reportage über den Hochharz machen? Wir brauchen für das nächste Heft dringend noch einen Beitrag über ein Naherholungsgebiet. Es wäre schön, wenn Sie dieses Mal auch den kurzen Text dazu schreiben könnten."
Ich hatte Ja gesagt, Mittelgebirge, ich kannte den Harz ein wenig, aber ich brauchte noch einige Informationen. Hendrik sagte, dass es gerade im Kaufhaus DVDs über deutsche Mittelgebirge gebe, die würde ich mir besorgen. Vierzehn Tage Zeit für Recherche, Fotografieren, Schreiben und Korrektur. Das war wieder einmal knapp.
Am nächsten Morgen fuhr ich mit dem Rad in die Stadt, schloss es an eine Laterne und betrat das Kaufhaus an der Epiphaniaskirche.
Grelles Licht, die künstlich-süße Duftwolke der Parfümerie am Eingang und die dazugehörigen duftenden, bunten Damen, die Parfüm-Proben anboten.
Es war voll für die Uhrzeit. Man drängelte sich im Neonlicht auf der Suche nach allem und nach nichts. Multimedia im obersten Stockwerk. Ich stellte mich auf die Rolltreppe und betrachtete die roten Lackschuhe der Dame vor mir, spürte den Atem des Mannes hinter mir, hielt mich fest an dem klebrigen Laufband und dachte an Sören, der in seinem Blumengeschäft immer weiße Lilien links neben dem Eingang stehen hatte.
Ohne Lilien geht gar nichts, sagte Sören immer, den ich kannte, seit ich einmal mit dem Auto falsch abgebogen und direkt vor seinem Laden liegengeblieben war.

Mittlerweile hatte ich kniehohe schwarze Stiefel vor mir, ich befand mich auf Etage drei, noch eine Etage höher, hinter mir redete ein Paar über die Zutaten von Tiramisu. Oberstes Stockwerk. CDs, DVDs und Computerzubehör. Ich fand, was ich haben wollte. Hunsrück, Spessart, Harz. Es gab hier alles zu jedem Landstrich in Deutschland.

Als ich die DVD in der Hand hielt und mich umdrehte, um nach der Kasse zu suchen, fing plötzlich der Raum um mich herum an zu wachsen, begannen die Richtungen sich zu drehen. Ich suchte nach dem Schild ‚Kasse' und sah Unmengen von Details, die ich nicht sehen wollte, die an mir vorüberzujagen schienen.

Es war ein langsames Sich-Verirren, erst in einem gedachten Raum, der plötzlich aus dem Kopf zu wachsen schien, sich ausdehnte und Wirklichkeit wurde. Dieses Sich-Verlieren, das wie ein Vergessen war aller Anfänge und Enden, ein Sich-Verlieren in einem bekannten Irrgarten, dessen einzigen Weg ich immer wieder vergaß. Wenn die Wirklichkeit sich zu drehen begann und ich keinen Punkt mehr fand, der mich hätte erinnern können, wenn mein Körper von grellen Blitzen durchjagt wurde, fing die hastige Suche an, nach dem letzten Weg, wo der entstanden war, nach den zuletzt hinterlassenen Spuren, um sie noch einmal zum Leben zu erwecken. Wie vergeblich das Greifen nach etwas Verbindlichem war, wenn längst alles seine geordneten Strukturen verlassen hatte, verstand ich nicht. Meine Hand tastete nach dem Raum, der vorhin noch dort war, der plötzlich Illusion geworden zu sein schien, dessen tanzende Reste mich verhöhnten. Eine sich drehende Angst, die vor meinen verwirrten Händen hoffnungslos ins Leere fiel, in das künstliche Licht von gestern. Gerade noch zu schaffen war das Zurückkehren, gerade noch zu schaffen das Festhalten für

Stunden, für Tage, dem Davonlaufen auszuweichen, bis meine Hände dort wieder wären, wo die Füße begannen, auf dem Boden zu stehen und zu begreifen, was horizontal bedeutet.
Mit zittrigen Händen legte ich die DVD der Kassiererin hin, deren Stimme von weit weg zur mir klang. Ich zahlte, ohne zu wissen wieviel und eilte zur Rolltreppe, die sich wie ein silberner Faden durch die Abteilungen zog. Der Körper war heiß und kalt zugleich, die Augen sprangen hin und her, unfähig einen Punkt von Halt zu finden, der Atem ging schnell und unregelmäßig, der Puls raste, die Finger kribbelten.
Als ich wieder vor meinem Fahrrad stand, dachte ich an Sörens Lilien. Ich würde jetzt zu ihm fahren, auch wenn ich mich eigentlich dringend mit dem Hochharz beschäftigen musste.

Sie schwiegen wieder. Es roch nach frischem Heu und Spätsommer.
„Es ist eine Erinnerung, die ich nicht kenne", sagte Anna zu ihr, die es nicht zu stören schien, dass die Bank keine Rücklehne hatte. Asgard saß dort aufrecht und betrachtete aufmerksam die Umgebung. Zwischendurch zeichnete die alte Frau etwas mit den Schuhspitzen in den Sand, was wie ein Alpha aussah, aber vielleicht war es auch ein Omega.
„Die Pferde sind unruhig", sagte Asgard, „etwas ist anders, was sie nervös macht."
Die beiden braunen Wallache auf der Weide vor ihnen standen eng beieinander und hoben immer wieder die Köpfe, als würden sie etwas wittern.
„Und, wie wird es weitergehen?" Asgard strich sich eine Haar-

strähne aus dem Gesicht und blickte Anna unvermittelt an. Anna zuckte mit den Achseln und stützte sich mit den Ellenbogen auf die Beine.
„Ich weiß nicht, es ist zu fremd. Alles."
Asgard berührte flüchtig Annas rechten Arm, verwischte mit der rechten Schuhspitze das Zeichen im Sand und erwiderte: „Du brauchst einen Garten am Meer. Einen Garten, den nur du betreten kannst. Erzähl mir davon."
Anna setzte sich wieder aufrecht hin, sah kurz die Schäfchenwolken am Himmel an und schloss die Augen.
Es war ein Garten, der auf einem Felsvorsprung am Meer lag. Wenn man unter dem alten Birnenbaum auf dem Liegestuhl lag, konnte man hinaussehen. Hinaussehen auf das Meer, das an dieser Stelle jeden Tag eine andere Farbe hatte. Dunkelblau, hellblau, blaugrau, graugrün, grünbraun und manchmal sogar gelblich.
Dieser Garten war von einer üppigen und während des ganzen Jahres blühenden Hecke umgeben, die nur an zwei Stellen sich öffnete. Dort, wo der Eingang war, wo die hellblaue, etwas verwitterte Pforte hing, auf die ein paar Rosenzweige hinunterrankten. Und an jener Stelle, wo man auf das Meer hinaussehen konnte, wenn man unter dem Birnenbaum lag. Eine Stelle zum Hineingehen und eine zum Hinausschauen. Ein alter urwüchsiger Garten mit vielen Blumen und Kräutern.
Asgard seufzte.
Anna hörte auf zu reden, öffnete die Augen und sah, wie die Pferde davon trabten. Es begann leicht zu regnen.
„Nimm immer die richtige Pforte", sagte Asgard, „es gibt eine andere Pforte daneben, die fast gleich aussieht, und einen Weg daneben, der dem anderen täuschend ähnlich ist, er hat nur einen anderen Namen."

Sie stand auf, zog ihren Wollrock gerade, lächelte kurz und ging davon. Manchmal schwankte sie etwas beim Gehen, sie war alt.
Wie alt, wusste Anna nicht. Sie war jetzt wieder allein.

„Kannst du kurz aufpassen? Ich will mir schnell ein Brötchen und etwas Kaffee holen. Bin gleich wieder da." Sören grinste mich an und verschwand.
Ich stellte mich hinter die Ladentheke und zählte die Lilien. Fünf weiße Lilien links neben dem Eingang. Wenn man den Laden betrat, wurde man gleich von dem schweren, narkotisierenden Duft der Lilien eingehüllt. Nachdenklich betrachtete ich die alte Kasse und wartete. Nach einer Weile erschien Sörens blonder Kopf am Schaufenster, er öffnete die Tür und sagte mit gespieltem, französischen Akzent: „Madame, ich habe mitgebracht: Zwei Mal Café zum Mitnehmen und zweimal Ciabatta. Bon appétit!"
Er kicherte und stellte die Becher und Tüten auf den Ladentisch.
„Aber", fuhr er im selben Ton fort, „verkaufen Sie mir vorher zwei weiße Lilien, s'il vous plaît!"
Ich lachte. „Es tut mir leid, die Lilien sind unverkäuflich."
„Waas?" Sören kam um die Ladentheke herum, schlang beide Arme um mich und sah mich durchdringend an. „Madame ist traurig. Was ist nicht in Ordnung?"
Dann küsste er mich links und rechts auf die Wange und packte mit ausladenden Gesten die Brötchen aus.
„Ich liebe deine Lilien", sagte ich.
„Ich weiß!"

Wir setzten uns auf die beiden Hocker und schlürften den Cappuccino aus den Plastikbechern.
„Ich soll eine Reportage über den Harz machen. Fotos und Text dieses Mal."
„Ich nehme an bis vorgestern?" fragte Sören.
Ich nickte.
„Deshalb so traurig? Dass es der Harz ist und nicht Bali?"
Ich schüttelte den Kopf. „Bin gar nicht traurig. – Wie läuft das Geschäft?"
„Oh, ich kann nicht klagen. Gut, wirklich gut. Die Leute kaufen Blumen. Immer noch. Sie geben Geld für schöne Blumen aus, ja."
Während wir die Brötchen aßen, erzählte Sören von Nick, den er vor einer Woche in einer Bar kennengelernt hatte. Ich nahm an, dass es sein neuer Freund war.
„Friseur, Gärtner oder Psychotherapeut?" fragte ich. Sörens Freunde waren bisher immer aus diesen Branchen gekommen.
„Fußpfleger", Sören sah mich mit seinem jungenhaften Gesicht verschmitzt an.
„Also Friseur für die Füße", stellte ich fest und knüllte das Brötchentütenpapier zusammen.
Ich stand auf und wollte mich verabschieden. Ich musste mich ja noch über den Harz informieren.
„Wir haben etwas zu feiern, Anna!"
„Was?" Ich sah erstaunt in Sörens Augen, die wie grüne Kieselsteine im sonnendurchfluteten Wasser funkelten.
„Wir kennen uns morgen seit genau einem Jahr. Morgen vor einem Jahr ist dein Auto vor meinem Laden liegengeblieben. – Ich koche für Dich. Samstagabend um 20 Uhr, ja?"
Ich musste wieder lachen. Das war Sören. „Ja, ich freue mich."
Sören küsste mich links und dann rechts auf die Wange. Im

Hinausgehen sah ich die Lilien an und sagte: „Vergiss die Lilie für den Tisch nicht..."

Als der Wecker klingelte, war es noch dunkel. Ich blickte auf den Nachttisch, wo ein Buch über den Harz lag. Ich war wohl über der Lektüre eingeschlafen. Ganz nette Gegend. Aber natürlich nicht mit Kalabrien zu vergleichen, darüber hatte ich vor einem halben Jahr eine Reportage gemacht. Fast ein Paradies. Ich hatte fotografiert, Hendrik hatte den Text geschrieben. Mein Beruf war schon klasse, fotografieren und reisen. Jetzt träumte ich von einer Reportage über Bali, gemeinsam mit Hendrik. Es war ein langsames Sich-Emporarbeiten. Erst Deutschland, dann Europa, dann die Welt. Und manchmal musste es eben zwischendurch auch der Harz sein.

Ich verschränkte meine Arme hinter dem Kopf und sah die weiße Decke an, auf der kleine, braun gewordene Flecken als Spuren von Hendriks nächtlichen Mückenjagden zu sehen waren.

Manchmal musste ich mir den Weg ansehen, den ich gegangen war und mich vergewissern, dass er wirklich bis hierhin geführt hatte.

Ich erinnerte mich an die Fotografen-Ausbildung nach dem Abitur. Und daran, dass ich nach den zwei Jahren wusste, dass ich nicht ewig Passfotos und Hochzeitsbilder machen wollte. Ich war nach der Ausbildung für ein Jahr nach Australien gegangen, um die Farben dieses Landes zu fotografieren. Aus Spaß hatte ich mich mit einer Bilderserie über die Aborigines bei einem großen Reisemagazin beworben. Sie nahmen die Bilder sofort, und so wurde ich zur Reisefotografin. Nach einem Jahr war ich zurückgekehrt nach Deutschland. Ich hatte etwas vermisst in Downunder, ohne genau zu wissen, was es war.

Und bei einem Event des Reisemagazins in Berlin hatte ich Hendrik kennengelernt. Er schrieb für die Zeitschrift. Das war vor drei Jahren. Seit ich aus Australien zurückgekehrt war, hatte ich viele Reportagen gemacht, hatte fast ganz Europa bereist, die großen Metropolen und vergessene Landstriche. Australien war nun schon lange her, und jetzt wollte ich nach Bali. Und dann dachte ich an wachsende Räume und schrumpfende Kreise.
Ich griff nach dem Zeichenblock neben dem Bett und zeichnete einen Kreis. 33,8 cm. Das Schrumpfen war nicht zu übersehen. Ich notierte in dem Oktavheft das heutige Datum und den Durchmesser.
Zwei Wochen war es jetzt her, dass ich auf der Insel und Zuschauer gewesen war, wie aus einem langgehegten Traum ein Alptraum wurde. Zwei Wochen allein auf der Insel, das Meer fotografieren und dann eine Ausstellung. Jemand hatte mich vor einiger Zeit angesprochen, ich könnte mehr als Reisereportage, ob ich nicht einmal eine Ausstellung machen wollte. Das hatte mich angespornt. Dafür war ich auf die Insel gefahren. Und hatte nur gerade einmal fünfzig Fotos mitgebracht. Und etwas anderes, was ich nicht verstand.
Langsam stand ich auf und ging unter die Dusche. Die Augen schloss ich nicht. Es konnte sein, dass man sich in der Dunkelheit hinter den Lidern verlor. Der Weg zurück war nicht immer deutlich. Weil alles ineinander verschwimmen konnte und keine Spuren zurückließ.

Sorgfältig überprüfte ich die Ausrüstung. Ich hatte mich für meine Lieblingskamera entschieden, die Nikon F6. Mehrere Objektive hatte ich eingepackt und als Ersatz die alte Minolta-Kamera, die ich von meinem Patenonkel geerbt hatte. Ersatz-

batterien, Putzzeug, Weichzeichner und Filme. Es war fast egal, ob ich nach Bali oder in den Harz fuhr, was die Ausrüstung betraf. Gutes Wetter war angesagt, und ich wollte vor allem im Morgen– und Abendlicht fotografieren. Als Route hatte ich mir eine Strecke rund um Torfhaus ausgesucht, wo ich mein Auto abstellen würde, um den Tag über zu Fuß unterwegs zu sein.
Es war kurz nach sieben Uhr, als ich losfuhr mit dem alten blauen Peugeot, der seine besten Jahre schon lange hinter sich hatte.

Der kleine Pfad schlängelte sich zwischen Tannen und Fichten hindurch. Ich suchte die Aussichtsplattform, von wo ich einen Panoramaüberblick über den westlichen Teil des Hochharzes haben würde. So zumindest hatte ich es auf der DVD gelesen. Die Luft war empfindlich kühl. Ich rieb die Hände aneinander, um sie warm zu machen. Einer der ersten Herbsttage, die die Kälte des Winters ankündigten. Ich mochte die klare Luft, atmete tief durch und blieb ab und zu stehen, um ein Bild zu machen. Kein Mensch war außer mir hier mitten in der Woche unterwegs.

Als ich am frühen Abend zu meinem Auto zurückkehrte, hatte ich zehn Filme voll mit Bildern vom Hochharz. Es würden genügend gute Fotos dabei sein. Nachdem ich die Fototasche und meinen Rucksack auf dem Rücksitz abgelegt hatte, setzte ich mich auf die Stoßstange am Kofferraum und zog mir andere Schuhe an. Erschöpft war ich. Ich war viel gelaufen und hatte diesen Tag an der frischen Luft sehr genossen.
Es dämmerte schon, als ich losfuhr. Ich fuhr nicht gern im Dunkeln Auto, schon gar nicht Autobahn. Aber das ließ

sich jetzt nicht ändern. Drei Stunden würde ich brauchen. Mit 120 Stundenkilometern fuhr ich auf der rechten Spur und beobachtete, wie jegliches Licht aus der Dämmerung zu verschwinden begann, bis es ganz dunkel war. Viel war nicht los auf der Autobahn. Ein paar andere Autos, deren Rücklichter beruhigend anzeigten, dass noch andere Menschen hier unterwegs waren. Angestrengt sah ich auf die Straße.

Vielleicht würde es mit Bali klappen, ich hatte den Chef vom Dienst schon dezent darauf angesprochen. Er war nicht abgeneigt. Die Reportagen, die Hendrik und ich zusammen machten, kamen gut an.

Auf einmal gab es keine Lichter mehr, keine anderen Autos, es war stockdunkel. Und das Licht der Scheinwerfer des alten Peugeot schien augenblicklich vom Asphalt verschluckt zu werden. Ich raste in die Dunkelheit hinein. Die Straße kippte vor mir in die Tiefe, es gab keine ebene Fläche mehr, keinen Boden, keine Grenzen.

Ich umklammerte das Lenkrad, als die Straße vor mir in die Tiefe kippte, als ich den höchsten Punkt überfuhr, um sogleich hinabzustürzen. Das Herz raste, kalter Schweiß brach aus allen Poren. Dunkel, stockdunkel, kein Anfang, kein Ende und kein Mensch da. Kein Mensch, der helfen könnte, keiner, der da wäre, wenn es zu Ende ginge, der sagen würde, es würde nicht so schlimm werden. Es war der Sturz in eine abgrundtiefe Schwärze, in der man noch viel zu viel fühlte, um gelassen zu sterben. - Im Rückspiegel tauchten ein paar Lichter auf, die mich schnell überholten. Ich sah auf das Tachometer, ich fuhr nur noch 60 Stundenkilometer.

Eine Abfahrt? Wo wäre eine Abfahrt? Oder eine Raststätte? Meine Zunge klebte am Gaumen. Ein blaues Schild: Nächste Raststätte 10 km. Das durfte nicht wahr sein. Auf einen dieser

düsteren Autobahnparkplätze am Wald mochte ich nicht fahren.
Geschwindigkeitsbegrenzung auf 80 Kilometer pro Stunde. Schneller ging es bei mir eh nicht. Baustelle. Der Seitenstreifen verschwand vorübergehend. Enge Spurenführung. Und plötzlich wieder viele Autos vor mir und hinter mir. Wo kamen die auf einmal her? Vor mir ein Pferdeanhänger. Nicht stehenbleiben. Hier konnte man nicht stehenbleiben, ohne den gesamten Verkehr aufzuhalten. Hier konnte man nicht fliehen. Meine Beine zitterten, es wurde immer schwieriger, eine konstante Geschwindigkeit zu fahren. Ich hatte kein Gefühl mehr in den Füßen. Der Körper raste. Noch fünf, noch vier, noch drei Kilometer bis zur Raststätte. Ich fuhr ab, parkte neben den Toiletten und rannte hinein. Hinter der Klotür versuchte ich durchzuatmen. Irgendwo, wo war ich, was war das für eine Raststätte, wie lang war ich gefahren, der Kopf hämmerte, die Gedanken drehten sich, ich wusste nichts mehr. Nahm nur meinen zitternden Körper wahr, der sich immer mehr meiner Kontrolle zu entziehen schien. Ich öffnete die Tür, legte dem Toilettenmann fünfzig Cent hin und lächelte. Ja, ich lächelte, dazu war ich noch fähig. Man sah mir nichts an. Ich versuchte, meine Gedanken zu sortieren, sah mich im Laden der Raststätte um, entdeckte ihren Namen und nahm eine Straßenkarte aus dem Regal. Ich war die Hälfte der Strecke gefahren, mehr nicht. Ich würde noch eineinhalb Stunden brauchen. Auf der Hinfahrt war alles ok gewesen, aber ich war auch im Hellen und zudem viel Landstraße gefahren. Ich setzte mich wieder ins Auto, trank etwas Wasser und aß ein paar Kekse. Was war das?
Ich war wieder etwas ruhiger, als ich die Raststätte verließ und auf die Autobahn auffuhr. Die Blitze in meinem Körper kamen

jetzt in Wellen, durchzuckten mich jeweils für die Dauer von etwa fünfzehn Minuten und verebbten. Ich fuhr weiterhin nicht schneller als 80 Kilometer pro Stunde, quälte mich durch die Dunkelheit und kämpfte gegen das Gefühl mich zu verlieren, mich in Raum und Zeit zu verlieren. Wie ein Schiffbrüchiger kam ich mir vor, treibend auf einer Holzplanke im nächtlichen Ozean. Kein Halt unter mir, neben mir, und der Himmel viel zu groß. Die Kilometer krochen dahin. Ich fuhr von Ausfahrt zu Ausfahrt, von Notrufsäule zu Notrufsäule. Ließ die heißen Wellen mich durchlaufen und versuchte einigermaßen gerade zu fahren. Mein T-Shirt war durchnässt. Ich drehte das Radio laut auf, versuchte mich an den Stimmen und Tönen festzuhalten. Und stellte mir vor, wie ich aufgeben müsste, wie nichts mehr ging, wie ich auf der dunklen Autobahn stehen würde, verloren in einem dunklen Raum, als Treibende in einem Universum, das ich nicht kannte. Da ich langsam fahren musste, brauchte ich von der Raststätte noch über zwei Stunden, bis ich an meiner Wohnung ankam. Ich zog den Zündschlüssel heraus und legte meinen Kopf auf das Lenkrad. Was hatte ich geträumt? Und wann würde ich aufwachen?

Die verwitterte Pforte hatte noch im Wind geschwankt. Sie war mehr mit Moos bewachsen und die Farbe war mehr abgeplatzt, als es in der Kürze der Zeit hätte geschehen können, seit Anna das letzte Mal dort war.

Dahinter begann ein einsamer Weg. Anna merkte nicht, dass die Zaunpfähle hier weiter auseinander standen, dass kein weißer Sand den Weg bedeckte, auf dem sie ging. Dass die alte Holzbank weitaus größer war und dass die Augen der alten

Frau darauf weit weniger leuchteten, all das bemerkte sie nicht. Sie hatte nicht auf den Weg geachtet, nicht darauf geschaut, ob es mehrere Eingänge gab und mehrere Wege. Sie setzte sich neben die alte Frau auf der Bank, die sie für Asgard hielt und steckte die Hände in die Jackentaschen.

„Es ist ein Alptraum, aus dem ich nicht aufwache", sagte Anna und schob die Hände noch tiefer in die Jackentaschen.

„Du musst dich eben entscheiden aufzuwachen", erwiderte Laureen, „vor allem darfst du dich der Angst nicht unterwerfen."

Anna schaute sie irritiert von der Seite an. Der Ton war ungewöhnlich scharf, ja fast ungeduldig für Asgard und ihre sonst so sanfte Sprechweise.

Sie sagte nichts. Spürte nur, wie sich in ihrem Bauch etwas zusammenzog. Sie hatte nicht vor, sich zu unterwerfen. Sie hatte das auch nicht getan, die Angst war schlicht übermächtig.

„Wenn du ihr Paroli bietest, kann sie dich nicht überwältigen", Laureen lächelte und drehte dabei den silbernen Ring mit dem Granatstein an ihrem linken Mittelfinger.

Anna sah auf den Ring, Asgard hatte bisher nie Ringe getragen. Sie sah die alte Frau von der Seite an, das weiße Haar, das Schultertuch, den Wollrock. Die Gesichtszüge waren irgendwie etwas gröber, aber Anna konnte nicht sagen, ob sie sich täuschte oder nicht. Sie traute ihrer Wahrnehmung ohnehin nicht mehr.

„Du musst kämpfen." Laureen schnalzte mit der Zunge, „Du bist eine Kämpfernatur, du kannst das."

Anna stand auf: „Ich muss weiter."

Als sie sich zum Gehen wandte, hörte sie die alte Frau hinter sich sagen:

„Übrigens, ich bin Laureen."

Namen sind Schall und Rauch, sind Hüllen für etwas, das immer etwas anderes ist. Anna zog die Schultern hoch, ihr war kalt und beim Hinausgehen dachte sie, dass die Pforte doch sonst blauer gewesen war.

Kapitel 3

Er war es, der mir am meisten Angst machte. Der mir zunehmend unberechenbar und gefährlich erschien. Der mich durch seine Unregelmäßigkeiten in den Abgrund existentieller Angst trieb. Argwöhnisch beobachtete ich ihn, wartete misstrauisch auf Unbekanntes, Ungewohntes. Beherrschen konnte ich ihn nicht. Vertrauen konnte ich ihm auch nicht. Ich musste mit ihm auskommen, irgendwie, er war ja schließlich immer da. Jederzeit. Auch in den vermeintlich körperlosen Momenten, in denen mich der Traum in eine andere Welt trug, in der es nichts zu befürchten gab. Er, das Zeugnis des Endlichen, dessen Vergehen nicht zu leugnen war. Er war es, der sterben würde, irgendwann. Und der Geheimnisse zu tragen schien, die mir verborgen blieben. Oft wünschte ich mir jene Selbstverständlichkeit, mit der andere ihn bewohnten, mit ihm umgingen. Ich wollte ihm nah sein und war doch weit weg. Der Unbekannte, der Fremde in meinem Leben. Der Körper. Der Körper von mir. Mein Körper.

„Hast du Besuch von einem Kind gehabt?" Hendrik kam mir noch verschlafen entgegen und hielt einen Zeichenblock in den Händen. Auf dem Papier war ein Kreis mit einer krakeligen, dunkelgrünen Linie zu sehen. 32 cm, dachte ich und starrte auf den Block. Wieso hatte Hendrik ihn gefunden? Ich legte ihn doch immer in den Bettkasten, wenn er bei mir übernachtete.
„Hallo, Anna, redest du noch mit mir? Oder hast du einen Lover, der Kreise malt?"
Ich lächelte gequält. „Das, das ist ein Versuch..."
Hendrik hob die Augenbrauen. „Ein Versuch?"

„Ja“, ich zog meine Pulloverärmel hoch und wieder herunter. „Es ist ein Versuch, freihändig zu zeichnen. Ich mache gerade einen Zeichenkurs, und das ist unsere Hausaufgabe.“
Hendrik legte den Block auf die Kommode und meinte: „Na, dann musst du wohl noch etwas üben, mein Schatz.“
Ich nahm den Zeichenblock und ging damit in mein Arbeitszimmer. Besuch von Kindern. Lover, der Kreise malt. Wahnsinnig witzig. Aber er hatte ja keine Ahnung. Ich hatte ihm nichts erzählt von wachsenden Kaufhäusern und kippenden Autobahnen. Davon, dass die Welt aus den Fugen geriet. Und ihre Ordnung verlor. Was auf der Insel passiert war, hatte er schon nicht verstanden, hatte es sich schließlich mit klassischem Inselkoller erklärt, der bei mir ungewöhnlich früh eingesetzt habe.
Ich hörte Hendrik in der Küche etwas braten.
„Anna? – Ich habe mich für morgen Nachmittag zum Drachenfliegen verabredet. Ist doch ok für dich, oder? Berndt hat mich gefragt, und das Wetter ist so gut.“
Ich hatte den Zeichenblock im Schreibtisch verstaut. Schrumpfende Kreise musste man verstecken, die durfte nicht jeder sehen. Ich ging in die Küche.
„Ja, Drachenfliegen – hast du lange nicht gemacht, oder?“
Eigentlich ärgerte es mich, dass das einzige freie Wochenende, an dem wir seit Wochen beide nicht arbeiten mussten, mit Drachenfliegen belegt wurde. Aber ich war noch mit schrumpfenden Kreisen beschäftigt, und außerdem wusste ich, dass Hendrik nicht nichts tun konnte. Von meinem Wunsch gemeinsam zu faulenzen, würde er gar nichts halten, das wusste ich.
„Wir können nach dem Frühstück etwas spazierengehen, wenn du willst“, sagte er, während er die Spiegeleier wendete.

„Ja“, er kam mir entgegen, das war offensichtlich. Ich war irgendwo, woanders, ich wusste nicht wo, fühlte mich in einem seltsamen Schwebezustand, der die Realität auf merkwürdige Weise verrückte, der alles unwirklich erscheinen ließ. Und in dem nie sicher war, ob Räume plötzlich wachsen, Horizonte schwanken oder Straßen ins Nichts fallen. Vielleicht wurde ich verrückt. Vielleicht war ich dabei durchzudrehen, verschwand immer mehr in einer anderen Welt.

„Au!“ Ich war gegen ein Stuhlbein gerannt und rieb mir den schmerzenden Fuß. Diese Realität war sehr real und nicht zu leugnen.

„Pass doch auf, mein kleines Trampeltier“, Hendrik streichelte meinen Rücken, „willst du auch ein Ei?“ Ich nickte.

Manchmal konnte ich kaum verstehen, dass ich mich in diesen sarkastischen, manchmal auch zynischen Mann verliebt hatte. Zynismus war eine Folge seines Berufes, fast alle Journalisten, die ich kannte, waren Zyniker. Der Fokus der Medien auf das Schreckliche, Grauenvolle, auf Katastrophen, führte dazu. Meine Kollegen, die fast nur Bürgerkriege fotografierten, waren genauso.

Bedächtig schnitt ich die schwarzen Ränder von dem Spiegelei und streute Salz darauf.

„Ich habe es schon gesalzen“, sagte Hendrik.

Ich zuckte mit den Schultern und legte das Ei auf eine Scheibe Schwarzbrot.

„Ja, gehen wir spazieren. Vielleicht im Johannsenforst?“

Hendrik nickte zustimmend. „Willst du noch nach Bali?“

Ich zuckte etwas zusammen. „Ja, wieso?“

Hendrik zerschnitt eine Tomate. „Ach, nur so. Vielleicht wird es ja schneller etwas, als man glaubt.“

Bali, das war weit weg. Das bedeutete abheben und ganz woanders wieder landen. Aber ich hatte schon jetzt den Boden unter den Füßen verloren.

Die Bäume begannen sich zu verfärben, und das Gelb-Rot der Ahornbäume strahlte vor dem knallblauen Herbsthimmel. Jedes Jahr erneut war ich fasziniert von der verschwenderischen Pracht eines zu Ende gehenden Jahres, von dieser zweiten Blüte, wenn die Blätter zu sterben begannen, wenn die Blüten des Frühjahrs längst zu Früchten geworden waren. Ich wusste nicht, wie oft ich schon den Herbst fotografiert hatte. Wie oft ich versucht hatte, diesen letzten Glanz vor der entlaubten Starre des Winters einzufangen. Es roch nach feuchtem Laub, nach Pilzen und nach überreifem Leben.

„Ich fliege in zwei Wochen nach Stockholm", sagte Hendrik. „Ich soll eine Reportage über ein Dorf dort in der Nähe schreiben, wo schwedische Traditionen noch besonders gepflegt werden."

Hendrik war viel unterwegs, er schrieb für verschiedene Magazine und Zeitungen.

Stockholm. Das Wort schien mich für einen Moment zu zerreißen.

Ich hob ein Ahornblatt auf, dessen Farben von Grün über Gelb nach Rot verliefen.

„Stockholm, ein schöne Stadt, eine sehr schöne Stadt", erwiderte ich.

Ausnahmsweise war ich ohne Kamera unterwegs. Hendrik nervte es, wenn ich auf unseren Spaziergängen nur noch mit der Linse vor den Augen, wie er es nannte, herumlief. Wir gingen eine Weile nebeneinander her, ohne etwas zu sagen. Der Johannsenforst war ein dichter Wald, der sich über die Grenzen der Stadt hinaus bis an die anliegenden Mittelgebirge erstreckte.

„Wollen wir mal diesen Weg dort nehmen? Da sind wir noch nie gegangen“, Hendrik wies auf einen kleinen Pfad, der rechts abging.

Ich war einverstanden und ging voran, hielt die Zweige der jungen Bäume zur Seite, die über den Weg hingen. Der Pfad war so schmal, dass wir hintereinander gehen mussten.

Plötzlich sah ich mich wieder in der Nacht auf der Autobahn fahren. Das Gefühl, dass die Straße in die Tiefe kippte. Der schwankende Horizont auf der Insel. Der Weg war schmal und schlängelte sich durch das Unterholz. Ein Specht klopfte.

„Hast du es eilig?“ fragte Hendrik.

„Wieso?“

„Du gehst so schnell.“

„Mir ist kalt.“

„Ich will nicht so rennen.“

Ich zwang mich wieder langsamer zu gehen. Die Bilder kamen zurück, immer wieder. Bilder von einer schwankenden, kippenden Welt. Der Pfad mündete auf einen alleeartigen Weg.

„Weißt du noch, wo wir sind?“ fragte ich.

„Nicht so richtig, aber wir sind von dort gekommen“, Hendrik zeigte mit dem rechten Arm schräg nach hinten. „Toller Weg, oder?“

„Hmm“, machte ich. Wir gingen den geraden Weg entlang, der von Kastanienbäumen gesäumt war. Wir gingen geradeaus.

Ich merkte, dass mir auf einmal heiß wurde, dass die Hitze in meinen Kopf schoss und ihn fast zersprengte. Ich starrte angestrengt auf den Weg vor meinen Füßen, auf den hellen Boden mit den grauen Steinen darin. Es war, als würden die Alleebäume anfangen sich zu biegen, als würden sie auf den Weg kippen, auf den Weg, der unruhig unter meinen Füßen hin- und herzuschwanken begann. Der Atem wurde schwer, in der Brust wurde es eng. Ich fasste nach dem Kragen meiner Jacke und zog den Reißverschluss auf.

„Ich denke, dir ist kalt." Hendrik sah mich irritiert an.

„Ja, eben war mir ja auch kalt, und jetzt ist mir heiß."

„Warum gleich so gereizt? War doch nur eine Frage."

Hendrik hielt einen kleinen Buchenzweig in den Händen und pulte die Rinde ab.

Ich versuchte, nicht schneller zu gehen. Ich wollte nur noch umkehren. Ich sah mich liegen, am Wegrand, nach Atem ringend, keiner war da, niemand, der helfen könnte. Ich hustete.

„Ist etwas nicht in Ordnung?" Hendrik blieb stehen. „Du bist so still."

Ich zog den Reißverschluss wieder nach oben. „Ach, irgendwie habe ich Kreislaufprobleme. Mir ist schwindelig."

„Sollen wir umkehren?"

„Vielleicht besser."

Ich war erleichtert, dass der Vorschlag von Hendrik kam. Wahrscheinlich hätte ich es nicht geschafft, ihn zu bitten, dass wir umkehren.

„Hast du das öfters in letzter Zeit?" fragte Hendrik.

„Ja, weiß auch nicht, habe eben einen niedrigen Blutdruck."

Langsam gingen wir den Weg, den wir gekommen waren, zurück. Ich fühlte mich fremd, unwirklich, war weit weg, irgendwo anders.

Aber es beruhigte mich, dass wir umkehrten, nach Hause gingen, nicht weiter auf unbekannten Wegen herumliefen, von denen ich nicht wusste, wohin sie führten. Der Atem ging wieder etwas freier. Fragen schossen mir durch den Kopf. War ich

krank? Ernsthaft krank? Was war das? Warum schwankte neuerdings alles? War das ein Gehirntumor? Oder fing ich an zu spinnen? Vielleicht sollte ich mal zum Arzt gehen.
Der Fremde in meinem Leben. Der Körper, der jetzt immer alles eng werden ließ und heiß machte, um es dann eiskalt werden zu lassen. Oder waren es die Gedanken?

Sie musste mit Asgard reden. Als sie durch die blaue Pforte ging, hörte sie Blaumeisen zwitschern. Der Duft des Spätsommers war verschwunden. Die Zeit der Blüten war vorbei, es war ein nebliger Tag, die Ahnung von Winter kam, und die Farben des Herbstes verschluckte der Nebel.
Anna suchte nach der Bank, auf der Asgard immer saß. Sie war noch nicht weit genug gegangen. Dort hinten tauchte Asgards schmale Gestalt aus dem Nebel auf. Sie war letztes Mal so unwirsch, so ungeduldig gewesen, anders. Anna ging langsamer, als sie sich der Bank näherte.
„Hallo, Anna“, Asgard blickte auf, „schön, dass du kommst.“ Ihre Augen leuchteten Anna an.
Anna setzte sich hin, betrachtete Asgard misstrauisch, sah deren Hände an. Sie trug keinen Ring an der linken Hand wie beim letzten Mal.
Asgard tat, als merke sie nichts.
Anna schlang ihre Arme um ihren Körper, die feuchte Kälte kroch durch die Kleidung.
„Der Nebel verhüllt fast alles“, sagte Asgard, „nur die Wahrheit nicht.“
Anna überlegte, wie es wäre, wenn man den Nebel wie einen Vorhang beiseite ziehen könnte. Um wieder klar zu sehen. Der

neblige Faden, der etwas trennte. Der Nebel hielt die Dinge auseinander. Wie die weiße Mauer, in der die blaue Pforte schwang. Zwei Welten, die nichts miteinander zu tun hatten.
Asgard hatte etwas in der Hand, einen grünlich schimmernden Kegel aus Stein.
„Wie war es bei Laureen?"
Anna sah sie erstaunt an. „Wie bitte?"
„Wie es bei Laureen war. Du warst doch bei ihr neulich, oder?"
Anna versuchte, mit den Augen nach dem Nebel zu greifen. Laureen. Der Name, sie hatte ihn schon einmal gehört, aber sie wusste nicht wann. Und Asgard schien manchmal seltsam zu sprechen, vielleicht hatte sie etwas durcheinander gebracht, sie war alt.
„Ich kenne Laureen nicht." Kaum hatte Anna dies gesagt, wusste sie, dass es nicht stimmte.
Asgard sah Anna einen Moment lang von der Seite an. Dann meinte sie: „Ach so, vielleicht kennst du die andere Pforte nicht, die fast genauso aussieht wie die, durch die du eben gegangen bist. Ich hatte dir letztes Mal davon erzählt, dass es zwei blaue Pforten gibt und dass es gut wäre, die richtige zu nehmen, aber das ist dir heute ja offensichtlich gelungen, trotz des Nebels."
Anna wollte sich anlehnen. Aber diese Bank hatte nun einmal keine Lehne mehr.
„Es geschieht etwas, was ich nicht verstehe", sagte sie.
„Was geschieht?"
„Die Wege beginnen zu schwanken. Der Boden schwankt. Nichts ist mehr fest."
„Hast du Angst, den Boden unter den Füßen zu verlieren?" fragte Asgard.

Anna nickte. Sie spürte, wie Tränen in ihrer Kehle hochstiegen. Sie wollte nicht weinen.
Asgard sagte: „Öffne deine Hand."
Als Anna ihr die rechte Hand hinstreckte, legte sie den grünen Steinkegel hinein, der so groß war wie ihre Handfläche. Asgard sagte: „Etwas zum Festhalten."
Beide saßen nebeneinander, wie immer, sprachen miteinander, ohne viel zu reden. Anna spürte, wie die Kälte verschwand, wie sie den Nebel vergaß und wie Ruhe in ihr aufstieg. Es war ein guter Ort. Sie dachte an den Garten am Meer. Eine Stelle zum Hineingehen und eine Stelle zum Hinausschauen.
„Zwischen zwei alten Apfelbäumen hängt jetzt eine gelbe Hängematte", sagte Anna.
Asgard lächelte.
„Darin kann man schaukeln, ohne dass die Welt schwankt", fügte Anna hinzu.
„Dein Garten am Meer", meinte Asgard, „für die Momente, wenn die Welt zu unsicher ist."
Dann stand sie auf. „Den Steinkegel kannst du mir nächstes Mal wiedergeben. Stecke ihn in die Hosentasche und berühre ihn, wenn alles schwankt. Es gibt Orte, die nie schwanken." Sie wandte sich zum Gehen, als sie sich noch einmal umdrehte und sagte: „Und kämpfen musst du nicht, mit nichts."
Anna blieb noch eine Weile sitzen, sah zu, wie der Nebel sich etwas lichtete und ging dann langsam zurück. Das war Asgard gewesen, wie sie sie kennengelernt hatte. Welche andere Pforte? Und mit wem hatte sie letztes Mal gesprochen? Laureen, der Name ging ihr nicht mehr aus dem Kopf.
Die blaue Pforte stand fast reglos im Nebel. Nur wenn man direkt vor ihr stand, sah man, dass sie leise schwankte, als würde sie von unsichtbaren Händen bewegt.

Ich sortierte die Fotos für die Harz-Reportage. Es waren gute Aufnahmen dabei. Die Redaktion akzeptierte bis jetzt, dass ich analoge Fotos einreichte, auch wenn das komplizierter war. Solange die Fotos gut und rechtzeitig da waren, wurde meine Abneigung gegen Digitalkameras respektiert.
Zehn Fotos hatte ich ausgewählt. Der Text dazu war fast fertig. Morgen würde ich alles abschicken, dann wäre alles rechtzeitig da. Im Harz hatten die Wege nicht geschwankt, nur die Autobahn war gekippt.
Ich zog den Zeichenblock aus der Schublade. Der letzte Kreis. Mit violetter Linie. Von heute morgen. 29,9 cm. Unter 30 cm. Es wurde enger, immer mehr. Ich trug die Zahlen in das Oktavheft ein und legte den Zeichenblock wieder in die Schublade. Wie es gewesen war, als der Kreis noch so groß gewesen war, dass man ihn nicht auf ein Papier malen konnte. Als es keine Kreis auszumessen gab, weil sie nicht jeden Tag kleiner wurden. Als man sich keine Gedanken darüber zu machen brauchte, ob der Boden trägt, ob Horizonte gerade bleiben.
Ich schrieb das Wort Selbstverständlichkeit auf einen Zettel. Kein schönes Wort. Es stolpert durch seine Buchstaben. Selbstverständlich, selbst und verständlich, ich verstand mich selbst nicht mehr, verstand meinen Körper nicht mehr, nicht meine Gefühle, meine Gedanken. Ich war mir selbst nicht mehr selbstverständlich. Es gab nun so viele Fragen, die ich vorher nie gestellt hatte. Wenn Selbstverständlichkeit aus dem Leben verschwindet.
Das Wort Selbstverständlichkeit war braun wie ein starker Mokka, mit etwas Grün darin. Braun mochte ich nicht besonders. 22 Buchstaben, Quersumme vier. Selbstverständlich wollte ich nach Bali reisen. Selbstverständlich war es kein

Problem, im Wald spazierenzugehen. Selbstverständlich hatte ich kein Problem.
Ich sah aus dem Fenster. Heute war Dienstag, der 21. Oktober. Jemand hatte Geburtstag. Jemand war meine Mutter. Meine Mutter lebte in Stockholm, seit sie sich von meinem Vater getrennt hatte. Ich wusste nicht, wie es ihr dort ging. Sie war weg. Das war nicht ungewohnt.
Hendrik würde in zwei Wochen nach Stockholm fliegen.
Mein Vater hatte nie Zeit, er hatte immer viel im Geschäft zu tun. Ich hatte ihn fast genauso lange nicht gesehen. Abrupt stand ich auf, ging in die Küche und kochte mir einen Kaffee. Morgen würde ich die Reportage über den Harz abschicken. Und in zwei Wochen würde ich nach Frankfurt fahren, um an der Sitzung der Freiberuflichen teilzunehmen und weitere Projekte zu besprechen. Ich würde mir schon einmal eine Zugfahrkarte besorgen.

Ich versuchte Weiß zu fotografieren. In Weiß schwankt nichts. Weiß bleibt gleich, nah und weit weg zugleich. Eine ungreifbare Farbe.
Vielleicht würde ich in der weißen Wüste etwas wiederfinden. Aber ich würde es nicht erkennen. Vielleicht nicht. Auch wenn es zu mir gehörte. Es kam wie aus einer anderen Zeit, wurde meines und ich merkte es nicht, weil der Rest fehlte.
Ich fotografierte Strukturen von Weiß. Weiß in Weiß, weiß vor weiß. Weiße Raufaser, weißes Papier, weiße Baumwolle. Das einzige, was in Weiß Halt gibt, ist Struktur. Ein unregelmäßiger Faden im Tuch. Eine Welle in der Tapete. Wer die Selbstverständlichkeit verliert, gerät in Weiß.

Am Mittwochnachmittag brachte ich die Reportage zur Post. Ich war zufrieden mit meiner Arbeit. Spätestens in zehn Tagen würde das Honorar auf meinem Konto sein.
Es war ein windiger Herbsttag. Die Sonne schien zwar, aber der kalte Wind machte es ungemütlich. Um vier Uhr war ich mit Sophie vor dem Kino verabredet.
„Hallo, Anna“, Sophie strahlte mich an, „man, wir haben uns lange nicht gesehen. Du siehst ja ganz anders aus.“ Sie lachte. Ihr blonder Pferdeschwanz wippte hin und her.
Ich umarmte Sophie und sah dann an mir herunter: „Wieso ganz anders?“
Sophie erwiderte: „Ach, nur so. Irgendetwas ist anders. Ich weiß nicht was. – Drama, Komödie oder Horrorfilm?“
Ich grinste: „Komödie.“
Sophie grinste zurück: „Na, mal was ganz anderes...“
Wir hatten freie Platzwahl, am Nachmittag war es im Kino relativ leer, wir entschieden uns für die Loge. Als wir das Kino betraten, lief schon die Werbung. Wir stiegen die beleuchteten Treppen hoch, bis wir bei Reihe 24 ankamen. Plätze 269 und 270. 24 war meine Lieblingszahl, Quersumme sechs. Ich war froh, dass das Kino nicht so voll war. Die Plätze lagen nicht am Gang. Ich setzte mich immer an den Rand, um jederzeit weggehen zu können, ich mochte nicht mitten drinnen sitzen. Das Fluchtwegzeichen leuchtete da vorne, da war der Ausgang. Für alle Fälle. Ich hatte immer Angst, dass eine Tür, die zugegangen war, nicht wieder aufging. Dass man nicht mehr hinauskam. Türen in Kinos wurden nicht abgeschlossen, das wusste ich, aber ich hatte diese Angst, die blieb.
Sophie hatte Popcorn gekauft und reichte mir die Tüte herüber. Die Werbung zeigte einen Spot für ein neues Auto. Man sah Wüste, endlose Wüste, und dann preschte das Auto von

der Seite herein, mitten in die Wüste, raste durch den Sand, wirbelte Staub auf. Ich merkte nicht, dass die nächste Werbung schon lief, ich war noch in der Wüste, dort, wo es keine Orientierung gibt. Als es mich heiß durchzuckte, das war wieder so ein Blitz wie auf der Autobahn, räusperte ich mich.
Jetzt ging es schon um Eis auf der Leinwand. Der Film würde gleich beginnen. Sophie knabberte selbstvergessen an ihrem Popcorn, lächelte mich kurz an und schien bestens gelaunt. Sophie liebte Kino und Popcorn.
Ich war fast nie ins Kino gegangen, bevor ich Sophie kennenlernte. Mir waren die Bilder fast immer zu schnell und zuviel und der Ton zu laut. Sophie war eine passionierte Kinogängerin, sie wusste bestens Bescheid und kannte jeden Regisseur und fast jeden Schauspieler. Sophie leitete ein kleines Reisebüro. Fast alle Leute, mit denen ich befreundet war, hatten etwas mit Reisen zu tun, dachte ich. Menschen, die sich nirgends und überall zu Hause fühlten.
Der Film spielte in London. Liebeskomödie mit britischem Humor. Ich sah auf die Leinwand, sah London, dachte an Stockholm. An Hendrik, an Bali, an meine Mutter. Warum dachte ich so oft an meine Mutter in letzter Zeit? Erst als die Zuschauer alle lachten, merkte ich, dass ich ganz woanders war. Sophie bog sich vor Lachen. Ich hatte die Pointe verpasst, versuchte aber ein amüsiertes Gesicht zu machen.
Es kamen vier junge Frauen ins Kino, sie hielten die Kinokarten in der Hand und suchten im Halbdunkel nach ihren Plätzen. Die Tür war also offen, dachte ich. Sie würden sich hoffentlich nicht neben uns setzen, auf die Plätze, die neben mir zum Gang hin frei waren. Das Kino war doch halb leer. Sie stoppten an unserer Reihe, es durfte nicht wahr sein, wieviel Glück muss ein Mensch haben... Vielleicht würden sie sich auf

die Plätze neben Sophie setzen, nein, sie setzten sich auf die vier Plätze neben mir, kicherten, knisterten mit ihren Chipstüten und versperrten mir den Weg.
Der Film zeigte gerade die Protagonistin auf dem Weg zu ihrer Großtante, im Zug, als wieder so ein heißer Blitz mich durchschoss. Ich starrte auf das Fluchtwegzeichen, dann auf die vier belegten Plätze neben mir und kurz auf Sophies Popcorntüte. Es war eng, viel zu eng, von beiden Seiten. Ich fühlte mich umklammert, bedrängt, mir wurde übel, alles schien zu schrumpfen, kleiner zu werden. Mein Platz, das Kino, die Treppe, nur die Leinwand wurde immer größer, schien mich mit ihren großformatigen Bildern zu umwickeln. Und der Ton war jetzt viel zu laut, aufdringlich, kroch in mich, so wie das Knistern der Chipstüten mir nun tausendmal verstärkt vorkam.
Ich presste meinen Rücken gegen den Sitz, ballte meine Hände zu Fäusten. Mein Herz pochte, schlug hart gegen das Brustbein, ich wollte raus, sofort. Kalter Schweiß trat mir auf die Stirn. Ein Blitz jagte den nächsten. Ich erstarrte in meinem Sitz, sah alles und nichts mehr. Sollte ich hinausgehen oder bleiben? Ich beugte mich zu Sophie hinüber und flüsterte: „Ich muss mal, bin gleich wieder da." Dann stolperte ich über die Füße der jungen Damen neben mir und lief die Treppe hinunter, Richtung Fluchtwegzeichen. Ich fasste nach dem Türgriff, mein Herz pochte immer noch, die Tür ging auf. Ich atmete durch. Ging zu den Toiletten. Es war gelogen, dass ich gleich wieder da wäre, um nichts in der Welt würde ich wieder zurückgehen. Ich schloss mich auf einer Toilette ein, hätte mich am liebsten übergeben, spülte, ohne dass ich die Toilette benutzt hatte. Stand vor dem Spiegel. Ich hatte dunkle Ringe unter den Augen, war blasser als sonst. Sophie hatte recht, ich hatte mich verändert. Etwas aus meinem Gesicht war ver-

schwunden, eine Zuversicht, ein Leuchten, dafür war etwas anderes gekommen, ich wusste nicht, was es war. Ich band meine braunen, langen Haare zusammen und wusch mir das Gesicht mit eiskaltem Wasser.

Ich würde einfach in der Eingangshalle auf Sophie warten. Der Film würde allerdings bestimmt noch eine Stunde laufen. Ich setzte mich auf einen der roten Plüschsessel und sah mir ein Kinomagazin an.

„Hier bist du. Ich wollte mal gucken, ob du dich weggespült hast... Nachdem du über 20 Minuten weg warst und nicht wieder kamst. Ist alles ok?"

Ich antwortete: "Ja, ja. Mir ist nur etwas seltsam zumute, irgendwie übel oder so."

„Bist du schwanger?"

„Toller Witz!" Ich stand auf.

„Der Film war so toll auch nicht", stellte Sophie fest, „wollen wir noch etwas trinken gehen?"

Ich stimmte zu. Als wir im Galaxia saßen, dem Kino gegenüber, erzählte Sophie von dem Ärger, den sie mit einer Angestellten hatte. Ich war froh, dass sie redete, ich hatte nichts zu sagen. Ich hatte nur Fragen, und die würde mir niemand beantworten können.

An diesem Tag schien die Sonne, kein Nebel verhüllte den Feldweg. Anna hatte nach der zweiten, blauen Pforte gesucht, aber keine gesehen. Jetzt saß sie neben Asgard, sie hatten den kleinen Steinkegel wieder mitgebracht und drehte ihn zwischen den Händen.

„Diese Blitze, die heißen Wellen, kommen jetzt immer wieder,

immer häufiger", Anna drückte die Spitze des Kegels in ihre linke Handfläche.
„Die Angst ist ein ungebetener Gast", erwiderte Asgard.
Angst, wieso Angst. Anna wurde unruhig. Hatte sie Angst? Sie hatte nie Angst gehabt, sie doch nicht. Sie war allein durch ferne Länder gereist, hatte in der Wildnis unter dem Sternenhimmel übernachtet. Angst kannte sie nicht. Angst. Sie, Anna, hatte keine Angst.
„Und ungebetene Gäste kommen immer wieder", fuhr Asgard fort, „solange, bis man ihnen Beachtung schenkt und sie begrüßt."
Asgard zog ihr Schultertuch zurecht und verknotete es neu. Anna reichte ihr den Steinkegel.
„Ich glaube, du brauchst ihn noch. Oder irre ich mich?"
Anna zog die Hand zurück und zuckte mit den Achseln.
„Ich weiß nicht, ich weiß gar nichts. Ich weiß nur, dass der Kreis immer enger wird."
Sie blickte auf den Zaun, an dem noch einige Pappelsamen vom Sommer hingen. Die Pferde standen weit hinten auf der Weide, wie immer dicht beieinander.
„Wie wäre es, mit der Angst ein paar Worte zu reden, sie auf einen Tee einzuladen? Vielleicht hat sie dir etwas mitzuteilen."
Asgard sah Anna an. Einen Augenblick lang. Anna tauchte hinein, in das Blau von Asgards Augen, schwamm in Blau. Sie sagte nichts. Sie dachte an ihre Großmutter, die Mutter ihrer Mutter, die auf einem Bauernhof aufgewachsen war. Sie dachte an ihre knochigen Hände und ihre breite Gestalt. Sie war ganz anders gewesen als Asgard, die so schmal und zierlich war, dass Anna oft befürchtete, sie würde im nächsten Moment zerbrechen.

Asgard erwartete nichts. Keine Antwort. Von niemandem. Sie wusste, dass der Weg, der vor Anna lag, nicht einfach war. Und sie wusste auch, dass Anna dies ahnte. Angst war die größte Herausforderung im Leben.

Kapitel 4

Insel der Götter. Pulau Dewata nennen die Balinesen ihr Land. Grün leuchtende Reisterrassen, weiße Strände und unzählige Tempel prägen die einzige hinduistische Insel im islamischen Indonesien. Hier darf kein Hotel höher sein, als eine Kokospalme wachsen kann.

Feucht-tropisches Klima, beste Reisezeit von April bis Oktober während der Trockenzeit.

Ich klappte den Reiseführer zu und lehnte mich zurück. Bali. Der Traum über diese Insel eine Reportage zu machen. Das Café war von Stimmengewirr und dem Geräusch von klapperndem Geschirr erfüllt. Ich sah umher, sah viele Gesichter um mich herum, halb geleerte Kaffeetassen und Hände, die mit Strohhalmen spielten. Es war so ein Augenblick, der mich hineinzog, in die verwirrende Intensität von Leben. Viele Gesichter in diesem Lokal, die Zeit wurde langsamer und schneller zugleich, es war, als sammelte sich das ganze Leben in diesem Moment, in dem fast zu grellen Farb- und Tongemisch. Die Stimmen der Menschen um ein Vielfaches verstärkt, ich spürte die Holzlehne des Stuhls in meinem Rücken, wurde fast hineingepresst in den Stuhl von der Intensität dieses Augenblicks. Alles wurde lauter, greller, aufdringlicher. Ich sah die Versuche der Menschen zu leben, Leben zu gestalten. Sie kamen mir entgegen, in ihrer Schüchternheit, ihrer Arroganz, ihrem Zweifel und ihrer Normalität. Achterbahnfahrt, Leben in mich hineingedrückt, dazwischen Blitzlichter des Vergangenen, das war alles Ich, so anders, nie gleich. Sie sagen, ein Mensch ist so oder so, sie glauben, Menschen zu kennen, nach zehn Jahren, nach zehn Minuten, nach einem Blick. Ich blickte in das Leben und merkte, dass ich nichts kannte, niemanden,

nicht das Leben, nicht mich. Es waren nur Bruchstücke, Fetzen von Identität, die auf schrägen Tönen durch den Raum ritten. Der Sog wurde langsamer, gab mich wieder frei, spuckte mich aus, die Farben erblassten, die Töne verstummten.
Ich trank etwas von meinem Kaffee. Ein Augenblick, den ich gleich wieder vergessen würde. Dachte ich.
„Also doch Bali..." Sören zeigte auf den Reiseführer, kam auf mich zu, küsste mich und setzte sich rechts neben mich.
„Chérie, Anna, wie schön! Ich freue mich immer, dich zu sehen. Und es ist schon wieder so lange her, dass ich für dich gekocht habe. Wie geht es dir, mein Schatz?"
Sören wickelte umständlich sein Halstuch ab und legte es neben sich auf den leeren Stuhl.
„Ich leide am November und träume von Bali...", antwortete ich und betrachtete Sörens neue Frisur, „du warst beim Friseur..."
„Ja, ich war bei Tom – du weißt, Tom, ja, du weißt, wir haben uns vertragen, er hat auch einen neuen Freund. Und ich dachte, ein bisschen etwas Neues zu dieser Jahreszeit. Gefällt es dir?"
„Ja, steht dir super!"
Sören bestellte sich einen doppelten Espresso.
„Wie geht's Nick?" fragte ich.
„Oh, prima. Wir sind so glücklich zusammen. Es ist irgendwie ganz anders, als es bisher war. Er liebt es ins Theater zu gehen, wie ich. Gestern waren wir in der Neuinszenierung von Macbeth."
Sören nahm den Bali-Reiseführer in die Hand und blätterte darin.
„Chérie, willst du wirklich nach Bali? Wann?"

„Keine Ahnung, steht nicht fest bisher. Und vielleicht geht es gar nicht."
Sören schaute auf und runzelte die Stirn. „Wieso, geht nicht? Was ist passiert? Hast du Stress mit Hendrik? Ihr wolltet doch zusammen dorthin, oder?"
„Ja, schon, aber mit Hendrik ist nichts. Eher mit mir."
Sören legte das Buch weg.
Ihn würde ich nicht anlügen können. Er würde es merken. Sophie und Hendrik konnte ich etwas vormachen, aber nicht Sören.
„Du weißt, dass du mit mir immer reden kannst..."
Ich nickte, blickte angestrengt auf das Matisse-Bild an der Wand und schwieg. Sören würde nicht bohren, er würde warten, bis ich etwas sagte.
Er fuhr mit dem Finger den Kerzenrand entlang und sah mich an. Ich wollte seinem Blick ausweichen, weil ich merkte, dass Tränen kamen. Sören nahm meine rechte Hand und hielt sie zwischen seinen beiden Händen fest.
Ich wollte nicht weinen, nein, und trotzdem rollte so eine verdammte Träne meine Wange herunter. Sören drückte meine Hand.
„Hast du schon einmal richtig starke Angst gehabt?" fragte ich. Ich musste Fragen loswerden, ich hatte zu viele davon in mir.
„Natürlich, jede Menge. Ich bin ein richtiger Schisshase", Sören grinste.
„Ich meine Angst vor nichts Konkretem. Also keine Angst vor Höhe oder vor Spinnen. Ich meine Angst, dass plötzlich nichts mehr so ist, wie eben noch war. Angst, dass alles zusammenbricht, dass es keinen Halt mehr gibt."
Sören schloss kurz die Augen, öffnete sie wieder und erwiderte: „Ich weiß nicht. Ich habe Flugangst zum Beispiel. Ich finde es

ganz grässlich zu fliegen. Oder Angst vorm Zahnarzt habe ich. Aber das sind alles ganz konkrete Ängste."

Ich löste meine Hand aus seinen beiden Händen, steckte meine Haare neu zusammen und sah aus dem Fenster, dann in die Kerze.

„Es hat auf der Insel angefangen. Der Horizont schwankte. Ich hatte Angst mich zu verlieren. Deshalb bin ich früh abgereist."

„Ach so, dann war es gar nichts Körperliches, wie du gesagt hattest..."

„Nein. – Ich finde es so schwierig, darüber zu reden. Es klingt so verrückt. Die Welt schwankt. Und es wird immer häufiger. Und es wird immer enger. Ich wusste erst gar nicht, dass es Angst ist."

Sören drehte sich eine Zigarette und fragte:

„In welchen Situationen hast du das bisher gehabt?"

„Wie gesagt, auf der Insel. Dann im Kaufhaus, auf der Autobahn, beim Spazierengehen und zuletzt im Kino. Ganz unterschiedliche Situationen."

Ich atmete tief ein und aus. Bei dem Thema wurde mir alles eng.

„Und wie äußert sich das? Ich meine – körperlich?"

„Mir wird heiß und kalt, ich glaube, ich ersticke, mein Herz rast, mir wird übel, schwindelig. Gerade so, als würde man gleich sterben..."

Hendrik nickte. „Das klingt nach Panikattacken."

„Was?"

„Ja, das ist mehr als Angst. Das ist Panik. Ich hatte mal einen Freund, der das immer hatte, wenn er in geschlossenen Räumen war. Er konnte nicht ins Theater gehen, nicht ins Kino, in Vorträge und er konnte nicht reisen."

Ich merkte, wie etwas in mir zu vibrieren begann. Das konnte nicht sein. Panik. Angst. Ich. Wozu? Warum?
Sören legte die fertig gedrehte Zigarette auf den Tisch, streckte sich und lehnte sich vor. „Es kann viele Gründe dafür geben. Wichtig ist, dass du etwas machst, sonst wird es immer schlimmer."
„Was soll ich machen? Verdammt – ich versuche so weiterzuleben wie bisher und das Ganze zu ignorieren und zu vergessen."
„Ich fürchte, das funktioniert nicht lange. Hast du schon einmal daran gedacht, zu einem Psychotherapeuten zu gehen?"
Ich schnipste einen Krümel vom Tisch. Psychotherapie, pah, das fehlte noch.
„Nein, ich kriege das auch alleine hin."
„Ok. Falls du es dir anders überlegst, ich habe ein paar Adressen von guten Therapeuten."
Sören lächelte mich an. Er redete über diese Themen, als wäre es das Normalste der Welt. Das verstand ich nicht.
„Ich weiß nicht, woher das plötzlich kommt", sagte ich und spürte, wie mich all dies ärgerte.
„Ich glaube, es ist egal, woher es kommt. Tatsache ist, dass du jetzt damit umgehen musst. Weil es da ist."
Ich griff nach dem Reiseführer.
„Die beste Reisezeit ist von April bis Oktober. Jetzt ist Regenzeit auf Bali. Bis April werde ich wohl wieder fit sein."

Wieviele Schichten hat das Leben? Ich vergaß den Moment im Café nicht, dieses Ineinanderdrängen von Ebenen von Leben, dieses Eingesogen-Werden in die Fülle von Sein.
Wenn ich fotografierte, wollte ich mehr als etwas ablichten. Ich wollte von diesen Schichten erzählen. Leben aufeinander

und ineinander geschichtet. Die Geschichten von Leben, täglich.
Ich experimentierte mit Mehrfachbelichtungen, legte Motive übereinander, verschmolz Farben mit Formen, Leben von gestern mit Leben von heute. Überließ dem Zufall, welche Motive zueinander fanden, belichtete Filme mehrmals, ohne zu wissen, welches Bild auf welchem Augenblick zu liegen käme. Die Geschichten, die keiner hörte. Ich hatte keine Ahnung, wie ich in diese Geschichte geraten war. Es war eine fremde Geschichte. Glaubte ich. Ich sah der sich verstärkenden Unruhe zu, dem täglich größer werdenden Wunsch zu fliehen. Träumte von einer anderen Geschichte. Aber Geschichten kann man nicht einfach verlassen, sie wollen erzählt werden. Gleichgültig, wie furchtbar sie sind. Wenn man in eine fremde Geschichte gerät, lebt man ein anderes Leben und merkt es vielleicht zu spät. Ich hatte meine Geschichte schon mehrmals gewechselt, mir wurde es schnell zu eng.
Ich begann, mit meinen Fotos Geschichten zu erzählen.

Anna ging durch die blaue Pforte. Kurz streifte ihr Blick die weiße Mauer. Sie dachte daran, wie sie das erste Mal hier entlang gegangen war. Es war eine Weile her, es war, als sie das erste Mal das Schwanken gespürt hatte in ihrem Leben.
Sie hatte die Hände tief in den Hosentaschen vergraben, sie schaute auf den Boden. Sie war schlecht gelaunt.
Obwohl es ein sonniger Tag war. Obwohl die beiden braunen Pferde direkt am Zaun standen und die Köpfe hoben, als sie sich näherte. Obwohl Asgard sie mit einem strahlenden Lächeln begrüßte.

Ohne ein Wort zu sagen, setzte sie sich neben die alte Frau auf die Bank.

„Was macht der ungebetene Gast?" fragte Asgard.

Anna zuckte mit den Achseln, sie sah Asgard nicht an. Es störte sie, dass sich etwas in ihrem Leben breit machte, das sie nicht kannte und das sie nicht wollte. Und gegen das sie nichts ausrichten konnte.

Sie war wütend, auf das Leben, auf sich selbst, auf alles.

Asgard zeichnete mit ihrer linken Schuhspitze etwas in den Sand.

„Was würdest du zu einem Menschen sagen, der immer wieder Besuch von jemandem bekommt, den er nicht kennt? Und der diesem Besucher immer wieder die Tür vor der Nase zuwirft, sobald er ihn gesehen hat?"

„Dass er umziehen soll. Soll sich eine andere Tür nehmen."

„Also weglaufen vor dem unbekannten Besucher?" fragte Asgard.

„Die Spur verwischen", korrigierte Anna.

„Das ist Flucht."

„Meinetwegen."

Anna starrte auf den Boden.

„Sieh mich an, Anna", sagte Asgard.

„Nein", Anna schabte mit den Schuhsohlen auf dem Boden.

„Bitte sieh mich an", wiederholte Asgard.

Widerwillig hob Anna den Kopf, bis sie in Asgards offenes Gesicht sah.

„Was wünscht du dir?" fragte Asgard.

Anna schwieg, dachte nach. Dann meinte sie: „Einen fliegenden Teppich, um Geschichten zu wechseln."

„Erzähl mir davon."

Es war ein dick gewebter Teppich aus blauem Garn, der rot gesäumt war. Und in das Blau waren kleine, gelbe Sterne gewebt, die den Teppich zu einem Abbild einer sternenklaren Nacht machten. Der Teppich kam immer angeflogen, wenn es zu eng wurde, wenn man eine Situation verlassen wollte, weil man sie nicht mehr aushielt. Man brauchte nur den Teppich zu berühren, seine flauschige, blaue Oberfläche anzufassen, und schon trug er einen an den Ort, den man sich wünschte. Zum Beispiel in den Garten am Meer.
„Wunderbar", Asgard lächelte, „gut, dass du diesen Teppich hast. Manchmal gibt es keinen anderen Weg als Flucht, und das meine ich ernst." Sie sah Anna an, dachte für einen Moment an einen Weg, den sie vor langer Zeit verlassen hatte. Anna stand auf, pflückte Gras und fütterte die Pferde. Sie drehte sich um und sagte: „Danke, Asgard."
Und wenn man zum Horizont blickte, schien etwas vorbeizufliegen, was wie ein Stück Sternenhimmel aussah.

Als ich zum Bahnhof ging, machte etwas meine Schritte langsam, zögernd. Die große Uhr auf dem Bahnhofsvorplatz war kurz vor acht. Mein Zug ging in einer Viertelstunde. Heute war die Redaktionssitzung für die Freiberuflichen in Frankfurt. Einmal im Monat trafen wir uns vor Ort, um über die nächsten Vorhaben zu sprechen. Bali. Hendrik hatte immer wieder Andeutungen gemacht, als hätte er schon etwas in die Wege geleitet, als hätte er bereits mit jemandem vom Verlag gesprochen. Was würden aber die nächsten Aufträge sein? Dänische Ostseeinseln waren im Gespräch gewesen. Eine Reportage über Zürich auch.

Ich verlangsamte meinen Schritt weiter. Etwas zog mich weg von diesem Ort. Ich betrat die Bahnhofsvorhalle und sah auf die Abfahrtstafel. Gleis neun, in zwölf Minuten. Dann ging ich wieder hinaus auf den Bahnhofsvorplatz. Die Springbrunnen waren schon ausgeschaltet, die ersten Nachtfröste drohten.

Unruhig blickte ich auf die Uhr. Was hatte ich bloß? Ich würde jetzt in den Zug steigen, anderthalb Stunden fahren, aussteigen, an der Sitzung teilnehmen und wieder zurückfahren. In zehn Stunden wäre ich spätestens zurück. Fertig. Was war das Problem? Ich ging zum Bahnsteig, der Zug fuhr gerade ein. Wagennummer 16, Platz 52. Zweimal die Quersumme sieben. Sieben war eine Zahl, zu der ich keinen besonderen Bezug hatte.

Sitzplatz am Fenster, neben mir der Platz war auch reserviert, aber noch niemand war da. Ich legte meinen Laptop ins Gepäcknetz und nahm die Kunstzeitschrift aus dem Rucksack, die ich mir gestern gekauft hatte.

Der Pfiff ertönte, die Türen schlossen sich mit einem Rums. ‚Willkommen an Bord des ICE Wilhelmsstein. Der nächste Halt ist...'

Ich schlug die Zeitschrift auf und dachte: Nicht nachdenken. Nichts fühlen. Sich nichts überlassen. Ablenken. Züge haben keine Fluchtwegzeichen. Sie rasen durch die Landschaft für eine gewisse Zeit und halten zwischendurch. Anderthalb Stunden. Ich hatte Zugfahren doch immer geliebt. Kein Grund zur Beunruhigung. Es war nicht sonderlich voll. Kein Gedränge.

Ein Bericht über die Rückkehr des Gefühls in der Kunst. Nach Jahren der emotionalen Enthaltsamkeit und der nüchternen Betrachtung drängten nun immer mehr junge Künstler auf den Markt, die das Gefühl thematisierten.

Es wurde dunkel vor den Fenstern. Ein Tunnel. Ich schaute mir die Abbildung eines Bildes einer Pop-Art-Variation des Schreis von Edvard Munch an.
Immer erneut sah ich auf die Uhr, die Zeit schlich dahin, während der Zug raste. Ich war erst seit sieben Minuten unterwegs.
„Ist hier noch frei?"
Eine ältere Dame mit langem, grauen Pferdeschwanz deutete auf den Platz neben mir.
Ich nickte: „Ja, aber der Platz ist reserviert, vielleicht kommt noch jemand..."
Die ältere Dame zuckte die Achseln: „Vielleicht kommt der- oder diejenige auch nicht. Ich habe immer Glück."
Sie setzte sich neben mich, legte ihre violette Handtasche auf den Schoß und blickte aufmerksam umher.
Ich habe immer Glück, was für ein Satz, dachte ich. Wer konnte das schon von sich behaupten?
Schon wollte ich mich wieder in die Zeitschrift vertiefen, aber etwas an meiner Nachbarin irritierte mich. Ich musterte sie kurz von der Seite, ihre langen, grauen Haare, ihr energisches Kinn und den Mund, den ein zufriedenes Lächeln umspielte.
„Wann haben Sie Geburtstag?"
Etwas erstaunt über diese direkte Frage fing ich an zu stottern: „Äh, hmm... im Juni, am 28. Juni..."
Die ältere Dame nickte, als hätte sie es gewusst: „Dann sind Sie Krebs."
Ich war etwas durcheinander: „Ja, ja, das ist wohl richtig."
„Viel Gefühl", sagte sie, „die Ägypter sahen das Sternbild als zwei Schildkröten, die sie Wassersterne nannten. Ist das nicht interessant?"

Ich nickte nur. Sternzeichen. Dafür hatte ich mich bisher überhaupt nicht interessiert.
„Ich bin Fischgeborene. Ist ja auch ein Wasserzeichen, fast noch mehr Gefühl, sehr sensibel... das ist eine Aufgabe..."
Ich blickte aus dem Fenster. Eigentlich wollte ich die ältere Dame fragen, ob sie sich immer gleich nach dem Geburtstag erkundigte, da kam schon die nächste Frage:
„Kennen Sie Ihre Lebenszahl?"
„Nein..."
„Was ist Ihr Geburtsjahr?"
„1969."
Die ältere Dame klopfte mit dem rechten Zeigefinger auf ihre Handtasche, dann stellte sie fest: „5 aus 41."
Das klang wie Lottozahlen.
„Ihre Lebenszahl ist fünf", sie nickte.
„Die Quersumme", bemerkte ich.
„Genau."
Der Zug fuhr langsamer. ‚In wenigen Minuten erreichen wir...'
Die ältere Dame rückte auf dem Sitz nach vorne.
„Ich muss aussteigen. Was die Lebenszahl bedeutet, erzähle ich Ihnen bei der nächsten Gelegenheit." Sie stand mühsam auf.
„Passen Sie auf sich auf." Sie lächelte zum Abschied und verschwand.
Ich saß da, wie vom Donner gerührt. Was war das? Wer war das? Und wieso teilte ich einem wildfremden Menschen mein Geburtsjahr mit? Krebs, viel Gefühl, Quersumme fünf. 41, eine Primzahl. Und wieso glaubte sie, dass wir uns wiedersehen würden? Ich packte die Kunstzeitschrift weg und begann, ein Sudoku-Rätsel zu lösen. Ich liebte Sudokus und hatte immer ein Heft dabei. Ich liebte Zahlen. Zahlen gaben Halt. Und sie waren schön.

Als ich vor dem Verlagshaus stand, kam mir ein Kollege entgegen.
„Hallo, Anna. Alles fit?"
„Ja, ja. Ganz ok."
Ich hatte mit Edgar einmal eine Reportage über die Alpen gemacht. Er riss ununterbrochen schlechte Witze, selbst angesichts der schönsten Bergpanoramen. Seitdem hatte ich es vermieden, mit ihm zusammenzuarbeiten. Außerdem waren seine Texte schlecht.
Wir betraten das Foyer, der Konferenzraum war im achten Stock. Edgar ging zum Lift. Lift fahren ging gar nicht, ging noch nie.
„Ich gehe zu Fuß."
„Viel Spaß dabei."
Allgemeines Händeschütteln, sich begrüßen, small talk, das Wetter, die Anreise, die letzte Panne... Ich mochte diese Versammlungen nicht. Für small talk war ich nicht geboren. Wenn zumindest Hendrik hier wäre, aber er war gestern nach Stockholm geflogen.
Ich setzte mich an die lange Tischreihe, die in der Mitte des Raumes stand. Der stellvertretende Chefredakteur Herr Eister ergriff das Wort, redete über Erfolge, positive Resonanz, Auflagen und Visionen. Wie immer. Dann wurden die anstehenden Reportagen besprochen. Es waren etwa dreißig Fotografen und Journalisten anwesend.
Ich döste vor mich hin, bis ich an die Reihe kam.
„Frau Svendheim, erst einmal: Herzlichen Glückwunsch zu Ihrer gelungenen Reportage über den Harz, die im nächsten Heft erscheint. Ich bin ein Harzkenner, aber Ihre Fotos haben mir einen ganz neuen, anderen Eindruck von dieser wunderbaren Gegend geschenkt", Herr Eister nickte anerkennend. „Es

ist eine Kunst, tausendmal fotografierte, bekannte und nicht besonders exotische Gegenden auf diese Weise abzulichten. Wir würden Sie gern für unsere neue Reihe ,Urlaub vor Ort' sozusagen verpflichten. Das nächste wäre der Odenwald und dann die Mecklenburgische Seenplatte. Wären Sie damit einverstanden?"
Deutschland fotografieren. Vor der Haustür arbeiten. Früher hätte mich das geärgert. Jetzt war ich froh. Solange die Horizonte schwankten, konnten selbst die Nordseeinseln zu weit weg sein.
„Ja, mach ich gerne." Mir entgingen die grinsenden Gesichter einiger Kollegen nicht. Deutschland zu fotografieren, war verpönt und nicht beliebt.
„Das freut mich", Herr Eister griff nach einem neuen Zettel, und ich wollte mich wieder zurücklehnen und weiterdösen.
„Frau Svendheim?"
„Ja?"
„Da wäre noch etwas: Würden Sie Anfang April nach Bali fliegen? Mit Herrn Fahlbeck zusammen?"
Ich fuhr hoch. Bali. Mit Hendrik.
„Ja." Mehr brachte ich nicht heraus. Das Grinsen auf den Gesichtern der Kollegen verschwand augenblicklich.
„Bitte reservieren Sie sich dann die erste Aprilhälfte für die Balireise."
Der Blick von Herrn Eister wanderte weiter, er redete über Andalusien, die Bretagne und Bulgarien.
Ich dachte nur noch: Bali. Und ich war mir nicht sicher, ob ich mich freute.

Wie ferngesteuert verließ ich die Sitzung. Ich habe immer Glück, dachte ich. Wenn ich mir etwas wünschte, ging es meis-

tens in Erfüllung. Ich stieg die 384 Stufen vom achten Stock wieder hinunter, beeilte mich, das Verlagshaus zu verlassen und ging zum Bahnhof. Unterwegs kaufte ich mir eine Handpizza. Ich würde den Zug um halb zwei bekommen, dann wäre ich schon nachmittags wieder daheim.
Als ich dem Bahnhof näher kam, spürte ich wieder diesen Widerstand in mir, der meine Schritte zögern ließ und mein Denken eng machte. Es war ein Intercity dieses Mal, kein ICE wie auf der Hinfahrt. Das bedeutete, mehr Zwischenhalts und vielleicht Fenster zum Öffnen. Der Zug war ziemlich voll, ich fand einen Sitzplatz im Wagen 14, Quersumme fünf, dachte kurz an die ältere Dame von heute morgen, fünf, die Lebenszahl, von der ich nicht wusste, was sie bedeutete. Neben mir saß ein Geschäftsmann mit Laptop auf dem Schoß.
Kein Fensterplatz, sondern ein Platz am Gang. Meine Gedanken drehten sich, drehten sich um Bali, um Fluchtwege, um Träume und Alpträume, um die Insel, die ich fluchtartig verlassen hatte. Dazwischen Odenwald und Mecklenburgische Seenplatte. Halt. Ich versuchte, meine Gedanken anzuhalten. Es stiegen immer mehr Leute zu, die Gänge waren verstopft mit Koffern und mit nach einem Sitzplatz suchenden Fahrgästen.
Mit einem Ruck fuhr der Zug an, ich betrachtete die rosafarbenen Kopflehnen. Bei der Hinfahrt hatte ich mir die Fahrtzeiten zwischen den Haltestellen ausgedruckt. Jetzt hatte ich keine Ahnung, wie oft und wann der Zug hielt, wie lange er zwischen den Haltebahnhöfen unterwegs war. Hauptsache, er fuhr und blieb nicht stehen. Schon gar nicht in einem Tunnel. Mein Herz klopfte, wahrscheinlich hatte ich viel zu wenig getrunken heute. Ich zerrte die Wasserflasche aus dem Rucksack, der Zug fuhr langsam aus dem Bahnhof hinaus. Ich trank in

großen Schlucken, als könnte ich so etwas von der Beklemmung fortspülen. Ein paar Sitze vor mir, auf der anderen Seite vom Gang, eine Frau mit roten, hochtoupierten Haaren und grellem Lippenstift. Sie redete lautstark in ihr Handy, wiederholte immer wieder die Worte: ‚So nicht, mein Freund.' – Während ich die Wasserflasche wieder in den Rucksack steckte, merkte ich, wie meine Hände zitterten. Ich griff nach dem Sudoku-Heft. Aber die Zahlen tanzten vor meinen Augen, verwirrten sich in meinem Kopf, die Quadrate wurden zu Kreisen, die schrumpften. Ich legte das Heft beiseite, nahm das Kunstmagazin. Versuchte es mit einem Artikel über alte Meister. Besser als Gefühle in der Gegenwartskunst. Ablenken, bloß ablenken. Was war mit meinem Körper los? Der machte sich selbständig. Das Herz flatterte, die Hände waren nass, alles vibrierte. Erst sechs Minuten gefahren. Ich starrte auf meine Digitaluhr. Digitaluhren hatten viel mehr Zahlen als normale Uhren mit Ziffernblatt. Die ältere Dame, wenn die jetzt hier wäre. Aber da war nur der Herr im schwarzen Anzug mit der hellblauen, gestreiften Krawatte neben mir. Ich brauchte etwas zum Beruhigen, kramte in meinem Rucksack, fand nur einen alten Eukalyptusbonbon, der nicht mehr appetitlich aussah. Die Zeit kroch, die Minuten schienen auf halbem Wege stehenzubleiben und sich umzusehen – so würde diese Fahrt ewig dauern. Mein Bauch rumorte, ich spürte einen unangenehmen Druck auf dem Magen. Hatte ich Hunger? Ich wusste es nicht.

Ich sah geradeaus, die Tasten des Laptops meines Nachbarn hämmerten mir ins rechte Ohr, ein scharfer Geruch von Salami zog von vorne zu mir herüber, ein Kind schrie.

Die Luft war stickig, zu stickig. Ein Fenster. Ich sah mich um, hier gab es keine Fenster zum Öffnen. Alles klimatisiert. Wie im ICE auf der Hinfahrt. Frische Luft. Eine Verbindung nach draußen. Der Druck wuchs aus der Magengegend in die Brust, presste gegen mein Brustbein, machte den Brustkorb eng. Ich war eingesperrt, ich würde ersticken. Nervös strich ich mir eine Haarsträhne aus dem Gesicht. Verdammt, Anna, ruhig bleiben, das war doch alles übertrieben. So schnell krepiert man nicht. Aussteigen. Nur noch aussteigen. Raus hier. Als der Zug langsamer wurde und in einen Bahnhof einfuhr, suchte ich hastig meine Sachen zusammen, lief zur Tür, wartete kurz im Gedränge, stieg aus, stand auf dem Bahnsteig. Mein Laptop! Ich stieg wieder ein, eilte zu meinem Platz, wo war mein Laptop, ich hatte ihn doch ins Gepäcknetz gelegt. Mit fahrigen Händen suchte ich zwischen Taschen, Regenschirmen und einem Blumenstrauß. Als ich die Laptoptasche endlich unter einem Koffer entdeckte und versuchte sie herauszuzerren, fuhr der Zug wieder an. Mir wurde heiß. Mein Scheitel brannte. Ich riss die Laptoptasche heraus, warum hatte ich nur eine schwarze Laptoptasche, die man nie sah, legte sie auf den Sitz zu meinem Rucksack. Der Geschäftsmann musterte mich kurz und desinteressiert. Ich fühlte mich jetzt in meiner verunglückten Aussteigeaktion beobachtet von allen Fahrgästen. Die Türen waren zu. Der Zug fuhr weiter. Mir war kotzübel, in meinen Ohren rauschte es. Ich würde gleich umkippen. Ich war wirklich krank. Das war doch nicht mehr normal hier. Im Zug sterben. Ich ging zur Toilette. Besetzt. Wartete davor. Biss mir auf die Lippen. Als das WC frei war und ich hineinging, schloss ich die Tür nicht ab. Das ging nicht. Was wäre, wenn ich aus so einem kleinen Raum nicht mehr herauskäme, wenn ich hier eingeschlossen wäre. Ich versuchte, langsamer zu atmen, die Hände und Füße kribbelten. Ich kniff mir in den Unterarm. Schmerz. Zurück. Wohin?

Woher? Ich verließ die Toilette und ging wieder zu meinem Sitz.
„Wann ist der nächste Halt?"
„In etwa zehn Minuten", der Schaffner lächelte mich an, gab mir die Fahrkarte zurück. Zehn Minuten. 10 mal 60 Sekunden, 600 Sekunden. Ich würde sterben, es würde keiner merken, es würde keiner helfen. Ersticken.
Ich hielt mich an der Laptoptasche fest. Alles von mir schien zu flattern. Nicht außen, nein, innen schwankte alles. Raus, nur raus. Wie lange noch? Wie lange ist zu lange? Vielleicht würde ich durchdrehen, gegen die Türen schlagen, die Notbremse ziehen.
‚Nächster Halt...' Ich nahm meine Sachen, die Laptoptasche, den Rucksack und ging zur Tür. Wo auch immer. Nur raus.
Die kalte Novemberluft kühlte mich etwas ab. Ich stand dort, unfähig mich zu bewegen. Auf einem Bahnsteig, in einem Bahnhof, an einem Ort, den ich nicht kannte. Kaum jemand war hier noch außer mir ausgestiegen. Ich lehnte mich gegen eine Laterne. Kein Mensch in der Nähe. Ich zählte die übrigen Laternen bis zum Ende des Gleises. Zwölf Stück. Der nächste Zug fuhr in 45 Minuten, ein Regionalexpress. Vielleicht mit Fenstern zum Öffnen. Aber selbst die Regionalexpresse hatten oft keine Fenster mehr, die man aufmachen konnte. Ich würde noch zwei Stunden unterwegs sein, eine umständliche Route, mit Umsteigen. Ich setzte mich auf eine Bank. Stand sofort wieder auf. Ich konnte jetzt nicht warten, das Nichtstun schien mich wahnsinnig zu machen. Ich konnte nicht herumsitzen und warten. Mein Körper war getrieben, wollte nur noch laufen, weglaufen. Und ich könnte schon gar nicht wieder in einen Zug steigen, das war unmöglich. Ein Taxi musste her.

Mit dem Taxi würde es gehen. Wie lange würde ich brauchen, keine Ahnung, es war schon noch ein Stück. Ich ging um das kleine Bahnhofsgebäude herum, und dort stand tatsächlich ein Taxi. Ich nannte die Stadt, wo ich hinwollte.
„Warum nehmen Sie denn nicht den Zug?"
„Fahren Sie oder fahren Sie nicht?" Ich war ungeduldig.
„Ja, aber da bin ich ja ewig unterwegs. Also, anderthalb Stunden fahren wir bestimmt, Sie wissen das - das kostet..."
„Schon klar, dass Sie nicht umsonst fahren."
Der Taxifahrer seufzte, fuhr sich über seinen Bierbauch und rief dem Mann im Kiosk gegenüber zu: „Erwin, ich bin dann mal weg... Halt die Stellung."
Er öffnete den Kofferraum. Ich packte den Laptop und den Rucksack hinein, nahm die Wasserflasche noch heraus. Was würde das kosten? Egal. Es gab keinen anderen Weg.
„180 Euro müssen Sie rechnen", der Taxifahrer sah mich immer noch skeptisch an.
„Ja."
„Warum fahren Sie denn nicht mit dem Zug?"
„Das würde ich Ihnen schon mitteilen, wenn ich es wollte." Ich war gereizt.
Er murmelte etwas Unverständliches und ließ den Motor anspringen.
Während der ganzen Fahrt redeten wir kein Wort miteinander. 96 Minuten später waren wir vor meiner Wohnung. Ich drückte ihm 200 Euro in die Hand und stieg aus. Verschwendung, schoss es mir durch den Kopf. Es ging nicht anders, kam es aus der anderen Ecke.
Gut, dass ich wieder zu Hause war. Ich stieg die Treppen in den zweiten Stock hoch, sperrte die Tür auf und ließ mich auf das Sofa fallen.

Nach Stunden flirrender Angst, die mir das Gefühl gegeben hatte, dass es keinen Boden mehr gab, keinen Boden, um darauf zu gehen, ergriff mich jetzt eine dumpfe Erschöpfung. Außer Angst, Erregung hatte ich nichts mehr gespürt. Erst als mein Körper hier zu Hause sich langsam zu beruhigen begann, merkte ich, wie anstrengend es ist, Angst zu haben.
Ich holte meinen Zeichenblock und einen schwarzen Stift. Zog einen zittrigen Kreis, legte das Lineal an und erschrak. Maß noch einmal den Durchmesser ab.
15 cm, fast halbiert. Neben den Kreis schrieb ich das Wort: Verzweiflung. Ein schwarzes Wort ohne Luft zwischen den Buchstaben. Und ohne Boden. Dann warf ich den Zeichenblock auf den Boden und fing an zu weinen.
Die Welt war ein unsicherer Ort geworden.

Anna griff nach der blauen Pforte. Sie war fast geschlossen. Vorsichtig drückte sie dagegen und ging hindurch. Dahinter begann ein einsamer Weg, zwischen zwei Feldern zog er sich dahin, ohne dass ein Ende abzusehen war. Auf den Zaunpfählen lagen rosafarbene Rosenblüten. Anna ging zu der Bank, auf der Asgard saß und setzte sich neben sie.
„Es ist keine Rosenzeit“, sagte Anna.
„Offenbar doch“, erwiderte Asgard. „Schön, oder? Ich weiß nicht, wer sie dorthin gelegt hat, aber schön ist es.“
Anna steckte die Hände unter ihre Oberschenkel.
„Es sind nur noch 15 Zentimeter“, sagte sie.
„Ich weiß“, antwortete Asgard. Sie hatte einen Stock in der Hand und malte mit der Spitze eine Fünf in den Sand. Anna sah es nicht.

„Freiheit", meinte Asgard, „Freiheit muss man immer neu finden... so wie die Zukunft auch..."
„Die Zukunft ist ein schrumpfender Kreis", bemerkte Anna, „der irgendwann zum Punkt wird. Und dann ist alles vorbei."
Asgard fragte: „Wie lange fliegt man, bis man auf der anderen Seite der Welt ist?"
„Keine Ahnung, mindestens fünfzehn Stunden."
Asgard sagte: „Wenn der Kreis ein Punkt wird, kann es von vorne beginnen."
Anna sah keinen Anfang, sie sah nur Enden, lauter Enden, enge Enden, Wege, die plötzlich aufhörten und viel zu wenig Fluchtwege.
Dann berührte sie die blaue Oberfläche des Teppichs und ließ sich davontragen. In eine andere Geschichte. An einen Ort, der immer Platz für Hoffnung ließ und der immer gleich groß blieb.
Ein alter Birnbaum und das Meer. Und die Begegnung von Horizont und Himmel.

Kapitel 5

Wenn der Kreis ein Punkt wird, steht das Leben still.
Ich wollte mir nicht vorstellen, was das bedeutet.
Das Leben wurde jeden Tag enger. Jeden Tag ein paar Zentimeter weniger. Jeden Tag etwas weniger Platz zum Leben.
Eng. Wenn der Horizont näher rückt und das Denken begrenzt, das darüber hinaus gegangen wäre, wenn Mauern wachsen aus Momenten, die leicht sein hätten können, wenn Grenzen unüberwindbar werden.
Immer wieder diese Grenze, ohne Chance auf die Welt dahinter, die verlorene Freiheit. Keine Gedanken mehr, die weiter hätten fliegen können. Nicht einmal in Träumen hoffte ich noch auf eine Welt, in der der Horizont so weit weg ist, dass ich Flügel haben müsste, um ihn zu erreichen. Was ist Enge, das ist mehr als sprachlos werden, das ist das Gefühl, dass der Raum zum Denken fehlt, mehr als Schlösser an Türen, mehr als Mauern von allen Seiten. Was ist Enge, die hat keine Worte, ist Ohnmacht im Raum, klingt wie Angst, und wenn sie irgendwo wohnt, dann im Hals.
Dort, wo Enge und Dunkelheit sich gepaart haben, ist die Angst geboren worden.
Ein Gespenst – nein. Eine Würgeschlange – nein. Ein sehr dunkler Raum der unverfaulten Reste von Gestern, die vorgaukelten, dass nichts sich seitdem geändert habe, dass das Gestern ewig dauere.
Die klebrigen Arme der Angst pressten sich auf alles, was ihnen auf dem Weg durch die Dunkelheit begegnete und machten den Raum jeden Tag enger. Wer betrat diesen Raum freiwillig?

Es war Mitte Dezember. In gut zwei Wochen würde Weihnachten sein. Zwei Wochen erschienen mir wie eine Ewigkeit. Jeder Tag war ein Jahrhundert. Endlos in seiner Ausdehnung zwischen Morgen und Abend. Und jeder Tag war eng.

Mein Leben hatte sich verändert, erst schleichend, dann immer schneller. Seitdem ich aus Frankfurt zurückgekommen war, das war zwei Wochen her, hatte mich eine seltsame, innere Lähmung ergriffen, die es mir unmöglich machte zu denken, zu arbeiten, etwas zu tun. Seitdem ich aus dem Zug geflohen war, hatte sich die Zeit verzerrt. Mehrmals am Tag brach diese Lähmung unerwartet und plötzlich auf, dann kam panische Angst, dann durchjagten meinen Körper für eine halbe Stunde heiße Blitze, dann wurde das Atmen schwer und mein Scheitel brannte, als hätte jemand ein Feuer darauf entfacht. Es war, als wäre die innere Lähmung eine Folge dieser unerträglichen Attacken, die wie aus heiterem Himmel zu kommen schienen. Ich lebte, als gehörte ich nicht hierher, in einen merkwürdigen Nebel gehüllt, der manchmal von diesen heißen Blitzen durchschossen wurde, mit einem seltsamen Abstand zur Welt. Aus Angst vor dieser Welt, die mir immer weniger absehbar, überschaubar und sicher schien, blieb ich zu Hause.

Ich saß auf der dunkelgelben Couch und bewegte mich nicht. Ich war krankgeschrieben. Die Ärztin hatte gemeint, es wäre ein akuter Kreislaufkollaps gewesen, und mich gefragt, ob ich Stress hätte. Ich wusste es nicht. Ich wusste es nicht, was ich hatte. Morgen sollte ich zur Kontrolle kommen.

Ich starrte auf die Wand, ich konnte nichts lesen, ich konnte gar nichts mehr. Außer hoffen, dass die Angst nicht zurückkäme.

Das Telefon klingelte. Langsam stand ich auf und meldete mich.

„Hi Anna, magst du zu mir zum Essen kommen? Ich habe etwas vorbereitet. Kannst du noch Ciabatta mitbringen, bitte?“

Es war Hendrik. Er war seit zwei Tagen zurück aus Stockholm. Wir hatten uns nur kurz an dem Abend gesehen, als er gelandet war. Da hatte ich noch gut verbergen können, dass mein Leben aus den Angeln gehoben war.

„Anna?“

„Ja, ich komme gleich zu dir.“

„Super.“

Ich legte den Telefonhörer zurück auf die Gabel und wischte den Staub zwischen den Tasten weg. Zu Hendrik fahren, das war mit dem Fahrrad ein Weg quer durch die Stadt, circa drei Kilometer. Das war an der Grenze des Machbaren. Und dann noch einkaufen.

Als ich aus der Haustür trat, schaute ich mich um, ob die Welt hielt. Prüfte, ob der Boden trug. Da nichts zu schwanken schien, fuhr ich los. Wie immer seit zwei Wochen, wenn ich unterwegs war, wurde mir übel. Ich konnte nicht schnell fahren. Ein zu schnell schlagendes Herz machte mir Angst. Herzklopfen bedeutete Panik. Das bedeutete Todesangst.

Bei einem Bäcker hielt ich an. Vier Leute waren vor mir an der Reihe. Ich starrte auf die Theke, als könnte ich mich mit den Augen daran festsaugen. Schlange stehen, warten. Das war schwierig. Jemand stellte sich hinter mich. Unruhig drehte ich mich um zur Tür. Ein kleiner, enger Laden. Mein Herz begann zu klopfen. Weil es eng war. Ein Kreis von fünf Zentimetern. Heute morgen waren es nur noch fünf Zentimeter gewesen. Ein Kreis, den ich mir auf die Hand malen konnte, für den ich keinen Zeichenblock mehr brauchte.

Meine Hände wurden feucht, ich spürte, wie Schweißtropfen mir aus den Achseln rannen.
„Ein Ciabatta, bitte."
Die anderen Leute hier hatten keine Angst. Warum auch. Ich hatte Angst. Dass etwas passieren könnte. Etwas Unabsehbares. Dass ich umkippen würde.
Als ich das Brot in den Fahrradkorb legte und das Fahrrad aufschloss, merkte ich, wie meine Knie zitterten. Ich war erst die Hälfte der Strecke gefahren. Anderthalb Kilometer. The point of no return.
Wenn es genauso weit ist umzukehren wie weiterzufahren. Der Punkt, an dem meine Angst immer wieder eskalierte, wenn ich versuchte, die Wohnung zu verlassen.
Mit kalten, zitternden Fingern klingelte ich bei Hendrik.
„Wie siehst du denn aus?" Hendrik nahm mir das Ciabatta ab. „Bist du krank?"
Ich zuckte mit den Schultern und ging an Hendrik vorbei ins Wohnzimmer. Er hatte den Tisch adventlich dekoriert. Es gab Gemüse-Paella, getrocknete Tomaten, Oliven, Schafskäse und chilenischen Wein. Es sah lecker aus. Wenn ich nur etwas essen können würde.
„Nun gib mir erst einmal einen Kuss", Hendrik drückte mich an sich und küsste mich. „Bitte schön", er zeigte auf einen Stuhl.
Was sollte ich sagen? War ich krank?
Point of no return. Die Worte wiederholten sich immer wieder in mir. Kein Umkehren möglich. Endgültigkeit. Eine Einbahnstraße.
Ich setzte mich hin.
Hendrik setzte sich mir gegenüber. „Ich habe Fotos aus Stockholm."

Stockholm, auch das noch. Klar, er war in Stockholm gewesen. Wo sie wohnte. Seit langer Zeit. Nachdem sie endgültig gegangen war. Vorher war sie immer nur ein paar Tage verschwunden. Immer wieder ein paar Tage. Sie kam zurück, jedes Mal. Niemand wusste, wo sie gewesen war. Nicht einmal mein Vater. Bis sie dann endgültig verschwand, nach Stockholm. Wie alt war ich gewesen? Ich versuchte mich immer wieder zu erinnern, aber sobald ich diese Frage stellte, verwischten sich alle Erinnerungen zu einem undeutlichen Strich. Das Gefühl von Sicherheit war früh verloren gegangen.
„Willst du sie nicht sehen?"
„Wen?"
„Na, die Fotos..."
„Doch, sicher..."
„Aber jetzt essen wir erst einmal, sonst wird es kalt."
Hendrik füllte mir auf. Ich konnte seit zwei Wochen kaum essen, ich hatte keinen Appetit, und ich konnte kaum schlucken. Der dampfende Teller stand vor mir. Ein bisschen, Anna, nur ein bisschen. Essen konnte gegen das Schwanken der Welt helfen.
„Wie ist es dir ergangen?" Hendrik sah mich an.
Ich schaute auf. Hendrik sah gut aus, ja, mit seinen kurzen, schwarzen Haaren. Er sah erholt aus, wirkte entspannter als sonst.
„Es hat dir gut getan, die Zeit in Stockholm", bemerkte ich.
„Ja, eine wunderbare Stadt", erwiderte Hendrik, „aber ich hatte dich etwas gefragt..."
„Ja, ganz ok..."
„Du siehst blass aus. Warst du krank?"
„Ach, ja. Bin seit zwei Wochen krankgeschrieben."
„Wieso?" fragte Hendrik.
„Kreislaufkollaps – so steht es zumindest im Attest..."

Hendrik legte das Besteck hin. „Wie? Und du hast mir nicht Bescheid gesagt? Warst du im Krankenhaus?“
„Nein, war ich nicht. Und du warst in Stockholm.“
„Es gibt ein Handy.“
Ich wurde unruhig. „Ja, aber so dramatisch war es nicht. Wirklich nicht. Plötzlich ging nichts mehr. Ich bin nicht umgekippt oder so.“
Hendrik sah aus dem Fenster, dann mich an.
„Und jetzt?“
„Morgen gehe ich wieder zur Ärztin.“
„Warst du denn in Frankfurt bei dem Treffen?“
Ich nickte. „Ja, da war ich noch. Direkt danach ging es los. – Wir sollen eine Reportage über Bali machen.“
„Und das sagst du mir erst jetzt? Meine Güte.“ Er stand auf, wirbelte um den Tisch herum und umarmte mich. „Unser Traum.“
„Ja“, mehr konnte ich nicht sagen.
Bali, das kam mir gerade vor wie auf den Mond fliegen.
Hendrik setzte sich wieder hin und prostete mir zu.
„Aber jetzt musst du erst einmal wieder gesund werden, mein Schatz. Du hast genau vier Monate Zeit...“
„Entschuldige mich bitte kurz.“ Ich stand auf und ging zur Toilette. Sehr langsam drehte ich den Schlüssel um. Mir war das alles zuviel. Und in meinem Hals war es eng. Da passte kein Essen hindurch. Und Worte auch nicht.
Bali, das war total absurd. Das würde nicht gehen. Vier Monate. Ich hatte keine Ahnung, wie es alles weitergehen würde. Ich wusste nur, dass es seit drei Monaten immer schlimmer geworden war. Und mir schien es, als würde es länger dauern als vier Monate, sich wieder sicher im Leben zu fühlen. Aber wie sollte ich es ihm sagen.
Es war auch mein Traum gewesen. Bali.

Sie musste dorthin. Schnell lief sie durch die blaue Pforte. Sie brauchte eine Lösung, sofort, so konnte es nicht mehr weitergehen.
Weil sie es so eilig hatte, hatte sie nicht auf den Weg geachtet. Hatte nicht bemerkt, dass es die Pforte mit der abgeplatzten Farbe war. Die Pforte, auf der so viel Moos wuchs, dass das Blau kaum noch zu erkennen war.
Anna hastete den Weg entlang, den kein weißer Sand bedeckte, hastete zu der Bank, auf der die alte Frau saß.
„Ich brauche eine Lösung", sagte sie atemlos, als sie sich neben die alte Frau gesetzt hatte, die sie für Asgard hielt.
„Gut, dass du kommst", bemerkte Laureen, „ich habe schon auf dich gewartet. Seit unserem letzten Treffen sind viele Wochen vergangen, zu viele."
Das war der harte Ton, der keinen Widerspruch dulden würde. Anna stutzte für einen Moment, wischte ihren Zweifel gleich fort.
„Es geht so nicht weiter", Anna wippte unruhig mit den Beinen, „es geht fast gar nichts mehr, überall wartet die Angst und macht das Leben eng."
„Ich habe dir ja gesagt, dass du dich der Angst nicht unterwerfen darfst. Du musst ihr die Stirn bieten, sonst vernichtet sie dich. Verstehst du?" Laureens Ton war scharf.
Anna betrachtete den dunkelroten Granatring am linken Mittelfinger der alten Frau.
Hatte sie sich getäuscht?
„Du kannst doch jetzt nicht nur den ganzen Tag auf dem Sofa sitzen und warten, dass die Angst verschwindet. Du musst sie bezwingen, ihr zeigen, wer Herr im Hause ist."
„Ich mag nicht mehr kämpfen, ich habe keine Kraft mehr."
Anna spürte, dass sie eigentlich traurig war.

Laureen machte eine abwehrende Handbewegung. „Unsinn, die Angst hat dich ja vollkommen hypnotisiert, du benimmst dich wie ein verschrecktes Kaninchen. Du musst das tun, was dir am meisten Angst macht, so lange und so viel wie möglich. Das ist meine Aufgabe für dich."

Anna bohrte sich den linken Zeigefinger in den Oberschenkel.

„So lange und so viel wie möglich? Nie im Leben, das schaffe ich nicht." Sie hatte Rat gesucht, aber den hatte sie sich anders vorgestellt.

Wo waren die Pferde? Die Weide war seltsam leer.

„Es geht nicht an, dass du dich aufgibst. Dass du vor der Angst kapitulierst. Ist das klar?" Laureen fasste Anna an der Schulter und sah sie durchdringend an.

Anna schwieg, ihr war kalt, sie dachte an Asgards sanfte Stimme, die ihr das Gefühl gab, zu Hause zu sein.

Sie wollte sie fragen, ob sie Asgard sei.

Da redete die alten Frau neben ihr schon weiter: „Es ist der einzige Weg, glaub mir, kämpfen. Die Angst ist nichts, womit man sanft umgehen kann. Sie ist ein Seelenfresser."

Anna spürte Übelkeit. Sie stand auf: „Ich muss los."

Sie hatte etwas anderes gesucht.

„Denk dran, tue morgen das, was dir am meisten Angst macht, und danach kommst du wieder zu mir, damit wir sehen können, wie der Kampf gegen die Angst weitergehen kann. Kopf hoch, Anna." Laureen legte den Kopf in den Nacken und lächelte zufrieden. Sie wusste, wie man mit Menschen umging, die verzweifelt waren.

Anna ging den Weg zurück. Hier gab es keine Birnenbäume und keine fliegenden Teppiche. Und keine Geduld.

Kann man Angst fotografieren? Kann man Enge ablichten? Ich versuchte zu fotografieren, auch wenn es enger wurde. Ich fotografierte zu Hause, drinnen. Das, was ich nie getan hatte, weil ich den Horizont auf meinen Bildern brauchte. Die Freiheit.
Bilder der Enge. Ich umwickelte Dinge aus meiner Wohnung mit Stoff, mit schwerem schwarzen Stoff, den ich im Schrank gefunden hatte. Ich umwickelte sie so, dass man ihre Form noch sehen konnte, aber nicht mehr ihre Farbe. Kerzen in schwarzen Samt gehüllt. Stifte in schwarzem Samt. Ein Fernglas mit schwarzem Samt umwickelt. Ich fotografierte Löcher in Steinen und Schlitze im Parkett. Ich fotografierte begrenzte, enge Räume. Die Orte, wo etwas aufeinanderstieß, sich dadurch Platz nahm und zugleich neuen Raum erschuf.
Auf dem Dachboden reaktivierte ich meine Dunkelkammer und entwickelte die Fotos selbst. Weil ich nicht mehr zum Fotoladen in die Stadt gehen konnte.
Fotografieren war der einzige Weg, um der alles lähmenden Angst für ein paar Stunden zu entkommen.

„Wie geht es Ihnen?“ Die Ärztin sah mich an.
„Nicht besonders.“
Mein Blutdruck wurde gemessen, der Puls gefühlt, Reflexe getestet, ein EKG gemacht. Das Blut war untersucht worden.
„Es ist alles in Ordnung, körperlich“, stellt die Ärztin fest, während sie die Kurven des EKG betrachtete.
Angst kann man nicht im Labor oder mit Geräten nachweisen. Angst findet sich nirgends wieder als messbarer Wert.
„Ich würde Sie gern an eine Kollegin überweisen, eine Psychiaterin – ok?“

Sie blickte mich kurz an und begann eine Überweisung auszufüllen.
„Meinetwegen", mir war es egal, mir war mittlerweile alles egal. Warum nicht einmal im Leben zur Psychiaterin? Dann wusste man wenigstens, worüber man Witze machte.
„Ich rufe sie gleich an, die Frau Dr. Bergmann, sie ist immer sehr ausgebucht. Dann geht es schneller."
Bevor ich etwas erwidern konnte, hatte sie die Nummer gewählt. Regungslos hörte ich dem Telefonat zu.
„Sie können schon heute um vier Uhr hingehen. Hier ist die Adresse", sie lächelte mich an, stand auf, gab mir die Hand, „alles Gute für Sie."

So fand ich mich einige Stunden später in einer Praxis für Psychiatrie wieder. Ich schilderte kurz, was ich hatte. Den schwankenden Boden, die Enge im Hals, das Herzrasen, das Nicht-Mehr-Reisen-Können, die innere Leere im Wechsel mit der Panik.
„Sie sind krank", sagte sie und sah mich nichtssagend an, „sehr krank."
Ich schwieg, betrachtete die leeren Augen der Psychiaterin und dann ihren aufgeräumten, fast steril wirkenden Schreibtisch. Sie wartete, dass ich etwas erwiderte. Aber mein Blick war an ihrem Notizblock hängengeblieben.
‚Nie mehr krank sein – Schlagen Sie der Krankheit ein Schnippchen.' Daneben ein lächerlich grinsendes grünes Männchen und der Name eines Pharmaproduktes.
Frau Bergmann trommelte unruhig mit den Fingern auf dem Tisch. Ich begriff irgendetwas scheinbar nicht.
„Sie müssen etwas tun!" Sie sagte es nachdrücklich und biss danach die Zähne so fest aufeinander, dass ihre Backenknochen heraustraten.

„Sie dürfen der Angst nicht so viel Macht geben, hören Sie."
Ich wandte den Blick von dem grünen Männchen ab und sah in ihre leeren, grauen Augen. Ich sagte: „Ja."
„Oder finden Sie es nicht auch geradezu lächerlich, ich meine, wenn Sie es von außen betrachten, dass so etwas wie Angst so viel Macht über Sie haben sollte?"
Sie schien irgendwie ungeduldig. Ich wusste nicht, was sie wollte. Ich fand das gar nicht lächerlich. Lächerlich fand ich dieses grüne Männchen auf ihrem Notizblock, das gegen Kranksein demonstrierte.
„Hmm", machte ich.
„Ich glaube, Sie begreifen den Ernst der Lage nicht. Sie sind sehr krank. Sie dürfen nicht kapitulieren und jetzt nicht darauf verzichten, weiterhin Ihrer Arbeit nachzugehen. Ich werde Ihnen etwas verschreiben. Es ist wichtig, dass Sie jetzt funktionieren."
Jetzt funktionieren. Krank. Sehr krank. Verschreiben. Nicht aufgeben. Bloß weitermachen. Machte ihr meine Angst mehr Angst als mir? Ich fand die Angst unangenehm, ja quälend, aber warum sollte ich ihr nicht ein wenig zuhören? Vielleicht gab es einen Grund, dass sie jetzt in dieser Heftigkeit kam.
„Ich verschreibe Ihnen Valium und ein Antidepressivum, ein Serotonin-Wiederaufnahme-Hemmer, der braucht etwas länger, um zu wirken, ist aber sehr gut gegen Ängste. Bis das Anti-Depressivum in zwei Wochen zu wirken beginnt, nehmen Sie Valium."
Sie schob ein Rezept in ihren Drucker und drückte energisch die Return-Taste auf ihrem Computer.
Ich dachte an einen Moment vor fünf Jahren, als ich am Meer gesessen hatte, genau gegenüber von einem Leuchtturm. Es war, als stände ich gerade neben mir, als agierte ich fast

mechanisch. So sehr mich in manchen Momenten die Angst verschlang und nichts als Verzweiflung zurückließ, so gab es doch genauso dazwischen diese Augenblicke, in denen ich die Welt mit einer seltsamen, fast heiteren Distanz betrachtete, als würde mich dies alles nichts angehen, als wäre ich ein Kommentator im Hintergrund des eigenen Lebens.

Die Psychiaterin redete über die Dosierung. Vierzehn Tage Valium.

„Macht Valium nicht abhängig?" fragte ich harmlos.

„Ich bitte Sie, doch nicht in den paar Tagen. Und Sie haben keine Wahl. Sonst gewinnt Ihre Angst."

Lief ich ein 100-Meter-Rennen gegen meine Angst? Führte ich Krieg gegen sie? Wieso gewinnen?

Ich nahm das Rezept und wollte aufstehen.

„Kommen Sie bitte in drei Tagen wieder."

Ich versuchte ein Lächeln und fragte: „Kann ich einen Zettel von Ihrem Notizblock haben?"

„Die Dosierung steht auf dem Rezept."

„Kann sein. Ich würde trotzdem gern einen Zettel haben."

Missmutig zupfte sie einen Zettel ab und gab ihn mir.

Ich nahm den Zettel mit dem grinsenden, grünen Männchen, schüttelte ihre kalte, flüchtige Hand, ging den Gang entlang und schlich mich ins Wartezimmer, um meine Jacke zu holen. Es war eine Gemeinschaftspraxis. Vier Ärztinnen und ein Wartesaal. Circa dreißig Menschen hockten im Kreis, schweigend, trübsinnig, ausdruckslos. Ergeben in ihr Schicksal. Vermutlich hatten sie alle keine Wahl, hatte man ihnen zumindest gesagt. Die Medikamente taten ihren Dienst. Ich nahm meine Jacke und rannte fast hinaus.

Wegrennen. Vor der Idee, dass es kein Kranksein geben darf.

Immerhin holte ich mir die Medikamente aus der Apotheke. Für den Notfall. Wenn es nicht mehr anders gehen sollte. Am Abend schaltete ich zufällig eine Dokumentation im Fernsehen über Tablettenabhängigkeit ein. Die von Ärzten verschriebene Sucht. Am meisten betroffen: Frauen. Am meisten verschrieben: Valium. Nach nur fünf Tagen setze die Abhängigkeit ein bei üblicher Dosierung. Es wurde von einer Frau berichtet, die zwanzig Jahre ihres Lebens in einer Valiumwolke verbracht hatte. Lebenszeit, die verloren ist. Es hatte begonnen mit diffusen, schwer auszuhaltenden Ängsten. Der Entzug bei Valium ist härter als bei allen harten Drogen. Ich stand vom Sessel auf und ging in die Küche, um mir einen Apfel zu holen.

Drei Tage später stattete ich der Psychiaterin wieder einen Besuch ab. Wortlos legte ich ihr die Packung Valium auf den Tisch. Irritiert sah sie mich an.
„Wie geht es Ihnen?“
„Schlecht.“
„Wieso?“
„Weil ich Angst habe, weil ich jeden Tag Angst habe, weil ich jede Stunde Angst habe. Weil ich mit Angst aufwache und mit Angst schlafen gehe.“
Sie biss wieder die Zähne aufeinander.
„Wieviel Valium nehmen Sie?“
„Nichts. Gar nichts.“
Ihre leeren Augen wurden groß.
„Und wieviel von dem Antidepressivum?“
„Nichts.“
Ihre leeren Augen wurden noch größer.
„Sind sie verrückt? Sie sind krank, Sie müssen das nehmen!“ Sie stand auf und sah mich strafend an.

Ich stand auch auf und sagte: „Ich muss, soviel ich weiß, gar nichts, auch wenn ich krank bin."
Sie griff nach der Packung Valium und warf sie mir vor die Füße.
„Ich habe Ihnen das verschrieben, Sie müssen das nehmen. Das ist doch irre."
Ich bückte mich, hob die Tablettenschachtel auf und steckte sie in meine Tasche.
„Ich wünsche Ihnen noch einen schönen Tag."
Meine Jacke hatte ich dieses Mal gar nicht erst ausgezogen. Ich ging. War ja irre.

Ja, es ging mir schlecht. Es waren die furchtbarsten Zustände, die ich täglich erlebte. Jeden Tag kam ich an den Punkt, an dem ich glaubte, keine Kraft mehr zu haben, an dem ich eine Verzweiflung spürte, die ich nie zuvor gespürt hatte. Die Angst zerfraß mich. Sie besetzte mich jeden Tag von morgens bis abends. Sie besetzte meine Gedanken, meine Gefühle und meinen Körper. Und sie machte aus einem fröhlichen, lebendigen Menschen eine hoffnungslose, traurige Figur.
Ich konnte fast nichts mehr essen, jeder Bissen wurde zu einer Qual. Die Angst kam gleich nach dem Aufstehen, dann ergriff mich ein Zittern, das den ganzen Körper für Stunden durchschüttelte. Das jedes Vertrauen aus dem Körper schüttelte. Vertrauen in diesen Körper, in das Leben, in mich.
Der Kreis war ein Punkt geworden.
„Du musst etwas nehmen", Hendrik hielt es nicht aus. „Verdammt, nimm doch etwas. Du hast doch etwas verschrieben bekommen. So geht es nicht weiter."
Ich wusste nicht, wo meine Kraft enden würde. Ich wusste nicht, wo dieser Weg hinführen würde, aber irgend etwas in

mir sagte mir, dass es keinen Sinn machen würde, die Angst jetzt zu betäuben, sie zu narkotisieren. Sie würde nicht gehen, sie würde wiederkehren und schlimmer sein. Es wäre eine trügerische Ruhe. Ich musste mich ihr stellen, mich von ihr schütteln lassen.
Hendrik wurde aggressiv, er verstand mich nicht.
Die wenigen Menschen, die um meinen Zustand wussten, distanzierten sich. Sie wollten nicht zusehen. Sie konnten nicht ihre eigene Ohnmacht ertragen. Und wollten nicht sehen, wie Leiden aussehen kann. Außer Sören. Er schien der einzige zu sein, dem meine Angst keine Angst machte.

Ich musste mich der Angst stellen. Einfach in den Zug steigen. Eine halbe Stunde Zug fahren. Schlimmer konnte es nicht werden.
An diesem Tag hatte ich schon drei Panikattacken gehabt, was sollte es... Der Stadtteilbahnhof war nicht weit entfernt. In einem Anflug aus wilder Verachtung und Verzweiflung verließ ich die Wohnung, ging die zehn Minuten zu dem kleinen Bahnhof, versuchte die aufsteigende Angst zu ignorieren, den Schwindel, das klopfende Herz. Unruhig ging ich auf dem Bahnsteig hin und her, wartete. Ich würde stadtauswärts fahren, ja, wegfahren. Anna, tue es nicht. Es ist der falsche Zeitpunkt. So geht das nicht, so funktioniert das nicht. Der Zug rollte ein, die Türen gingen auf. Der Boden gab nach, als ich den Zug betrat. Ich sollte besser gleich wieder aussteigen, das war eine dumme Idee. Ich wurde zur Seite gedrängt. Die Türen schlossen sich. Der Zug stand, wartete auf ein Signal. Mir war heiß. Keine Fenster zum Öffnen. Die Fahrt von Frankfurt zurück nach Hause. Nicht aussteigen können. Nichts tun können. Warten müssen. Die

Grenze des Unerträglichen. Mein Herz raste. Ich klammerte mich an die Stange mit dem Halteknopf. Was für eine bescheuerte Idee. Der Zug fuhr an. Es gab keinen Sitzplatz mehr. Wann würde der Zug wieder halten? Halbe Stunde, das würde ich niemals schaffen. Neben mir standen zwei Jugendliche, die laut redeten. Sie waren mir zu nah, alles war mir zu nah. Es war, als würde alles in mich eindringen, alle Gerüche, alle Worte, alle Menschen in diesem Zug. Alles dampfte, der Boden schwankte, die Landschaft draußen vor dem Fenster viel zu flüchtig. Vielleicht würde ich es einfach nicht mehr aushalten. Und vielleicht konnte man an Angst doch sterben. Weil der Körper einfach versagte. Weil es zu viele Blitze geworden waren. Als der Zug anhielt, nach zehn Minuten, taumelte ich nach draußen. Nie mehr geschlossene Räume. Ich schwankte wie der Boden unter mir, griff nach Halt, fand keinen. Wo war ich. Nirgendwo. Irgendwo. Schritt für Schritt nach Hause gehen. Ich ging zu Fuß. Über gefrorene Felder, Wiesen, am Wald entlang. So als gehörte ich nicht hierher, in einen merkwürdigen Nebel gehüllt, der ab und zu von heißen Blitzen zerrissen wurde.

Vielleicht hätte Anna aufgegeben, wenn sie nicht gewesen wäre.

Asgard, die als einzige ruhig blieb, die sich neben sie setzte, wenn sie nur noch zitterte, die ihr eine Decke um die Schultern legte und sagte:

„Jetzt ist eben Krise. Krise hat ihre Zeit. Dann ist jetzt eben vier Wochen Krise, vielleicht auch sechs oder acht Wochen. Und dann geht sie wieder, und dann beginnt eine neue Zeit.“

Anna achtete jetzt darauf, dass sie die richtige Pforte nahm, welchen Weg sie einschlug.
Asgard half ihr, ein wenig Platz für morgen zu bewahren.
Als Anna an einem Morgen zu ihr kam, sie hatte wieder nichts essen können vor Angst, bereitete Asgard ihr etwas zu essen und reichte es ihr.
„Ich bin traurig", sagte Anna zu ihr.
„Angst und Trauer sind Schwestern", erwiderte Asgard, „aber so lange man noch seine Hand über die Trauer halten kann, ist es gut. Dann geht es noch."
Wo alle aufgaben, hatte sie noch Hoffnung.
„Vielleicht habe ich keine Chance gegen die Angst, vielleicht muss ich kapitulieren."
Asgard schüttelte den Kopf. „Bevor du kapitulierst, erzählst du mir noch mindestens tausendmal von deinem Garten am Meer und vom fliegenden Teppich", sie lachte. Asgard kannte das Gefühl der Ausweglosigkeit. Wie oft hatte sie sich dem Abgrund der Hoffnungslosigkeit stellen müssen, bis sie verstand und nie mehr vergaß, dass es immer Wege gab, auch wenn sie ganz anders aussahen, als man erwartete.
Anna musste auch lachen. Es war selten, dass sie lachte in dieser Zeit.
Asgard schenkte ihr Augenblicke von Freiheit, in denen Anna sich daran erinnerte, dass man auch dort noch weitergehen kann, wo es eng ist.

Jeden Tag ging Anna jetzt zu Asgard, durch die blaue Pforte hindurch, setzte sich neben sie auf die Holzbank ohne Lehne. Sie hatte geweint, hatte Asgard von dem verzweifelten Versuch erzählt, das zu tun, was ihr am meisten Angst machte, von Laureens Aufgabe.

„Geduld ist eine Form von Liebe. Geduld mit sich und anderen zu haben, bedeutet zu lieben.“ Asgard schaute Anna an. Es war einer jener Augenblicke, in denen sie etwas in ihr berührte, was Anna nicht so genau kannte.

Geduld. Anna hatte keine Geduld mit sich selbst. Keine Geduld mit ihrer Angst. Keine Geduld mehr, die kleinen Schritte zu gehen. Jene, die bewusst gesetzt, irgendwann ans Ziel führen sollten. Die einen aufforderten hinzusehen, statt wegzulaufen. Ihr Leben war immer schnell gewesen, Leben auf der Überholspur, ein erfolgreiches, ein attraktives Leben.

Und jetzt: Warten. Und hoffen, dass Kreise wieder wachsen, dass Räume wieder wachsen, dass Freiheit zurückkehrt. Dass man vorwärtsgehen kann, ohne umkehren zu müssen.

Geduld. Und Liebe.

Vielleicht würde es möglich werden, dass sie sich selbst liebte, mit ihrer Angst. Mit der Angst vor der Angst. Und mit der Angst, Fehler zu machen.

Kapitel 6

Sieben... Sechs... Fünf... Vier... Drei... Zwei... Eins... – Frohes Neues Jahr!
Am Himmel zerplatzte das Licht, färbte die Nacht, versprühte Funkenregen. Böller ließen die Luft zerbersten, Heuler rasten durch die Gegend. Ein neues Jahr...
Hendrik und ich standen auf dem Balkon seiner Wohnung und sahen dem Lichtspektakel zu. Ein neues Jahr fing an. Mir war nicht nach Anfängen zumute. Ein Anfang konnte Hoffnung bedeuten. Noch einmal anfangen. Das ergab keinen Sinn. Für mich. Jetzt gerade. Ich feierte nicht, ich kämpfte. Gegen den Sog einer Angst, die Leben verschwinden ließ.
Hendrik legte den Arm um mich, sah einer aufsteigenden Rakete nach und sagte: „Anna, das ist das Jahr, in dem ein Traum wahr wird. Bali."
Ich versuchte krampfhaft zu lächeln, versuchte an Träume zu glauben. Und an die Möglichkeit ihrer Verwirklichung. In diesem Jahr würde es um etwas anderes gehen als um Träume. Die waren viel zu leicht und flogen davon. Bali. Hendrik verstand anscheinend nicht, dass ich ein Problem hatte, dass ich krank war. Er tat, als gäbe es eine Zukunft. Eine, über die man frei verfügen könnte, die man planen könnte. Meine Zukunft war einfach zersprungen.
Wir gingen wieder hinein, und ich trank viel Sekt, bis ich nicht mehr denken konnte, nicht mehr fühlen. Bis es kein Gestern mehr gab, kein Morgen. Keine Anfänge, keine Enden.

Hendrik hatte Karten für das Neujahrskonzert gekauft. Die beliebtesten Opernarien.

„Ich kann nicht."
„Wie, du kannst nicht?"
Hendrik sah mich erstaunt und fast genervt an. Ich spürte den aggressiven Unterton in seiner Stimme. Es wurde immer schwieriger mit ihm. Gestern Abend waren wir zu Hause geblieben, obwohl er eigentlich auf eine große Party hatte gehen wollen.
„Hast du einen Kater? Da hilft Aspirin."
Ich schüttelte den Kopf. „Nein, kein Kater. Ich kann nicht in einem geschlossenen Raum mit so vielen Menschen sitzen. Tut mir leid. Geh bitte alleine hin oder frage jemand anders."
Hendrik schnaufte. Warf die Karten, die er in der Hand hatte, auf den Tisch.
„Was ist das denn jetzt? Du kannst doch jederzeit rausgehen, wenn du willst, wenn es dir nicht gefällt. Das war doch nie ein Problem, in ein Konzert zu gehen, warum soll es jetzt auf einmal nicht gehen? Das bildest du dir doch nur ein, dass das nicht geht. Ich möchte etwas mit dir unternehmen!"
„Das verstehe ich", sagte ich leise. Ich wusste nicht, wie ich es ihm klarmachen könnte. Ich fragte mich, ob ich nicht einfach mitgehen, es versuchen sollte. Guten Willen zeigen. Aber es war im Moment so schwierig, überhaupt die Wohnung zu verlassen und zwischen meiner und Hendriks Wohnung hin- und herzufahren. Das kostete mich bereits einen Großteil meiner Energie.
„Na, dann komm mit", meinte Hendrik auffordernd.
„Verstehst du nicht, dass ich krank bin?"
„Soweit ich sehe, bist du kerngesund. Du hast keine Schmerzen, du stehst relativ lebendig vor mir – so what? Das ist ja nicht zum Aushalten, dieses Theater. Vielleicht leidest du unter Hypochondrie?"

Mir wurde heiß, mein Magen krampfte sich zusammen. Für einen Augenblick spürte ich den Impuls, auf Hendrik zuzugehen und ihm eine zu knallen. Stattdessen wandte ich mich ab. Ging in den Flur, nahm meine Tasche.
„Ich fahre nach Hause. Viel Spaß im Konzert."
Ich hörte Hendrik wütend schnaufen. Ich hatte es ernst gemeint mit dem Spaß.
Langsam fuhr ich zu meiner Wohnung.
Der erste Tag des neuen Jahres.

Als ich zu Hause war, schaltete ich den Computer ein. Ich suchte nach einer Erklärung für das, was ich hatte. Damit ich es auch Hendrik erklären konnte.
Ich wusste nicht, ob ich wütend war, dass er so reagiert hatte. Ob ich traurig war. Ich fühlte mich wie betäubt. Vor allem.
Ich googelte nach ‚Angst und Zugfahren', nach ‚Angst und geschlossene Räume' und nach ‚Angst und sterben'. Und ich fand ‚Agoraphobie'. Die Platzangst beim Überqueren freier Plätze. Agora, griechisch: ‚der Marktplatz'. Die einschränkendste Phobie von allen, die meist von Panikattacken begleitet wird. Es gab einen Online-Test im Internet zur Agoraphobie. Ich machte ihn. Und hatte 98 von 100 Punkten. ‚Gehen Sie unverzüglich zum Arzt, Sie leiden unter schwerster Agoraphobie. Sie brauchen dringend eine psychotherapeutische Behandlung. Unbehandelt kann eine Agoraphobie chronisch werden, zu Depressionen und schlimmstenfalls zum Suizid führen.' Ich sah auf den Bildschirm und dachte daran, was es bedeutet, wenn das Leben ein Punkt wird, scrollte herunter, klickte auf diagnostische Kriterien.
‚Agoraphobiker fürchten alle Situationen, die sie nicht jederzeit ohne Probleme verlassen können. Sie vermeiden beispielsweise

das Aufsuchen großer Kaufhäuser, das Fahren mit Zügen, Flugzeugen, Bussen und Schiffen, den Besuch von Theatern und Kinos. Sie befürchten, die Kontrolle zu verlieren, ohnmächtig zu werden, zu ersticken oder durchzudrehen. Akut agoraphobische Zustände werden meist von Panikattacken begleitet, die sich körperlich in Schwindel, Herzrasen, Übelkeit, Schweißausbrüchen, Schmerzen in der Brust und Erstickungsgefühlen äußern können. Diese Symptome werden durch die Neigung zur Hyperventilation bei Angstzuständen verstärkt. Die subjektiv als lebensbedrohlich empfundenen Körpersymptome sind vergleichsweise harmlos und stellen typische Reaktionen des Körpers auf Stress dar. Die Vermeidung von allen Angst machenden Situationen verschärft die Agoraphobie und lässt eine Angst vor der Angst, die Erwartungsangst, entstehen, die es unmöglich machen kann, überhaupt noch die Wohnung zu verlassen.'

Ich klickte auf Therapie.

‚Die am besten wirksame Therapie bei Angststörungen ist die Verhaltenstherapie. Der Agoraphobiker wird solange und so oft den Angst machenden Situationen ausgesetzt, bis der Körper die Angst wieder verlernt und der Betroffene begreift, dass Panikattacken ihn nicht umbringen, sondern nach nur zwanzig bis dreißig Minuten von selbst abklingen. Da die Angstreaktion vom Körper erlernt wurde, kann sie ebenso wieder verlernt werden.'

Ich stand auf, schloss das Fenster, lief durch die Wohnung. Angststörung. Das klang merkwürdig. Angst war ein Gefühl. Gab es auch eine Wutstörung oder eine Trauerstörung oder eine Freudestörung? Klang fast wie Persönlichkeitsstörung. Ich vermutete, der Verfasser des Artikels hatte nie selbst unter Ängsten gelitten. *Nach nur* zwanzig bis dreißig

Minuten klinge die Panikattacke von selber ab, nur zwanzig bis dreißig Minuten... wer jemals Todesangst empfunden hat, weiß, dass jede Minute, jede Sekunde dann zur Ewigkeit wird und dass jede Sekunde Todesangst zuviel ist. Mich machte das wütend. Wie ein Pawlowscher Hund sollte man in den Testkäfig der Angst getrieben werden, bis die Angst verschwand. Ein Ansatz, der sehr nüchtern, sehr rational klang und der mir vor allem nicht helfen würde, meine Angst zu begreifen. Mein Magen fühlte sich an wie eine hart gewordene Orange, die lange sehr trocken gelagert worden ist. Hart und fest. Ich presste meine rechte Hand auf den Bauch und lief weiter durch die Wohnung. Wie sollte es weitergehen?

„Ich bin dem Niemandsland begegnet“, sagte Anna, als sie an dem kalten Morgen neben Asgard saß.
Asgard machte sich zunehmend Sorgen um Anna. Ihre Verzweiflung schien mit jedem Tag größer zu werden, schien so riesig, wenn die junge Frau neben ihr saß. Sie spürte Annas Ohnmacht der Angst gegenüber wie eine riesige schwarze Wolke, die sich immer mehr über Anna senkte. Sicher, Asgard kannte Anna besser, als diese glaubte, aber sie wusste nicht, was in Annas Leben ihre Angst so groß gemacht hatte.
„Wie siehst es aus, dein Niemandsland?“ fragte Asgard.
Anna machte die Augen zu, öffnete sie wieder und erwiderte: „Es ist ein taubes Schwarz. Es beginnt dort, wo der Vorhang der weißen Wüste zur Seite gezogen wird.“
Asgard nickte. „Jeder hat ein Niemandsland, aber nicht alle kennen es.“

„Ich wünschte, ich hätte meines auch nicht kennengelernt", antwortete Anna.
Sie sah blass aus, hatte dunkle Ränder unter den Augen, sie sah aus, als schliefe sie schlecht.
„Das Niemandsland ist die leere Stelle der Seele, der Ort, wo etwas unberührt geblieben ist, obwohl es berührt werden wollte. Es ist der Ort der größten, unerfüllten Sehnsucht", sagte Asgard.
Sie sah, wie Anna unmerklich zusammenzuckte, wie sie unruhig hin- und herwippte, als wollte sie etwas nicht spüren.
Das Niemandsland machte fast allen Angst. Kein Ort, an den die meisten freiwillig gingen. Es forderte heraus zu begegnen. Ehrlich. Ohne Maske. Ohne Rollen. Sich selbst.
„Wenn man das Niemandsland betritt, ist es, als würde man nie mehr zurückkehren, als würde man für immer dort bleiben müssen. In dem tauben Schwarz, in der Dumpfheit eines Schmerzes, der zu groß ist, um ihn zu fühlen", Annas Stimme kippte.
Asgard legte ihre faltigen, alten Hände auf Annas linke Hand.
„Wenn du eine Brücke bauen könntest, von wo nach wo würde sie führen?"
Anna zögerte. Sie dachte an die weiße Wüste, an das Niemandsland, an den Garten am Meer.
„Sie würde immer zu einem Regenbogen führen, dessen Farben mich daran erinnern, dass das Leben bunt ist. Und sie würde immer dort beginnen, wo das Leben seine Farben verloren hat."
Asgard lächelte und drückte Annas Hand.
„Vergiss die Brücke nicht, wenn du das nächste Mal dem Niemandsland begegnest."
Anna lächelte kurz. Ja, Niemandsländer brauchen Brücken, über die Worte oder Bilder gehen können, die ausdrücken, was

Sehnsucht ist. Sie sah in Asgards hellblaue, leuchtende Augen. Augen, in denen man stehen konnte, in denen man nicht den Halt verlor.

Es war der dritte Januar und ein Montag, als fast ununterbrochen mein Telefon klingelte. Zuerst war es Hendrik, der fragte, wie es mir ginge und ob ich noch böse auf ihn wäre. Nein, böse war ich nicht, vielleicht eher enttäuscht. Er reiste für eine Woche nach Moskau, um dort eine Reportage zu machen. Er wollte sich verabschieden. Wir hatten uns seit dem Neujahrstag nicht mehr gesehen. Ja, das Konzert wäre schön gewesen, er war allein da, aber ich hätte gefehlt.
Gerade als ich den Hörer aufgelegt hatte, klingelte es wieder. Herr Eister von der Redaktion.
„Frau Svendheim, Sie hatten sich ja bereit erklärt, die Reihe ‚Urlaub vor Ort' zu übernehmen. Ich nehme an, Sie sind wieder auf den Beinen und haben Ihr gesundheitliches Tief überwunden?" Ohne eine Antwort abzuwarten, redete er weiter: „Sie standen im Dezember leider nicht zur Verfügung. Aber ich möchte Sie unbedingt für diese Reihe haben. Und wir hatten ja darüber gesprochen, dass der Odenwald als nächstes dran ist. Können Sie in zwei Wochen eine Fotoserie fertig haben? Für den Text habe ich jemand anders, der sich gut im Odenwald auskennt."
Ich war über drei Wochen krankgeschrieben gewesen. Eine lange Zeit in meinem Job. Odenwald. Das war nicht um die Ecke. Das würde mehrere Stunden Zug oder Auto fahren bedeuten.
„Frau Svendheim? Sind Sie noch dran?"

„Ja, Entschuldigung. Ja, sicher kann ich das machen."
„Prima, dann schicken Sie uns bitte wie immer alles zu. Einen schönen Tag noch. Und schön, dass Sie wieder gesund sind."
Er legte auf.
Ich hielt den Hörer noch eine Weile in der Hand. Warum hatte ich Ja gesagt? Das war vollkommen absurd. Absurd, ja, schwachsinnig war das. Ich würde unmöglich jetzt zum Odenwald fahren können. Ich konnte nicht einmal bis zum Stadtwald fahren, der drei Kilometer von meiner Wohnung entfernt war.
Ich wollte mich gerade auf das Sofa sinken lassen, als das Telefon wieder klingelte. Hatte Herr Eister etwas vergessen?
„Svendheim."
„Hier ist Sophie. Ein frohes, neues Jahr!"
„Ja, ebenfalls."
„Wollen wir ins Kino gehen? Morgen?"
„Nee, geht nicht."
„Übermorgen?"
„Geht auch nicht."
„Wann denn?"
„Geht gar nicht..."
„Wie?" fragte Sophie erstaunt.
„Bin krank."
„Immer noch?"
„Ja."
Sophie fragte: „Was hast du eigentlich?"
Ich seufzte: „Wenn ich das so genau wüsste..."
„Was soll das heißen?"
„Keine Ahnung."
„Naja, du kannst dich ja melden, wenn du wieder bei besserer Laune bist." Sophie sagte Tschüss und legte auf.

Bei besserer Laune... Verstand denn hier keiner etwas? Oder konnte ich es nicht kommunizieren? Konnte ich nicht einfach sagen, ich bin an Agoraphobie erkrankt? Nein, das ging nicht, nicht so einfach. An Angst erkrankt man doch nicht.
Eine Reisefotografin, die nicht mehr reisen kann. Das war doch total bescheuert. Ich musste mich wieder krankschreiben lassen. Den Job würde ich verlieren, wenn das so weiterging.

Ich war dem Niemandsland begegnet, als ich in ihre leeren Augen gesehen hatte und an der weißen Wüste vorbeigefallen war ins Schwarz. Ich wusste nicht, wo ich war. Ich spürte fast nichts mehr, außer, dass mein Körper sich seltsam fremd anfühlte, an manchen Stellen zu groß, an anderen zu klein. Ich spürte eine wabernde Sinnlosigkeit, die mich wie ein schwarzer Nebel umhüllte, die alles erdrückte, Hoffnungslosigkeit zurückließ. War das mein Niemandsland? Oder ihr Niemandsland?
Ich dachte an die leeren Augen in Niemandsländern.
Als ich noch zur Grundschule gegangen war, da hatte ich während der Unterrichtsstunden aus dem Fenster geschaut und versucht zu verstehen, wie das war, die Welt in Bildern festzuhalten, in Augenblicke zu zerlegen, sie zu fotografieren. Ich war acht Jahre alt gewesen, als ich meine erste Kamera bekam. Von Onkel Toni, dem Bruder meiner Mutter. Während die anderen versuchten, Buchstaben so aneinanderzureihen, dass sie Worte ergaben, dachte ich darüber nach, ob Fotos wie Augen sind, ob sie auch voll oder leer sein können. Ob sie einen auch so ansehen können, als wären sie da, und dabei sind sie nur eine Hülle für etwas Anderes, Unaussprechliches. Ich schrieb das Wort Niemandsland an die Tafel, und die Lehrerin sagte, das gibt es doch gar nicht.

Ich wollte Augen fotografieren, ihre Augen. Weil ich sie ansehen wollte.
Meine Mutter. Die auf meiner Bettkante saß und mich streichelte mit der linken Hand, die so leer war wie ihre Augen. Sie schien mich anzusehen, sie lächelte und sie redete, aber ihre Augen waren leer. Waren in einer anderen Zeit. Bevor etwas in ihr zerstört worden war. Was war geschehen? Sie sprach nicht darüber. Wir wussten nur, dass es geschehen war, dass es dieses Ereignis gegeben hatte. Roland wusste es, mein älterer Bruder. Mein Vater wusste es, aber er redete auch nie darüber. Ein Unfall, ihre Zwillingsschwester, direkt neben ihr. Meine Mutter sagte, ich sei hübsch und begabt, und sie sei stolz auf mich. Ich versuchte, ihre Augen mit meinen Augen festzuhalten. Ich wollte, dass sie mich ansah. Und immer wieder fiel ich in die Risse eines leeren Spiegels, fiel ohne Halt, bis ich in der weißen Wüste landete und auf der Suche nach dem Vergeblichen war.

Die Angst lauerte überall, jeden Moment, bereit aus ihrem Versteck zu kommen, das ich nicht kannte, mich anzufallen, mich zu überfallen und zu würgen. Ich vergaß, wie es war, sich leicht zu fühlen, wusste nicht mehr, was Ruhe ist, was innerer Frieden und Entspannung bedeuten. Die Angst schoss aus dem Hinterhalt, sobald ich etwas anderes tat, als auf dem Sofa zu sitzen, als zu warten, auf sie, die Angst. Und immer kam sie dorthin, wo ich so erschöpft und müde saß und nur noch schlafen wollte, wo ich die Leere meines Körpers wahrnahm, aber die Angst ließ mich nicht ausruhen, nicht schlafen, nicht zur Ruhe kommen. Sie ließ mich zittern, sie schüttelte mich, als wollte sie etwas herausschütteln, als wollte sie mit Macht etwas zurückbringen, was fort war. Jeden Tag gelangte ich an

den Punkt, an dem ich glaubte, es ginge nicht mehr weiter. An dem ich eine Grenze spürte, eine absolute Grenze. Dahinter würde es nicht mehr auszuhalten sein.
Angst, das ist der Schmerz der Seele. Ich litt unter keinen körperlichen Schmerzen, mich zerriss der Schmerz der Seele, er spaltete mich, zerlegte mich. Ob ich gegen ihn kämpfte oder mich dem verzweifelten Zittern überließ, es war gleichgültig. Es waren Tage der Angst, der Ohnmacht, des Kontrollverlustes. Und keine Idee mehr, wie ein Ausweg aussehen könnte.
Ich dachte an Sören, an die weißen Lilien neben dem Eingang. Wie gern würde ich zu ihm fahren, zu seinem Laden, mit ihm einen Kaffee trinken und seinem jungenhaften Lachen begegnen. Ich dachte an unser Gespräch in dem Café, als er gesagt hatte, ich müsste etwas tun, sonst würde es immer schlimmer werden mit der Angst, das war vor zwei Monaten gewesen. Er war der einzige, mit dem ich offen hatte reden können. In der Zwischenzeit hatten wir uns kaum gesehen. Er war viel mit Nick unterwegs, seinem neuen Freund. Aber er würde sofort für mich da sein, wenn ich ihn um Hilfe bitten würde. Zögernd ging ich zum Telefon, wählte seine Nummer.
„Sören? – Ich, ich, ach.... – ich weiß nicht...", ich stotterte, was wollte ich sagen oder fragen.
„Anna, chérie, wie geht es dir? Ich habe so oft an dich gedacht", Sörens Stimme. Ich war froh, sie zu hören.
„Mir, mir geht es schlecht, ziemlich schlecht", mir fiel es schwer das zu sagen.
„Ich komme zu dir, wenn ich den Laden zugemacht habe. heute abend, um halb sieben bin ich bei dir, mein Schatz, ja?"
„Danke, ja, das ist wunderbar."
Aufatmend legte ich den Hörer auf. Vielleicht war es das erste Mal in meinem Leben, dass ich um Hilfe gebeten hatte.

Um Punkt halb sieben klingelte es an der Tür. Sören umarmte mich, er hatte duftende rote Lilien dabei.
„Oh, danke, rote Lilien – keine weißen...?"
„No, chérie, rot ist besser für dich, im Moment."
Sören war frisch gestylt, trug eine orangefarbene, enge Jeans und ein weißes Hemd. Und er hatte eine hellblaue Kunststoffbrille auf der Nase.
„Nanu, bist du kurzsichtig geworden?" fragte ich und deutete auf die Brille.
„Oh, nein. Nur für die Optik. Steht mir gut, oder?"
Ich lachte und nickte, Sören war einer der wenigen, die ich kannte, die sich sehr leiden mochten, ohne dabei eingebildet zu wirken.
Wir setzten uns an den Küchentisch, tranken Jasmintee, und ich versuchte etwas zu sagen. Es war verdammt schwierig.
„Was ist los, Anna?" Sören strich mir über den linken Arm und sah mich fragend an.
„Was ist geschehen?"
„Kannst du dich erinnern an unser Gespräch im November, im Café?"
Sören schaute an die Decke, überlegte: „November, ja, da warst du gerade mit Bali beschäftigt, oder?"
„Und mit Angst..."
„Ja, sicher, ich erinnere mich.... Geht es um die Angst?"
Ich nickte. Mir schossen Tränen in die Augen. Ich musste sofort weinen bei dem Thema.
„Anna" – Sören rückte mit dem Stuhl zu mir herüber und legte einen Arm um meine Schultern. „Ist es schlimmer geworden?"
„Ja", ich konnte kaum reden. „Ja, immer enger, häufiger, schlimmer. Ich kann nicht mehr arbeiten, ich kann kaum noch

die Wohnung verlassen. Die Angst beherrscht alles.“ Ich begann haltlos zu weinen.
Sören hielt mich fest und streichelte meinen Kopf.
Nach einer Weile, als ich mich etwas beruhigt hatte, sagte er: „Anna, wir müssen etwas tun. Es gibt Wege, die aus der Angst führen. Nur nichts zu tun und zu warten, ist die schlechteste Variante. Ich bringe dich zu einem erfahrenen Arzt und Therapeuten, ja? Der kennt sich mit so etwas aus.“
Ich nickte, auch wenn ich die Schnauze eigentlich voll hatte von Ärzten. Ich würde alles versuchen, damit Punkte wieder Kreise werden würden.
Sören nahm sein Handy aus seiner hellblauen Nylontasche. „Ich probiere es mal, Christian zu erreichen. Ich habe seine Privatnummer.“
Während Sören telefonierte, legte ich meinen Kopf auf den Tisch, dachte an die Psychiaterin, an die Ärztin. An Valium. Setzte mich wieder aufrecht hin, blickte auf den Kalender, es war der zwölfte Januar. In fünf Tagen müsste die Fotoserie über den Odenwald fertig sein. Ich hatte nichts getan, hatte niemandem Bescheid gesagt. Ich hatte Angst, meinen Job, meine Aufträge zu verlieren.
„Du, Christian hat gesagt, du kannst gleich morgen zu Beginn der Sprechstunde zu ihm kommen. Um halb acht. Ich begleite dich, der Laden öffnet ja erst um neun, und morgen muss ich nicht zum Großmarkt.“
Es war ein Versuch. Ein Versuch, Hilfe zu bekommen, Hilfe, um aus einer nicht enden wollenden Sackgasse wieder herauszufinden.
Ich war froh, dass Sören da war. Mit seiner humorvollen und weichen Art schaffte er es, dass ich für ein paar Stunden der Angst entkam.

Langsam ging ich auf und ab. Schoss einen Stein über den Weg. Ich war im Viktoriapark. Es war ein kalter Januarmorgen, die Grasspitzen waren vom Frost spitz gekämmt, die Seen überzog eine dünne Eisschicht. Ich wartete auf Sören, der noch schnell in einer Boutique etwas einkaufen wollte.
Gerade hatte ich Christian kennengelernt. Genauer gesagt, Dr. Christian Avenstedt. Sehr netter Typ. So wie Sören es angekündigt hatte.
Ich war das erste Mal nicht allein zu einem Arzt gegangen, seit ich älter als zehn Jahre alt war. Sören war mit hineingekommen. Mir versagte die Sprache, wenn ich über meine Angst reden sollte. Ich hatte gleich erwähnt, dass ich Valium oder irgendein anderes Zeug nicht nehmen würde.
Ein Glück war dieser Arzt anders drauf, hatte weder auf Medikamenten bestanden noch mir erklärt, dass ich schwer krank sei. Stattdessen hatte er mich gebeten mich hinzulegen, hatte seine Hände auf meinen Bauch gelegt und sie dort liegen lassen für eine lange Weile. Erst war es seltsam gewesen, weil ich befürchtete, dass mein Bauch alles verraten würde. Dann war ich plötzlich sehr ruhig geworden. So ruhig, wie ich seit Wochen, seit Monaten nicht gewesen war. Irgendwann nahm er seine Hände weg, lächelte mich an und fragte, ob ich etwas gegen Akupunktur hätte. Ich schüttelte den Kopf. Daraufhin klebte er mir kleine Metallkügelchen ins rechte Ohr.
Er sagte: „Sie brauchen einen stationären, psychotherapeutischen Aufenthalt. Eine sogenannte Kur. Mindestens acht Wochen. Ich werde das heute noch beantragen. Ich schlage Ihnen eine Klinik in der Eifel vor, die ich gut kenne. Sie werden sich dort wohlfühlen.“
Bis dahin war alles ok gewesen, aber nun das. Klinik, stationär, Psychotherapie, mehrere Monate, Krankenhaus – wie bitte?

Das musste ein Irrtum sein. Ich hatte ihn gefragt, ob es nicht auch anders ginge.
Seine schlichte Antwort war „Nein“ gewesen. Und Sören hatte mir aufmunternd zugenickt.
Der Arzt hatte mir noch erklärt, dass es keine Irrenanstalt sei, falls ich das befürchten würde, sondern eine psychotherapeutische Klinik, eine Reha-Einrichtung, die sehr schön eingerichtet wäre. Er wollte einen Eilantrag stellen, und wenn wir Glück hätten, wäre die Genehmigung in zwei Wochen da.
Zwei Wochen. Zu lang, um die Angst so lange noch auszuhalten. Und zu kurz, um mich an den Gedanken einer Klinik zu gewöhnen.
„Und hier ist die Krankschreibung. Sie können jetzt nicht arbeiten. Und bis sie stationär aufgenommen werden, werde ich sie behandeln.“ Das hatte er auch noch gesagt. Er hatte eine freundliche und klare Art. Ich hatte nur noch genickt.
Und jetzt stand ich hier im Park und versuchte, mich mit diesem Gedanken anzufreunden, dass ich in zwei Wochen wahrscheinlich in einer Klinik sein würde.
Es leuchtete Orange. Sören kam winkend näher.
„Anna! Ich habe Glück, sie hatten diesen wunderbaren Schal noch, den ich mir letzte Woche ausgesucht habe. Sündhaft teuer, aber toll, oder?“ Er schwenkte den orangefarbenen Baumwollschal.
„Ja, tolle Farbe“, antwortete ich.
„So, jetzt fahre ich dich nach Hause und dann ins Geschäft. Ich bin so froh, dass du dich bei mir gemeldet hast, Anna. Christian ist ein sehr guter Arzt. Und ich werde dich auch zur Klinik fahren und dich dort besuchen, wenn du willst.“
Er lächelte.

Ich sagte nichts, ging schweigend neben ihm her zum Auto. Ende Januar, mindestens acht Wochen, zwei Monate waren das, bis Ende März, mindestens.
Bali würde nicht gehen. Ich musste es Hendrik sagen. Was würde er überhaupt dazu sagen? Er, der mich für eine Hypochonderin hielt. Und der Traum Bali, der war zerplatzt.
Sören schwenkte begeistert seine Einkaufstüte und summte vor sich hin. Der Tag, an dem ich mit meinem Auto vor seinem Laden liegen geblieben war, war definitiv ein Glückstag gewesen.

„Guten Tag, Herr Eister."
„Frau Svendheim..."
„Ich muss Ihnen leider mitteilen, dass ich einen weiteren Zusammenbruch hatte und nun weiterhin krankgeschrieben bin. Ein Klinikaufenthalt lässt sich leider nicht mehr vermeiden."
Den Text hatte ich x-mal geübt.
„Oh, ähhh, aber die Serie über den Odenwald haben Sie fertig?"
„Nein, ich bin ja, wie ich sagte, erneut zusammengebrochen."
„Ach ja... Das heißt, Sie stehen wie lange nicht zur Verfügung?"
„Mindestens zwei Monate."
Schweigen am anderen Ende der Leitung.
„Ja – Sie verstehen – ähhm, dass ich für die Reihe ‚Urlaub vor Ort' mir dann jemand anders suchen muss..."
„Sicher."
„Gut, dann danke ich für Ihren Anruf. Dann weiß ich Bescheid."
Er vergaß mir gute Besserung zu wünschen, verabschiedete sich und legte auf.

Geschafft! Wenn er eins und eins zusammenzählen konnte, würde er merken, dass Bali mit meiner Beteiligung damit erledigt war.
Ich war freie Mitarbeiterin, den Vertrag kündigen würde man mir nicht, aber meine festen Aufträge würden an andere gehen. Im schlimmsten Fall würde ich keine mehr bekommen. Ich würde abwarten müssen, wie der Verlag mit der Situation umging.
Langsam wurde mir der Gedanke, für acht Wochen aus dem Alltag zu verschwinden, vertrauter. Es würde keine Reise sein, wie ich so viele bisher gemacht hatte. Diese hatte eine andere Richtung.

Anna ging an diesem Tag aufrechter als in den letzten Wochen. Asgard bemerkte es sofort. Etwas hatte sich verändert. Anna sah nicht auf den Boden wie sonst, sondern blickte geradeaus.
Als die junge Frau sich schweigend neben sie gesetzt hatte, lächelte Asgard, während sie mit ihrem Stock etwas in den Sand malte.
„Manchmal begegnen uns im Leben Lehrer, die wir zunächst als solche nicht erkennen. Weil sie uns soviel zu nehmen scheinen, dass wir uns von ihnen vernichtet fühlen."
Anna spielte mit einer kleinen Murmel, die sie an der blauen Pforte gefunden hatte und hörte Asgard zu. Sie dachte an Lehrer, die sie bisher im Leben gehabt hatte.
„Die Angst ist die härteste und unnachgiebigste Lehrerin, die das Leben dir geben kann. Weil sie so nah an der Verzweiflung ist."

Dann schwiegen wieder beide. Im Winter war die Koppel leer, die Pferde waren im Stall. Es fror.
„Was ist das Gegenteil vom Niemandsland?" fragte Asgard in die winterkalte Stille hinein.
Anna überlegte. Jedermannnsland? Nein.
„Sonnenland", erwiderte sie, „ein Ort ohne weiße Wüsten und ohne taubes Schwarz. Ein Ort der ewigen Farben."
Asgard schmunzelte. „Weißt du, was gut ist?"
Anna schüttelte den Kopf.
„Dass man auch dort noch weitergehen kann, wo es eng wird."

Kapitel 7

Zerstreut packte ich meinen Koffer. Legte die Nikonkamera auf meine grüne Cordjacke. Eine Kamera würde wohl reichen. Ich griff nach dem schweren Fotoband von Cartier-Bresson. Wenn ich mich einsam fühlen würde, könnte ich in den Fotos dieses großartigen Fotografen versinken. Als ich gerade ein paar Socken einpackte, stieg die Angst hoch. Kroch von unten an den Innenseiten der Beine hoch, drückte sich durch den Bauch, zog den Brustkorb zusammen und presste gegen die Kehle. Keuchend stand ich auf, griff nach der Wand, der Raum drehte sich, mir wurde speiübel.

Sehr langsam ging ich die Küche, goss mir mit zitternden Händen etwas Wasser ins Glas. Versuchte nichts zu denken. Nichts, was die Angst noch schlimmer machen würde. Schob diese Gedanken fort, dieses Was-Wäre-Wenn und die Bilder eines hilflosen Sterbens. Mein Körper zitterte, ich bekam Durchfall. Vielleicht war es dieses Mal doch etwas Körperliches? Vielleicht würde ich gleich ohnmächtig werden. Es war niemand da. Es war niemand da. Es war... Was tun? Irgendwo lagen noch Tabletten herum. Nein, bloß nicht. Hendrik anrufen, oder besser Sören. Aber die waren jetzt beide nicht erreichbar, es war Vormittag. Was hatte Herr Avenstedt gesagt? Ich versuchte mich zu erinnern, einen Punkt auf dem Brustkorb, in der Mitte, mit dem Daumen drücken. Und ausatmen. Nicht zuviel einatmen. Ich presste den Daumen auf die Brustkorbmitte und versuchte langsam zu atmen. Tatsächlich ließ das Engegefühl etwas nach, der Kopf wurde etwas freier. Ich hatte aufgehört, die Panikattacken zu zählen. In den letzten Wochen waren es unzählige gewesen. Wenn auch es etwas besser geworden war, seit ich zu Herrn Avenstedt ging und er

mich mit Akupunktur behandelte. Die Attacken gingen zumindest schneller vorüber.
Ich ging noch etwas benommen, mit weichen Knien, zurück zu dem aufgeschlagenen Koffer.
Ich musste packen. Morgen würde Sören mich in die Klinik fahren. Für unbestimmte Zeit. Vor drei Tagen war die Zusage von der Krankenkasse gekommen, es war schnell gegangen, und in der Klinik war sofort ein Platz frei gewesen. Ich hatte auch Glück. – Die Fahrt in die Eifel würde zwei bis drei Stunden dauern, das kam mir wie eine Ewigkeit vor. Irgendwie musste es ja gehen. Für den Notfall hatte ich Medikamente. Wenn es gar nicht mehr gehen würde. Damit ich zumindest dort ankäme. Socken, Hose, Badezeug, Filme, Bücher, ich packte weiter, packte meine Angst ein, meine Sehnsucht, meine Trauer und meine Wut.
Hendrik und ich hatten uns gestern verabschiedet. Schwer genug ihm mitzuteilen, wohin ich verschwand. Er hatte kaum etwas dazu gesagt, nur gefragt: „Wie lange?"
Und ich hatte acht Wochen gesagt, bis Ende März. Er hatte die Stirn gerunzelt und gemeint: „Na, das wird ja eine Umstellung. Von der Klinik direkt nach Bali, wir fliegen am zehnten April."
Mehrmals hatte ich ihm erklärt, dass Bali sehr unrealistisch für mich sei, dass es mir sehr leid tue. Er hatte nicht darauf reagiert. Zum Abschied hatte er mich flüchtig umarmt, als wäre ich ihm fremd geworden, als wäre ich eine andere geworden.
Ich warf den Koffer zu. Was würde mich erwarten? Konnte man Angst in acht Wochen heilen?

„Chérie, da bin ich, pünktlich und geputzt", Sören stand um Punkt sieben vor meiner Tür und sah mich prüfend an. „Wir kriegen das hin, oder?"

Ich versuchte, überzeugt zu nicken.

Sören hatte sich frei genommen, an diesem Mittwoch, um mich in die Klinik zu fahren. Er hatte eine Aushilfe für seinen Laden.

Wir luden alles ein. Entsetzlich viel Zeug, aber zwei Monate konnten lang werden. Sören griff auf die Hinterbank, bevor wir einstiegen und präsentierte einen Picknickkorb. Gefüllt mit Äpfeln, Orangen, mit Joghurt, mit Kokoskeksen, Sesambrötchen und einer Teekanne.

„Das ist ja toll", meinte ich.

„Wir machen aus der Fahrt dorthin einen schönen Ausflug. Mit Picknick", er grinste.

Ich stieg in Sörens Auto, mein Herz klopfte. Die Straßenkarte legte ich auf meinen Schoß. Ich musste wissen, wo wir entlang fuhren. Den Kreis aufbrechen. Den Radius wachsen lassen. Ging das so einfach? Einfach losgehen und irgendwohin fahren?

Mein Magen war wieder eine klumpige, harte Orange. Ich hatte ständig das Gefühl, Hunger zu haben, auch jetzt, obwohl ich gerade gefrühstückt hatte.

Sören ließ den Motor an, wir verließen den Parkplatz. Wir fuhren los. Er strich mir über das linke Bein, zwinkerte. Ich blickte zurück, erhaschte noch einen Blick auf die Fenster meiner Wohnung. Mein Gefängnis. Mein Schutzraum. Meine Höhle. Mein Kerker. Was ließ ich zurück? Keine Ahnung. Mir fremd gewordene Menschen. Hendrik, der nicht sehen wollte, wie es war. Sophie, die meinte, ich müsste mich nur zusammenreißen. Meine Angst fuhr mit.

Als wir auf die erste Schnellstraße kamen, wurde mir schlecht. Immer dasselbe. Herzrasen, Schwindel, Schweißausbrüche, das Brennen auf dem Scheitel und Luftnot. Ich dachte an Herrn Avenstedt, drückte mit dem Daumen gegen den Brustkorb. Versuchte es mit den positiven Sätzen. Wenn nur nicht immer das Zittern dazukommen würde, es verriet alles.
„Du sagst, wenn du eine Pause brauchst, Anna?"
„Ja."
„Wir können jederzeit halten und Pause machen."
Die Attacke ließ nach, ich atmete durch.
Straßenschilder. Wir hatten abgemacht, Landstraße zu fahren. Autobahn machte mir schon Angst, wenn ich nur daran dachte. Vorgeschriebene Spuren, Abfahrten nur ab und zu und vor allem Staugefahr. Ich hatte Angst, in einem Stau stecken zu bleiben.
„Landstraße fahren ist sowieso viel schöner", hatte Sören gesagt.
Kilometerangaben. Ich fragte Sören immer wieder nach der Anzeige mit den gefahrenen Kilometern. Zehn Kilometer waren wir gerade gefahren, insgesamt lagen 320 Kilometer vor uns. Noch konnten wir anhalten, jederzeit umkehren. Und dann?
Nach zwanzig Kilometern, die Straße führte durch Wald, war eng und unübersichtlich, die nächste Attacke. Ich betete die Sätze in mir herunter, ich schaffe es, ich bin stark, ich glaube an mich, ich vertraue. Mir schien es, als wären wir bereits ewig unterwegs, aber es waren erst fünfundzwanzig Kilometer.
Ich war hier schon einmal gefahren. Früher. In einem anderen Leben. Eine schöne Landschaft. Mit vielen Hügeln, Streuobstwiesen und murmelnden Bächen. Aber jetzt war Winter, und alles war karg, in sich zurückgezogen.

Sören legte eine CD ein. ‚Freiheit' von Westernhagen, ich würde gleich heulen. Das ging gar nicht. Ich war unterwegs, ich hatte mich auf den Weg gemacht.
„Ok?" fragte Sören.
„Ja, ok." Meine Sätze waren immer weniger geworden mit der Angst. Ich redete nur noch wenig, antwortete kurz. Die Angst hielt meine Zunge fest, ließ nicht Wort werden, was war.
Nach 120 Kilometern machten wir einen Halt, wir waren über eine Stunde unterwegs. Es war, als ob der Boden unter meinen Füßen immer dünner wurde. Brüchiger. Ich hatte Angst mich zu verlieren. In der Landschaft, die mich umgab, die ich nicht kannte.
Nach 160 Kilometern, the point of no return. Genau die Hälfte, zurückfahren war jetzt genauso weit wie weiterfahren. The point of no return. Panik. Erneut. Heftiger. Ich zitterte, die Zähne schlugen aufeinander. Ich fühlte mich so verloren.
Ich stieg aus, versuchte meine Füße zu spüren. Meine Beine waren hart, ich hatte seit Wochen Muskelschmerzen von der extremen Anspannung durch die Angst. Der ganze Körper verharrte in Angst, wurde zu Angst. Verzweiflung, da war sie, die Verzweiflung. Wozu das alles? Ich lehnte mich gegen den Stamm einer Eiche. Aufgeben. Und dann? Die Welt flirrte vor meinen Augen. Sören hielt mir eine Tasse Tee entgegen. „Da, trink etwas." Der Tee schwappte über, als ich die Tasse nahm, weil ich so zitterte. Ich drückte meinen Rücken noch etwas fester gegen die rauhe Rinde des Baumes.
„Schau mal", Sören deutete nach oben. Ein großer Vogel kreiste über uns. Mitten im Winter zog er seine Bahnen am weißen Himmel. Ich sah seinen Kreisen nach. Freiheit. Das

war Freiheit, fliegen, und alles von oben sehen können. Ich spürte etwas Weiches im Bauch, vielleicht war das Hoffnung. Sören nahm mich in den Arm und drückte mich.
„Wir schaffen das."
Wir stiegen wieder ins Auto, ich hielt die Straßenkarte und verfolgte unseren Weg.
Sören erzählte von einer Kundin, die immer montags um zehn Uhr kam. Sie wollte immer fünf Rosen, immer dieselben, dieselbe Länge, dieselbe Farbe. Ich vergaß für eine Weile meine Angst mich zu verlieren und hörte ihm zu.
Wenn die Straße offen war und Ausblick zuließ, ging es. Wenn sie durch Wälder führte, viele Kurven hatte, kam die Angst, umklammerte mich. Irgendwann waren es nur noch zwanzig Kilometer bis zu der Klinik, die mitten in der Eifel lag. 300 Kilometer lagen hinter mir, durch die ich mich gekämpft hatte. Dreihundert Kilometer von Hoffen, Verzweifeln, von Kämpfen, Aufgeben-Wollen, Weiter-Kämpfen, Weiter-Hoffen, Wieder-Verzweifeln, von Einfach-Weitermachen.
Am Straßenrand lag eine Aussichtsplattform mit Parkplatz.
„Hier picknicken wir, komm." Sören hielt an und parkte.
Mittlerweile hatte ich Hunger, es war schon elf Uhr, wir waren vier Stunden unterwegs.
Sören stellte den Korb auf den Holztisch und packte alles aus. Ich sah in die Ferne, sah das Obst auf dem Tisch an, entdeckte Sörens selbstgebackenen Kuchen, den er nun hervorzauberte und war sprachlos. Ich hatte es geschafft, trotz allem, ich war fast da. Ich war nicht umgekehrt. Ich konnte es kaum glauben. „Sören, ich habe es geschafft. Ich habe den Radius gesprengt."
Ich war erstaunt, ich hatte Hunger, die Angst war zum ersten Mal weit weg. Ich aß den leckeren Kuchen und spürte, was

Freiheit bedeuten kann. Ich ahnte, dass ich allein mit dieser Fahrt vielleicht den größten Schritt getan hatte.

Als Sören mit dem Auto um die Ecke bog, noch einmal winkte und dann verschwand, stand für einen Moment alles still. Jetzt war ich allein. In einer fremden Umgebung. Mit fremden Menschen. Jetzt ging es darum, noch einmal zu beginnen, einen Anfang zu wagen.
Nicht nachdenken. Hoffen. Anfangen.
Ich ging in mein Zimmer, im ersten Stock, mit den großen Fenstern und den hellblauen Vorhängen, und dem Blick auf eine Wiese. Nicht besonders groß, aber gemütlich. Ich könnte meinen Koffer auspacken. Auspacken, sich einrichten, ankommen. Unruhig lief ich in dem etwa fünfzehn Quadratmeter großen Zimmer auf und ab. Zumindest ein Einzelzimmer. Aber etwas anderes hatten die hier gar nicht. War ja eine Kurklinik. Ich fühlte mich erschöpft und aufgeregt zugleich. Wie so oft.
Ich kam von hier allein nicht weg. Ich war jetzt hier. Und hoffte, diesen Ort anders zu verlassen. Mit weniger Angst und mehr Vertrauen.
Es war halb drei. Um drei hatte ich das Aufnahmegespräch bei der Therapeutin, die in einem ganz anderen Flügel des riesigen Gebäudes saß. Neben der Psychosomatik gab es noch eine neurologische und eine onkologische Abteilung. Dieses Haus war wirklich etwas für mich. Mit unzähligen Gängen, Türen, unübersichtlich, zum Verlaufen.

Leben kann Angst sein, mehr als die Angst, die nachts durch das Fenster kriecht und sich vor dem Spiegel vor sich selbst erschreckt, die Angst, die kommt als schwarze Wand und die drückt dich gegen eine Wand hinter dir, drückt dich so fest, dazwischen bist du, sie zerpresst dich zwischen Leben gestern, Leben morgen, die Wand der Angst ist undurchdringlich, sie schleift dich mit dahin, wo Kreise immer enger werden, jeden Tag ein bisschen enger, aber sie kommt nie gleich, was ist, wenn Leben Angst wird, dann bleibt nichts übrig von dir, Angst lässt nichts nach, manchmal ist sie plötzlich, heruntergefallen von, du weißt nicht woher, sie zieht dich an mit ihrer kalten Haut, dann wirst du Angst, bist Angst, du, keine Grenze zwischen dir und der Angst, der Enge, eng wird es, enger um dich, du trägst die Angst, die kalte Haut im Leben, die Schritte werden kürzer, zögernder, da zerbricht etwas, wenn Angst kommt, das war Vertrauen, in dich, in die Welt, die Menschen, dann wird alles unsicher, der Boden ist kein Grund mehr, um darauf zu gehen, es ist der Rachen der Angst, der dich hineinzieht, verschlingt, da ist es dunkel, hinter der Angst ist die Schwere, das Greifen nach Licht bleibt vergeblich, die Tentakel ziehen dich hinab in die Höhle der Angst, die auferstanden ist aus vergangenen Tagen, ein Gespenst in fahlem Grün, ohne Augen, nur zu groß, manchmal kriecht sie langsam von unten hoch, die Angst, an den Innenseiten der Beine entlang, umfängt dich langsam und ist überall, bevor du gedacht hast, dass du fliehen könntest, sie lähmt, hält fest, ist ein unausweichliches Stopp, nicht weiter, bis hierhin und nicht weiter, Angst wird nie alt, ich will aber weiter, weitergehen, nicht diese absolute Grenze, wo nichts mehr geht, nichts geht mehr, weiter, wieder zurück, es ist ein Gespenst, das dich zurücktreibt, hinter dich selbst zurück, dorthin, wo du dich verlierst, unbegreifbar groß, die Wand, die dich zerpresst an der Wand dahinter, und was ist, wenn die Seele zerpresst wird, das ist das Nichts, das ist hinter der Angst vor dem Tod.

„Du bist weitergegangen“, sagte Asgard, „auch dort, wo es eng war, eigentlich zu eng, um zu gehen. Ich bin stolz auf dich.“
Anna spielte mit ihrem Armband aus Lapislazuli-Steinen und freute sich, dass Asgard dies sagte.
„Ja, Horizonte verändern sich, wenn man weitergeht. Sie verändern ihre Farbe und das Dahinter.“
Asgard griff in ihre violette Tasche und zog eine Feder hervor. Eine flauschige, weiße Feder, kaum länger als ihr Zeigefinger. Sie legte die Feder auf ihre Handfläche und pustete sie davon. Die Feder lag für einen Moment auf der Luft, bevor sie langsam hin- und herschwankend auf dem Boden landete.
„Dem Schweren etwas Leichtes zu geben, ist nicht einfach“, bemerkte Asgard und fügte hinzu, „einem Ende einen Anfang zu geben ebenso nicht.“
Und während sie in die Ferne schaute, als würde sie dort etwas sehen, was nur sie sehen konnte, sagte sie: „Es geht um Grenzen.“
Asgard wusste nicht, was Anna getan hatte, um dem Horizont eine andere Farbe zu geben, aber sie wusste, dass es das Ausweglose nicht gab. Sie wusste, dass es diesen Kern gab, der unerschüttert blieb.
„Im Garten am Meer, weißt du“, erzählte Anna, „da gibt es jetzt auch einen Brunnen. Mit frischem Quellwasser. Denn irgendwo beginnt ja alles, oder?“
Asgard hob die Feder auf und reichte sie Anna.

Als ich den Raum am Ende des Flures betrat, schlug mein Herz laut und hart gegen das Brustbein.

„Hallo, Frau Svendheim“, eine rothaarige Frau um die vierzig reichte mir die Hand, „mein Name ist Freiberger, ich bin hier Stationstherapeutin und werde für Sie zuständig sein in den nächsten Wochen. Setzen Sie sich doch bitte.“
Ich nahm Platz auf einem der dunkelroten Sessel und schaute mich um. Hellgelbe Wände, weiße Regale, eine große Fensterfront zur Straße und Fotos. Nahaufnahmen von Orchideen in schwarzweiß. Gut gemacht.
„Sind Sie gut hierher gekommen?“ Frau Freiberger lächelte mich an.
Ich dachte an den Vogel, den Sören und ich am Himmel gesehen hatte und wollte ein schnelles ‚Ja' hinwerfen, aber wozu war ich hier? Um weiter etwas vor meine Angst zu schwindeln?
„Ich, ich meine, die Fahrt, Sie wissen, es ist mein Problem, zu reisen, unterwegs zu sein, es war sehr anstrengend für mich“, ich brachte die Worte nur mühsam heraus.
Frau Freiberger sah mich mitfühlend an.
„Ja, das glaube ich. Ich würde Sie gern näher kennenlernen. Darf ich Ihnen ein paar Fragen stellen?“
Ich war erstaunt über soviel Vorsicht und nickte.
Während ich über die letzten Wochen sprach, über die Angst, über meine Arbeit, über die Beziehung zu Hendrik, schweifte mein Blick aus dem Fenster. Es war der vorletzte Januartag, mittlerweile war es etwas aufgeklart und die Sonne lugte zwischen den Wolken hervor.
„Ich glaube, es geht nicht tatsächlich um das Reisen“, sagte Frau Freiberger, „es geht um etwas anderes.“
Ich fing meinen Blick wieder ein, der sich an einem großen, alten Baum auf der anderen Straßenseite verfangen hatte, und sah sie an. Sagte nichts. Ich kam mir vor wie in einem Film.

Dass ich hier saß, hierher gefahren war, dass ich nicht mehr gefangen war in meiner eigenen Wohnung, das schien mir alles noch unwirklich.
„Ich habe ein paar Fragen zu Ihrer Ursprungsfamilie."
Ursprung, Anfang, Quelle, Beginn. Mich durchlief es kalt. Das hatte ich befürchtet.
„Ihre Eltern, leben sie noch?"
Ich nickte. Ich ging ja davon aus, wissen konnte ich es nicht, wenigstens nicht bei meiner Mutter.
„Was machen Ihre Eltern?"
„Mein Vater hat ein Geschäft. Büromöbel."
Frau Freiberger schrieb es auf und sah mich dabei weiterhin an. Es war, als versuchte sie etwas auf meinem Gesicht zu erkennen.
„Er lebt in Ihrer Nähe?"
„Nein. Am anderen Ende der Republik. Wir sehen uns nur selten."
„Und Ihre Mutter?"
„In Stockholm. Glaube ich zumindest."
„Sie wissen es nicht?"
Mein Blick verlor sich wieder vor dem Fenster. In dem Dunkelgrün einer LKW-Plane.
„Nein."
„Wie lange sind Ihre Eltern getrennt?"
„Ich weiß nicht."
„Sie haben keine Ahnung?"
„Nein, es war ja keine Trennung wie bei den meisten. Meine Mutter war eines Tages weg. Verschwunden. Nach Stockholm. Ohne es anzukündigen, verstehen Sie? Ich weiß nicht, wie alt ich da war. Ich weiß nur, dass mein Vater und mein Bruder und ich eines Morgens allein waren."

Die Therapeutin hatte aufgehört zu schreiben und sah mich eine Weile an, ohne etwas zu sagen.
„Haben Sie später jemals mit Ihrem Vater darüber geredet?"
„Nein. Mit Roland übrigens auch nicht."
„Roland ist Ihr Bruder?"
Ich nickte.
„Wie alt ist er?"
„Vier Jahre älter. Also 39 Jahre alt. Lebt im Ausland. In Portugal."
„Also haben Sie alle so gut wie nichts miteinander zu tun?"
„Wozu auch?" Ich hasste es, über meine Familie zu reden. Ich redete über Fremde.
Als ich Frau Freiberger nach der Sitzung die Hand schüttelte, war mir seltsam zumute. Ich hatte über etwas geredet, worüber nie gesprochen worden war.
Direkt danach hatte ich einen Termin bei der zuständigen Ärztin, die mit mir über Verordnungen sprach. Massagen, Sportgruppe, Yoga, Bogenschießen, Therapeutisches Reiten. Über das Bogenschießen und das Reiten freute ich mich sehr, beides hatte ich schon lange einmal machen wollen.
Sie versuchte nicht, mir Medikamente aufzuschwatzen. Es gab lediglich das Angebot. Mehr nicht.

Der erste Abend in der Klinik. Fremd. Allein. Ich saß auf meinem Bett hinter hellblauen Vorhängen. Und betrachtete all die Kreise in der grünen Mappe. Ich hatte sie gesammelt. Die Kreise, die immer kleiner geworden waren. Bis zum Punkt. Seitdem malte ich keine Kreise mehr. Ich betrachtete das Zimmer, versuchte vertraut zu werden mit meiner neuen Umgebung. Im Nebenzimmer lief ein Fernseher. Acht Wochen mindestens, das hatte die Therapeutin hier auch gesagt.

Wenn ich nach Hause kommen würde, wäre Hendrik vielleicht schon auf Bali. Ohne mich.
Ich füllte einen Fragenbogen aus und studierte die ganzen Papiere, die ich heute bekommen hatte. Essenzeiten. Die Hausordnung. Nachtruhe. Hier war alles geregelt.

Ich war sehr müde. Ich hatte nicht gewusst, dass ich so müde war. Die erste Woche tat ich nichts, außer zu schlafen und zu essen. Ich schlief jeden Tag fast zwölf Stunden. Das Essen wurde wieder einfacher, das Schlucken ging wieder. Wenn ich nicht aß oder schlief, ging ich zu den Anwendungen oder zur Therapie. Ich lernte neue Menschen kennen. Ich begegnete wieder dem Leben. Kehrte langsam in das Leben zurück.

Verhaltenstherapie gab es in dieser Klinik nicht. Keine Therapie, in der man sich mit den angstmachenden Situationen konfrontieren musste, damit der Körper sich sein ‚Fehlverhalten' wieder abtrainieren konnte. Wir kümmern uns hier um das Fundament, hatte Frau Freiberger gesagt. Um das Fundament, auf dem das Leben stehen kann. Mir war dieser Ansatz auch lieber. Doch als die Mitpatienten mich immer wieder fragten, ob ich nicht mit ihnen spazierengehen wollte oder mit ihnen zum nächsten Ort fahren würde, beschloss ich, ein wenig das Gehen zu üben.
Üben zu gehen. Üben sich zu entfernen.
Ich musste vieles neu lernen. So als hätte ich es noch nie getan. Ich begriff, dass es eine Aufgabe war, die alltäglichen Dinge zu üben, jeden Tag. Auch wenn es mir selber manchmal lächerlich vorkam.
Seit ich hier war, und das war nun seit zehn Tagen, hatte ich die Klinik nicht verlassen. Ich stand am Fenster, schon eine

ganze Weile, betrachtete die Welt mit Abstand, als es mich hinauszog. Trotz der Angst vor der Angst. Der Angst, dass die Angst wieder über mich herfallen könnte. Trotz der Todesangst.
Im Zeitlupentempo zog ich mir die Jacke an, nahm den Zimmerschlüssel, drückte die Klinke herunter und schloss ab. Langsam ging ich den Flur entlang, an den vielen Türen entlang, die Treppe hinunter. Dachte an draußen, an Frei-Sein, an Gehen und an Vertrauen.
Ich musste gehen üben, Schritt für Schritt. Wieder lernen, wie es war, sich zu entfernen. Und zurückzukommen. Ich musste Vertrauen üben. So wie ein Schlaganfallpatient das Reden wieder lernen musste, Wort für Wort.
Als die Kliniktüren sich vor mir öffneten und ich nach draußen trat, als ein leichter Wind mir durch die Haare strich, musste ich lächeln. Vielleicht hatte ich nicht mehr geglaubt, dass es gehen würde. Ich setzte jeden Schritt bewusst, ich ging über die Straße in den Kurgarten.
Der Boden hielt, er wankte nicht. Ich ging bis zu dem See, dort blieb ich stehen, weiter konnte ich nicht gehen. Es waren vielleicht fünfhundert Meter gewesen. Sie kamen mir wie eine Unendlichkeit vor. Ich setzte mich auf eine Bank in die Sonne, beobachtete die glitzernde Wasseroberfläche. Freiheit, ein hellblaues Wort mit gelben Punkten darin. Freiheit kann man verlieren, auch wenn man frei zu sein scheint. Es gibt Gefängnisse, die nicht sichtbar sind.
Als ich wieder in meinem Zimmer ankam, war ich völlig erschöpft, legte mich auf das Bett und schlief ein.

„Ich bin zum See gegangen, allein“, sagte ich und sah Frau Freiberger an.

„Gratuliere“, antwortete sie, „das ist großartig.“ Sie meinte es ernst, ja.
Ich war stolz, auch wenn es immer wieder so schwierig für mich war, so kleine Schritte zu würdigen.
„Der Boden hat nicht geschwankt.“
Sie lächelte. Ich fragte mich, ob sie verstand, wovon ich redete. Kann es jemand verstehen, was fünfhundert Meter bedeuten können, der nicht weiß, wie es sich anfühlt, wenn Kreise zum Punkt werden. Ich wusste es nicht.
„Wie lange?“ fragte ich.
Frau Freiberger sah mich irritiert an. „Was meinen Sie?“
„Wie lange wird es dauern, bis ich mich wieder frei bewegen kann, ohne Angst? Bis ich wieder gesund bin?“
Mir fiel es schwer, mich als krank zu bezeichnen. Angst ist ein Gefühl, eine Angststörung ist eine Krankheit. Ein unsichtbares Leiden. Eines, das man nicht gleich sieht. Man sitzt nicht im Rollstuhl, man sieht nicht krank aus.
„Das kann ich nicht sagen. Es ist bei jedem Patienten anders“, sie sah mich an, „ich kann keine Prognosen machen. Es hängt von vielen verschiedenen Dingen ab.“
Ich sah auf den Tisch, der zwischen uns stand.
Die Angst war plötzlich gekommen. Und vielleicht würde sie plötzlich wieder verschwinden. Ich träumte oft davon, dass ich eines Morgens aufwachen würde und keine Angst mehr davor hätte zu reisen, den Halt zu verlieren.
Als hätte die Therapeutin meine Gedanken gelesen, sagte sie: „Angst gehört zum Leben, man kann sie nicht wegmachen. Aber diese überschäumende, extreme Angst, die gehört nicht zum Leben. Die hat ihre Gründe, und diesen Schaum gilt es abzuschöpfen.“
Ich sagte nichts. Ich hatte keine Ahnung. Vielleicht würde ich

nie mehr reisen können. Vielleicht würde ich mich damit abfinden müssen, dass es so war. Aber vielleicht würde es eines Tages wieder möglich sein. Und dann würde ich zur Insel der Götter reisen.

Ich übte jeden Tag. Immer ein bisschen. Ich wollte allein bis zum nächsten Einkaufsladen gehen. Der war einen guten Kilometer weit weg. Die Straße entlang. Immer hatte ich meinen Rucksack dabei, mit der Flasche Wasser, dem Handy und der Valiumflasche. Für den Notfall. Jeden Tag ein Stück weiter. Jeden Tag ein paar Schritte mehr. Ich brauchte eine Woche, bis ich in dem Laden stand. Ich kaufte mir Nähzeug, um ein Loch in meiner Jacke zu stopfen. Und ein Himbeereis. Ich führte Buch. Trug die Erfolge ein. Die Rückschläge. Mit Daten und Bemerkungen. Es wurde langsam wieder weiter, das Leben.

Es war mein dritter Sonntag in der Klinik, als ich im Gemeinschaftsraum saß und als ich André kennenlernte. André saß im Rollstuhl, er war auf der Neurologie.
Ich war gerade am Grübeln, über die Angst, über das Leben und darüber, wie ich jemals wieder meinen Beruf als Reisefotografin ausüben sollte. André hatte ich ein paar Mal im Vorübergehen gesehen. Miteinander geredet hatten wir bisher nicht.
„Gar nicht draußen bei dem schönen Wetter?“ Er rollte neben das Sofa, auf dem ich saß.
„Nein, geht nicht.“
„Wieso, deine Beine sehen noch ganz funktionstüchtig aus, oder täusche ich mich da?“ Er zwinkerte mir zu.
Ich sah auf seine Hände, er trug Radfahrerhandschuhe.

„Die Beine funktionieren, ja. Aber ihre Arbeit machen sie nicht allein. Die Seele muss auch noch mitmachen."
André machte die Klettverschlüsse an seinen Handschuhen auf. „Verstehe nicht ganz. Kannst du mir das erläutern? Wenn du magst."
Ich nahm ein Kissen und legte es mir auf den Schoß.
„Angst", sagte ich. Mehr nicht.
André schwieg.
„Angst kann das Leben zu einem Punkt zusammenschmelzen. Sie kann das Leben immer enger machen, bis fast nichts mehr geht. Bis du nur noch in der Wohnung sitzt auf einem Fleck. Sie macht dich unbeweglich, auch wenn du zwei gesunde Beine hast."
„Das tut mir leid", meinte André, „es muss furchtbar sein."
Ich sah ihn an, ich wollte wissen, ob er es ernst meinte. Ich musste in letzter Zeit immer prüfen, ob die Menschen es ernst meinten, wenn sie mit mir redeten.
„Ich glaube, die meisten finden es furchtbarer, wenn man im Rollstuhl sitzen muss", erwiderte ich, „bei Angst denken sie, man müsste sich doch bloß zusammenreißen, dann würde es schon gehen. Die Angsterkrankung sieht man ja nicht."
André zog die Handschuhe aus. „Ich glaube, man sollte die Dinge nicht miteinander vergleichen. Man kann körperliche und psychische Handicaps nicht vergleichen. Auch die Seele kann im Rollstuhl sitzen. Ich kann mein Problem nicht verbergen. Du kannst es zumindest versuchen. Ich weiß nicht, was einfacher ist..."
Ich antwortete: „Ich auch nicht."
„Aber wenn du willst, gehen wir mal zusammen raus. Ich bin nicht schnell und komme nicht weit. Vielleicht ist es dann einfacher für dich", André lächelte mich an

„Gerne", meinte ich.
Ich sah ihn an, er war höchstens 25 Jahre alt. Er hatte dunkle, etwas längere Haare und weiche Gesichtszüge.
„Unfall?"
Er nickte. „Ja, beim Training. Unglücklich auf den Kopf gefallen. Ich war Turner. Turnen war mein Leben."
Leben, dachte ich. Das Leben. Wer konnte das schon begreifen?

Ich fotografierte Grenzen. Orte, wo es nicht mehr weiterging. Gesichter, die von diesem Ort erzählen. Ich ging immer wieder hinaus mit meiner Kamera, die Straße entlang, in den nächsten Ort, fotografieren und sich entfernen. Fragte Menschen nach ihren Grenzen. Ließ sie erzählen und fotografierte sie. Grenzen hinterlassen Spuren. In Gesichtern. In Menschen. Wenn man erfährt, dass es plötzlich nicht mehr weitergeht, nicht so wie bisher, ändert sich etwas. Ändern sich Zukunftspläne, ändert sich das Lächeln im Gesicht, ändert sich die Idee von Leben. Ich fotografierte Mauern, Wände, Türen, Schlösser. Grenzen von Leben. Grabsteine. Versuchte in der Fotografie Grenzen zu begreifen. Meine Grenze. Dieses Aufgehalten-Werden. Versuchte, das Stopp zu ergründen. Ich fotografierte Stopp-Schilder und rote Ampeln. Stolpersteine. Und Halteverbote, Haltelinien. Wenn Leben nicht mehr weitergeht, was passiert dann?

Meine Ungeduld wuchs, und mein Lebenshunger auch. Panikattacken gehörten nicht mehr zum Alltag, und ich wollte zurück. In das Leben. Ich wollte nach Bali. Ich wollte all das in den letzten Monaten Geschehene schnell wieder vergessen, aus meinem Leben hinauswerfen. Da weiter machen, wo ich aufgehört hatte, bevor Kreise geschrumpft waren.

Anna hastete durch die blaue, verwitterte Pforte, es war noch mehr von dem Blau abgeplatzt, noch mehr Moos darauf gewachsen, seitdem sie das letzte Mal hier gewesen war. Die Zaunpfähle standen weit auseinander, und der Sand auf dem Weg war noch dunkler geworden. Dunkle Erde, auf der Anna lief.

„Es geht zu langsam vorwärts", sagte Anna und wippte mit den Beinen, „viel zu langsam."

„Ja, das meine ich auch. Wir leben in einer Zeit, in der man sich Langsamkeit nicht leisten kann", die alte Frau nickte bestätigend, „ es sei denn, man legt es darauf an, alles zu verlieren."

Anna sah sie erschrocken an: „Alles verlieren?"

Die alte Frau schnalzte mit der Zunge. „Naja, den Job, die Beziehung, die Freundschaften... Man kann nicht erwarten, dass alle soviel Geduld haben, auf dich zu warten..."

Anna war nervös. Was sollte sie tun, damit es schneller ginge?

„Wirf dich mitten ins Leben. Geh dahin, wo du noch nie gewesen bist. Probiere all das aus, was du nie getan hast. Spiele mit dem Leben, verführe es, vergiss alle Zweifel, alle Bedenken", Laureen grinste breit, so dass man ihre gelben Zähne sah.

Anna sah sie an, sie zweifelte. Was wollte sie, sie wollte doch genau dies hören. Solche Worte, die sie antrieben, die forderten, das zu tun, was nicht ging.

Anna stand auf und lief den Weg zurück.

Die alte Frau sah ihr nach und grinste. Ja, sie wusste es – die Ungeduld trieb sie alle in ihre Hände.

Am vierten Wochenende meines Klinikaufenthaltes beschloss ich, abends auszugehen. Ich war nie eine Nachtschwärmerin gewesen, aber jetzt wollte ich das Leben von all seinen Seiten kosten. Ich hatte zwei Frauen in der Klinik kennengelernt, Sylvia und Natalie, mit denen ich loszog. Das Leben zu vergessen. Und zu probieren. Es gab nichts zu verlieren. Das Leben konnte so schnell vorbei sein, so schnell so eng werden. Es galt jeden Moment zu nutzen, auszuleben.
Wir gingen in eine Bar in der nächsten, größeren Stadt. Sylvia hatte ein Auto, mit dem wir dorthin gefahren waren. Bevor wir gestartet waren, hatte ich schon einmal zwei Gläser Sekt getrunken, um die Angst nicht zu spüren.
In dem verrauchten Halbdunkel der Bar war kaum ein Gesicht zu erkennen. Wir setzten uns an die Theke, und ich bestellte mir einen Mojito. Eigentlich vertrug ich Alkohol nicht gut. Aber das war ja jetzt egal. Die Zeit zerfloss zu einem rauchblauen Strich, Klinikausgehzeiten rückten weit fort. Die Nacht, um das Leben zu vergessen. Ich rauchte, obwohl ich fast nie rauchte. Ich tanzte mit fremden Männern. Roch fremdes Parfüm und fremden Schweiß. Sah in glitzernde, gierige Augen. Trank noch mehr. Bis alle Farben, Gestalten, Umrisse in dem Halbdunkel ein verwirrendes Knäuel wurden, bis alle Augen sich vermischten, alle Gesichter ineinander fielen.
„Hey, Süße, willst du mal probieren?"
Eine offene Hand und eine weiße Pille darauf. „Turnt voll an, geiles Gefühl, sag ich dir."
Ich griff nach der Pille, weiß, wie die weiße Wüste, alles vergessen, steckte sie mir in den Mund, schüttete den Alkohol hinterher und sah zu, wie die Welt sich zu drehen begann, wie fremde Hände zu mir kamen, zu nah, wie eine Grenze überschritten wurde, Lebenshunger, alles vergessen, alles probieren,

verdammt, ich konnte nicht mehr Nein sagen, wenn alles so offen ist, bis die Nacht kam, dunkel wurde es, und dann nichts mehr, außer Schmerzen, stechenden Schmerzen, in Bewusstlosigkeit gehüllt.
Ich wachte im Auto von Sylvia wieder auf und hatte nasse Tücher im Gesicht,
„Mensch, Anna. Das hätte schiefgehen können... der Typ wollte dich fast... naja... du weißt schon..." Sylvia sah mich besorgt an.
„Vergewaltigen", sagte Natalie, „sag es ruhig."
Mir war kotzübel, heiß, mein Herz sprang wild in meiner Brust herum.
„Wie spät?" Ich konnte kaum reden.
„Halb zwei, die Klinik ist seit fast drei Stunden zu. Aber du musst zu einem Arzt, du siehst nicht gut aus. Hast du was genommen?" Natalie legte eine Hand auf meine schweißnasse Stirn.
„Ja, weiße Pille. Keine Ahnung. Ecstasy, oder so."
„Scheiße", erwiderte Natalie.
„Bringt mich bitte in die Klinik zurück", sagte ich.
„Die schmeißen dich raus."
„Ist ok. Ich möchte trotzdem dahin, ich möchte mit Frau Freiberger reden."
„Wie du willst. Wir wollten dich vor einem Rausschmiss bewahren."
Alles verschwamm wieder. Blitze durchzuckten mich, Panik kroch hoch, riss mich auseinander, Erinnerungen von früher, ihre Augen, der leere Morgen, als sie weg war, und Schmerzen, heiße Schmerzen.
Die Nachtschwester der Klinik öffnete uns. Sie kam mit auf mein Zimmer, alarmierte die Ärztin, die Rufbereitschaft hatte.

Die Welt versank immer wieder, das Herz sprang im Kreis, der zu einem Punkt wurde, der Puls raste und blieb immer wieder abrupt stehen, um dann noch schneller weiterzurasen. Bis alles wehtat. Ich spürte die Infusionsnadel in meinem Arm. Stimmen um mich herum. „Wir müssen sie in die Uni-Klinik verlegen. Der Kreislauf ist extrem instabil. Das können wir hier nicht machen." Ich wollte nicht woandershin. Bitte nein, bitte hier bleiben. Und schlafen. Auf Morgen warten.

Ich wachte in einem fremden Zimmer auf. Mit Geräten um mich herum. Und an Kabel angeschlossen. Mein eigener Herzschlag auf dem Monitor. Sie haben mich verlegt, rausgeschmissen. Scheiße. Ich hatte alles versaut. Ich wollte heulen. Warum hatte ich mir diese Chance kaputtgemacht?

Die Tür ging auf. Frau Freiberger kam herein. Ich wollte mich aufrichten, aber das ging nicht, ich war zu schwach.

„Bleiben Sie liegen, Frau Svendheim."

„Wo bin ich?"

„Im Krankenzimmer auf der Onkologie. Die einzige Station, wo uns Notfallmedizin zur Verfügung steht. Ich wollte nicht, dass man Sie in ein anderes Krankenhaus verlegt. Wenn es nicht unbedingt sein musste."

Ich begann zu weinen. Frau Freiberger nahm meine Hand.

„Ich wollte nur wieder etwas leben", flüsterte ich.

„Ich weiß", sie sagte es ruhig, „nur dieses Etwas vom Leben war nicht das Richtige. Wir werden darüber reden. Aber nicht jetzt. Erholen Sie sich etwas. Ich bin froh, dass Sie wieder bei Bewusstsein sind und dass es Ihnen besser geht."

Ich konnte es kaum glauben. „Sie schmeißen mich nicht raus?"

„Nein. Was würde das bringen? Ich glaube, dass so etwas zur Heilung gehören kann. Und Sylvia und Natalie haben mir berichtet, was passiert ist. Das sie das Schlimmste gerade noch verhindern konnten."
„Ja", ich zögerte, „ich weiß nicht, was der Typ mir gegeben hat..."
„Von den Folgen sah es aus wie Ecstasy, hochdosiert. Aber die Blutwerte haben sich schon normalisiert."
Sie drückte meine Hand.
Beim Hinausgehen drehte sie sich um und sagte: „Bis morgen."
Ich starrte an die weiße Decke und sah dem Schlauch in meinem Arm zu, sah zu, wie die Tropfen hineinfielen, spürte mein Herz, das wieder ruhiger schlug.
Der Lebenshunger war zu groß geworden.

Anna ging langsam auf Asgard zu. Die Tage wurden wieder wärmer. Sie hatte zu spät gemerkt, dass sie Asgard wieder einmal mit Laureen verwechselt hatte.
„Es tut mir leid", sagte Anna.
„Was?" Asgard hob die Augenbrauen.
„Naja, dass ich mich wieder einmal versehen habe, nicht auf den Weg geachtet habe."
Asgard glättete ihren Wollrock. „Man hört meist das, was man hören will."
Sie sah kurz zur Seite und fragte dann: „Was für eine Grenze hat dein Garten am Meer?"
Anna schwieg einen Moment. „Eine Rosenhecke, wie in Dornröschen. Mit zwei Öffnungen, eine zum Hineingehen und eine zum Hinausschauen."

Asgard nickte. „Ich erinnere mich. Rosenhecken reißt man nicht wie eine Wand ein, oder?"
Anna schüttelte den Kopf. „Grenzen einreißen kann vergessen lassen, für einen Augenblick, man kann sich angesichts einer zertretenen Grenze sehr mächtig fühlen, aber man kann so nie Vergessenheit für immer schaffen."
Asgard sah Anna nachdenklich an. Diesen Weg musste die junge Frau noch so oft gehen, bis sie ihn begriffen hatte. Dazu etwas sagen konnte sie nicht.
Sie meinte nur noch: „Ungeduld ist ein schlechter Ratgeber." Und dann ließ sie wieder eine kleine, weiße Feder über den Weg tanzen.

Kapitel 8

Die Osterglocken blühten, als ich die Klinik nach zehn Wochen verließ.
Der Frühling hatte angefangen, die Zeit des Beginnens. Am letzten Tag meines Aufenthaltes ging ich noch einmal durch den Kurgarten, erinnerte mich daran, wie ich hier vor über zwei Monaten angekommen war, im Winter, ohne Vertrauen, mit wenig Hoffnung. Nie hätte ich gedacht, dass zwei Monate so schnell vorübergehen würden. Die Zeit in der Klinik tickte anders. Langsamer und doch zugleich schneller. Ich war auf einer Zeitinsel gewesen. Und ich hatte Schritt für Schritt mein Vertrauen ein wenig mehr wiedergefunden, hatte immer etwas mehr Boden unter den Füßen gespürt. Die Welt war etwas sicherer geworden für mich. So sicher, dass ich mittlerweile wieder gut allein sein konnte, dass ich allein spazierengehen konnte. Zugfahren konnte ich noch nicht, nein. Aber nicht mehr jeden Morgen mit Angst aufzuwachen, war so großartig, dass ich mich noch immer täglich darüber freute. Ich nahm viel mit von dieser Zeit. Mehr Lebensfreude, neue Freundschaften, Perspektiven, Verständnis für mich selbst und eine Diagnose.
Komplexe posttraumatische Belastungsstörung. Die Angst war ein Teil davon, die Angst vor geschlossenen Räumen, vor dem Reisen, vor dem Leben. Weil die Seele nicht einfach vergisst, dass die Mutter eines Tages spurlos verschwand.
‚Gehen Sie Ihren Weg, und hören Sie auf Ihre Grenzen', das hatte Frau Freiberger im Abschlussgespräch gesagt. Ich war ihr sehr dankbar, dass sie mich nach meinem Absturz in der Bar nicht einfach entlassen hatte. Dieser Zusammenbruch nach

dem Abend mit Natalie und Sylvia hatte mir gezeigt, dass Grenzen betäuben der falsche Weg war.
Es war ein lauer, sonniger Frühlingstag, an dem Sören mich abholte. Die Osterglocken blühten auf den Straßeninseln, und ich freute mich, als ich meine Koffer in Sörens Auto trug. Ich hatte wieder Hoffnung.
„Gut siehst du aus, Anna. Wie schön, dich so zu sehen. Wie gut, dass du hier warst."
Ich umarmte Sören, roch sein Parfüm, fuhr ihm über die kurzgeschorenen, wasserstoffblonden Stoppeln auf dem Kopf und lachte ihn an. Angst vor der Autofahrt hatte ich nicht. Ich hatte gar nicht darüber nachgedacht.
Sören bog auf die Landstraße ab. Fragend sah ich ihn an. Musste ich Landstraße fahren? Ging es nicht wieder schnell auf der Autobahn?
„Also, wenn du nichts dagegen hast, Anna, ich fahre lieber Landstraße. Ist schöner und erholsamer. Und Zeit haben wir, oder?"
Ich grinste. Ja, warum gleich wieder alles herausfordern, der Übergang in die andere Zeit würde schwierig genug sein. Sören deutete auf die Hinterbank. Dort stand wieder ein prall gefüllter Picknickkorb.
„Schokoladenkuchen?" fragte ich.
„Klar", antwortete er und zwinkerte mir zu.
Ich saß neben Sören und hatte fast das Gefühl, ein anderer Mensch zu sein. Ich saß dort und genoss das Fahren, das Unterwegs-Sein, schaute die vorüberziehende Landschaft an, die überall den Frühling begrüßte und fühlte Ruhe in mir.
Ich war fort gewesen, und ich hatte eine weite Reise gemacht. Sie hatte nicht alles verändert, aber sie hatte mir etwas zurückgegeben. Etwas Vertrauen ins Leben.

Mein erster Tag daheim, es war der zehnte April. Hendrik flog heute nach Bali. Ohne mich. Mit einer anderen Fotografin. Man hatte Ersatz gefunden. Gestern Abend war er kurz zu mir gekommen, hatte sich verabschiedet für die nächsten Wochen. Irgendwie sah ich Hendrik immer nur, wenn er sich verabschiedete. Nach der Hälfte des Klinikaufenthaltes hatte ich ihm noch einmal am Telefon erklärt, dass ich nicht nach Bali reisen können würde. Dass ich derzeit nicht in einen Zug steigen konnte und dann schon gar nicht mich in ein Flugzeug begeben würde für so viele Stunden.
„Ich dachte, es ist alles in Ordnung, wenn du nach Hause kommst", hatte er gesagt, „dass die dich da fit machen. Und mit Beruhigungsmitteln könntest du auch fliegen..."
Ich wollte nicht darüber diskutieren, ich sagte, es ginge nicht. Offenbar hatte Hendrik mit dem geplatzten Traum, zusammen über Bali eine Reportage zu machen, unsere Beziehung gleich mit aufgegeben. Schien mir so. Er hatte mich nicht mehr in der Klinik besucht. Und gestern war er kühl, distanziert, als er vorbeikam, um sich zu verabschieden. Das Reisen hatte uns verbunden, das immer neue Wege gehen, es war das Fundament unserer Beziehung gewesen.
Ich stand am Fenster und sah in den frühlingsblauen Himmel. Bali – war das noch ein Traum? Von mir? Die Insel der Götter. Ich hatte neue Träume entdeckt. Ich träumte von einer Ausstellung meiner Fotos. Fotografie als Kunst.

Je mehr vieles von dem sogenannten Normalen wieder möglich war, umso mehr spürte ich meine Grenzen. Ich stand an Bahnhöfen und sah den ein- und abfahrenden Zügen zu. Ich stand vor Kaufhäusern und ging nicht hinein. Ich sah das Programm des Schauspielhauses und kaufte keine Karte. Zu Hause wurde

ich wieder mit vielem konfrontiert, was nicht ging. Es ging zwar viel mehr als am Anfang des Jahres, aber es ging noch lange nicht alles, vieles ging nicht.
Ich war noch zwei Wochen krankgeschrieben. Insgesamt hatte ich schon über vier Monate nicht mehr für den Verlag gearbeitet. Die letzte Reportage über den Harz. Ich hatte keine Ahnung, wie ich mich verhalten sollte. Das einzige, was ich tun konnte, war vor Ort zu fotografieren. Aber ich arbeitete für ein Reisemagazin. Naherholungsgebiete, deutsche Mittelgebirge, die Reihe ‚Urlaub vor Ort' - all das war das Mindeste, was sie von mir erwarteten. Ich hatte Angst.
Die Beziehung zu Hendrik zerbrach an meiner Krankheit und das nächste Fundament, die Arbeit, schien auch wegzubrechen. Ich würde nicht in absehbarer Zeit ohne Probleme reisen können. Auch wenn dies einige als Resultat meines Klinikaufenthaltes erwartet hatten. Die Angst entzog mir meinen bisherigen Boden.
Dass ich nicht vollkommen daran verzweifelte, lag daran, dass ich in den letzten Wochen eine Ahnung von einem anderen Boden in mir bekommen hatte, jenseits von Arbeit und Beziehung. Ich würde mir etwas Neues suchen müssen, neue Aufträge, vielleicht bei einer Lokalzeitung. Nicht mein Traum, aber eine Erwerbsquelle. Vorübergehend. Sollte ich Herrn Eister anrufen und ihm erklären, dass ich nicht mehr reisen konnte? Er wusste ja nicht, was war. Er glaubte an einen rein körperlichen Zusammenbruch. Dass er sich nicht meldete, war ein schlechtes Zeichen. Ich würde schlicht keine Aufträge mehr bekommen. So einfach war das.
Das Reisen, das Fundament von allem in meinem Leben. Von der Beziehung zu Hendrik, von meiner Arbeit und letztlich auch von mir. Das ewige Fernweh. Das war nicht fort.

Es wuchs eine Sehnsucht in mir, die spitzer und schärfer war als jede Sehnsucht, die zuvor in mir entstanden war. Sie trieb mir die Hitze ins Gesicht und verbrannte alle Gedanken daran, dass es vielleicht nie mehr gehen würde. Dass ich mich abfinden müsste. Wenn ich versuchte, diese Sehnsucht aus mir zu entfernen, trieb sie ihre Widerhaken tiefer in mein wund gewordenes Fernweh.
Sie erzählte von der Weite der Wüsten, von der Undurchdringlichkeit der Urwälder und der Einsamkeit der Berggipfel. Sie erzählte von einer Muschel, die mir zerbrochen war, als ich sie vergessen hatte. Der Wind hatte die zerbrochene Schale davongetragen.
Ich las in Reisemagazinen wie in einer fremden Welt. So als wäre ich nie eine von denen gewesen, die unter den Artikeln mit einem kleinen Foto auftauchten. Ich schlief darüber ein und träumte von Weite, Freiheit und Wasserfällen, die aus dem Nichts kamen und im Nichts endeten. Von Wegen, auf denen es keine Spuren gab. Von dem Glück, selber welche zu hinterlassen. Ich fand keine Spuren dazwischen, keine Spuren mehr, die das, was ich vor einem Jahr gemacht hatte, verbunden hätten mit dem, was ich jetzt tat. Mein Leben schien in der Mitte durchgebrochen.

Ich stand am Waldrand hinter dem Zaun, dem alten Zaun mit dem rostigen Stacheldraht. Lange stand ich dort und blickte in das helle Grün der Bäume. Träumte von den Geschichten, die sich hinter dem grünen Vorhang abspielten.
Es waren zwei Kilometer gewesen, die ich bis hierhin gegangen war, vom Parkplatz, immer am Feldweg entlang, mit dem Blick auf das Grün am Horizont.

Zwei Kilometer waren möglich gewesen, mehr ging nicht. Jetzt stand ich hinter diesem Zaun und erinnerte mich, wie ich das letzte Mal die Wege hinter dem Grün, in dem Grün gegangen war, wieviele Kilometer ich unterwegs gewesen war, ohne überlegen zu müssen, ob ich es schaffen würde. Ich träumte davon, wie es wäre, einfach über den Zaun zu steigen, über den Graben zu springen, quer über die Wiese zu laufen, im Grün weiterzulaufen. Dahinter würde ich den Frühling finden, die Reste des letzten Frühlings, von dem vor einem Jahr, als ich noch keine Angst gehabt hatte, vielleicht ein wenig von der Freiheit zurückgewinnen, die mir abhanden gekommen war.
Ich machte einen Schritt zur Seite, zog an einem Ahornblatt, das sich im Stacheldraht verfangen hatte. Der Schmerz der Sehnsucht stach heiß in meiner Brust. Ich war als Reisende geboren, und ich konnte keine mehr sein.
Eine Feder tanzte vor meinen Augen vorüber, ganz langsam, als läge sie auf der Luft. Ich erwachte aus meinen Träumen und sah der Feder nach, die langsam weiter auf der Luft schwebte. Bis ich in ihre Augen sah. In Augen, die mir seltsam bekannt vorkamen. Die Feder tanzte weiter und landete in ihrer geöffneten, linken Hand. In der rechten hielt sie eine violette Handtasche, die aussah wie ein Regentropfen.
Ich sah sie an, erstaunt, irritiert, sah die weiße Feder an, die in ihrer geöffneten Hand lag.
„Die Fünf steht für Freiheit und für Disziplin. Für den Weg zwischen Struktur und Offenheit. Nicht immer einfach, dazwischen zu gehen."
Die alte Frau mit dem langen, grauen Pferdeschwanz hatte eine ungewöhnlich tiefe Stimme. Ich sah immer noch die weiße Feder in ihrer Hand an.
„Was?"

„Ihre Lebenszahl, die Fünf, wir sprachen darüber, im Zug, ist ein paar Monate her, Sie waren auf dem Weg nach Frankfurt, glaube ich."

Ich sah die Frau an und mein Kopf fühlte sich seltsam leer an, ich konnte mich nicht erinnern, an nichts.

„Um genau zu sein, 5 aus 41, das ist Ihre Lebenszahl. Menschen mit dieser Zahl haben ein bedeutendes schöpferisches Potential, das in positive Bahnen gelenkt werden will. Es geht um eine Entwicklung, die Schritt für Schritt stattfindet."

Mir schwirrte es vor den Augen. Wer war diese Frau? Warum kannte sie mich? Und warum kannte ich sie nicht? Sie sprach von mir, zweifelsohne, ich fand mich wieder, zwischen unbändigem Freiheitsdrang und dem Wunsch nach Disziplin. Aber wo kam sie auf einmal her? Niemand war hier gewesen außer mir. Fragen, ich konnte nur noch in Fragen denken. Ihr Erscheinen hatte mir die Sprache verschlagen. Zahlen, sie redete über Zahlen. Mein Geburtsdatum, Quersumme fünf. Ich liebte Zahlen, ja, ich brauchte Zahlen. Zahlen waren Teil meiner Sehnsucht.

„Ich vermute", die alte Frau redete unbeirrt weiter, „dass eine schrittweise Verwirklichung Ihrer kreativen Fähigkeiten Sie mehr lehren wird als Weltreisen. – Jetzt entschuldigen Sie mich, ich muss weiter."

Ich versuchte, sie noch einmal anzusehen, aber sie hatte sich schon umgedreht und verschwand schnell, fast geräuschlos hinter einem Baum. Etwas kitzelte mich im Nacken. Ich griff danach, es war eine kleine weiße Feder.

Sehnsucht ist blauviolett und hängt wie ein gefrorener Blitz am Horizont. Man hat sie immer vor Augen und hört von fern ihren Klang, ihre fremde Musik.

Sehnsucht ist die Weite des Anfangs, sie ist das ‚Alles ist möglich' und sie schmeckt nach Meer und nach mehr. Sie ist der heiße Sommertag im Herzen. Entzündet und verbrennt zugleich die Hoffnung, immer neu, ein ewiges Aufflackern und Verlöschen.
Ich fotografierte die Sehnsucht, fotografierte Horizonte, Häuserschluchten, Durchblicke zwischen Bäumen, Ausblicke auf Weite, Felder. Ich nahm die Weite und trug sie vor die Enge. Und lichtete die Ferne ab. Sehnsucht drängt immer ins Ferne. Das, was so klein und kaum zu erkennen ist am Horizont. Sehnsucht in Augen. Sehnsucht ist Melancholie. Eine schwer gewordene Hoffnung. Ich fotografierte das Hoffen, das Entzünden und das Verlöschen, das Meer und das Feuer. Ich fotografierte meine Sehnsucht. Nach Freiheit. Und nach Verlässlichkeit.

Asgard saß wie immer auf der kleinen Bank ohne Lehne, sah den Pferden zu, die zum ersten Mal in diesem Jahr wieder auf der Koppel waren.
Anna setzte sich zu ihr. Wie immer schwiegen sie gemeinsam eine Weile, bevor eine von ihnen etwas sagte.
„Die Sehnsucht ist der Kompass der Seele, Anna. Sie zeigt dir, wo es lang geht."
Asgard zeichnete mit der rechten Schuhspitze ein paar Symbole in den feinen Sand unter der Bank. Sie wusste, wie heiß Sehnsucht brennen konnte.
„Ich habe noch nie so eine Sehnsucht gespürt. Nicht einmal, wenn ich verliebt war", sagte Anna. „Nie war sie so heiß und so wild in mir, wie jetzt, wo die Angst so enge und klare Grenzen setzt."

Asgard verwischte die Symbole, sah Anna aufmerksam an. „Die Grenze zwischen Freiheit und Halt."
Anna spürte ein Frösteln auf der Haut und knöpfte ihre Jacke zu.
„Das Wissen um die Weite macht es nicht einfacher, langsam zu gehen, oder?" Asgard blickte Anna fragend an.
„Eigentlich will ich losrennen, alle Grenzen durchbrechen, frei sein, und ich weiß, dass es mich nicht frei machen würde. Schritt für Schritt gehen kann mühsam sein."
Asgard sagte: „Aber sehr erfolgreich."
Anna hatte das Bedürfnis, die alte Frau zu umarmen, sie zu berühren, aber sie traute sich nicht. Sie war ihr so nah. Und zugleich war sie so fern.
Als die Sonne unterging, standen beide auf, verbeugten sich kurz voreinander und gingen jede in eine andere Richtung davon.

Wütend trat ich gegen die Schranktür. Schlug mit der Faust gegen den Türrahmen. Wieso ging es nicht? Wieso konnte ich nicht einfach in den Zug steigen und zu der Ausstellung fahren? In einem etwa dreißig Kilometer entfernten Ort war in einer kleinen Galerie eine Fotoausstellung zum Thema ‚Grenzrisse', die mich brennend interessierte. Ein spannender Fotograf, von dem ich schon viel gehört und gesehen hatte. Ein Thema, das auch meines war. Verdammt. Die Züge fuhren, klar, ich konnte einsteigen, jeder konnte einsteigen, solange kein Streik war, fuhren die Züge. Und ich hatte diese Grenze in mir, die keiner sehen konnte, die mich bremste und aufhielt. Und von der ich nicht wusste, ob es gut war, einfach über sie zu gehen und es zu versuchen, oder ob ein misslungener Versuch sie zu überschreiten, mich Lichtjahre zurückwerfen würde. Immer wieder war es der Kampf um diese Grenze. Dieses Hin- und Hergerissenwerden zwischen Akzeptieren, wie es ist, und der Ungeduld und dem Wunsch, wieder ganz normal leben zu wollen. Ohne seltsame Grenzen, die niemand sah. Ich schlug mit der Faust gegen den Türrahmen. Zum ersten Mal spürte ich, wie wütend ich war, auf diese verdammte Angst. Die das Fundament meines Lebens zerstörte. Meinen Beruf, meine Beziehung, meine Freundschaften. Es brach aus mir heraus. Ich trommelte gegen Wände, Türrahmen, trat gegen Bettpfosten und zerriss alles an Papier, was mir in die Finger kam. Ich war so verdammt wütend. Wieso war ich nicht auf Bali? Warum war Hendrik jetzt allein dort, mit einer anderen Fotografin? Mit der er bestimmt etwas anfing. Ich hasste alle und alles. Und wieso war das Reisen nach dem langen Klinikaufenthalt immer noch so schwer? War ich nicht dorthin gegangen mit der Absicht, dass das Reisen danach wieder gehen würde? Verdammt. Meine rechte Hand blutete, ich hatte zu stark gegen die raue Wand geschlagen. Ich ließ mich auf den Boden sinken und heulte.

Diese Grenze in meinem Leben, die wollte ich nicht mehr.

„Svendheim ist mein Name, guten Tag. Ich bin Fotografin, habe schon für renommierte Reisemagazine gearbeitet und suche eine Aufgabe vor Ort. Brauchen Sie zufällig gerade jemanden?“

Ich telefonierte mit den lokalen Zeitungen und hoffte, ich würde etwas finden. Ich hatte Glück und konnte einspringen für eine Fotografin, die in den Mutterschutz ging.

In einer Woche sollte ich mich vorstellen, und dann würde es gleich losgehen.
Da ich dringend Geld brauchte, war ich froh, diese Perspektive zu haben. Meine Geldreserven waren fast aufgebraucht.

Es war das ständige Fliehen, ich war ständig auf der Flucht, vor der Angst, wer war schneller, sie oder ich, ich versuchte ihre Anwesenheit zu übertönen, ich lebte laut, ich wollte sie gar nicht ahnen, auch nicht nur einen Zipfel von ihr sehen, spüren, sie war zu kalt, sie tat so, als gebe es kein Geländer zum Festhalten, sie machte alles zu einer offenen, haltlosen Fläche, sie war schnell, sie war verdammt schnell, und ich wollte sie verdammt noch einmal nicht spüren, nicht ihre kalte Haut anziehen, vielleicht konnte ich doch schneller sein als sie. Angst. Die, die immer zu groß war. Zu gewaltig. Die vom Tod sprach, immer. Gleich nebenan. Die mich antrieb, zur Flucht, vor dem Tod, vor dem Leben. Wohin rannte ich, rannten meine Gedanken, meine Augen, ich rannte, es wurde immer schneller das Leben, noch ein bisschen mehr fliehen und vergessen. Flucht kann Betäubung sein, der Rausch der Geschwindigkeit, dort, wo sich alles auflöst, wo man nichts mehr genau wahrnimmt, wo alles verschwimmt zu einem einzigen, undeutlichen Bild, immer schneller. Nur keine Einzelheiten erkennen, darunter wäre die Angst, eine Einzelheit des Lebens. Wie schnell kann man leben, eine Zeit lang, immer fliehen, auf der Flucht vor mir selbst, vor dem Ungeheuer in mir, ist das die Angst, wer ist die Angst, wo kommt die her. Manchmal wollte ich verstehen, begreifen, eine Geschichte der Angst hören, und dann war sie zu groß, untragbar, unerträglich, immer näher an die Grenze des Unerträglichen, die war zu nah, ein Leben lang. Was kommt dahinter, hinter der Flucht, hinter dem verschwimmenden Bild, wenn ich mich dem Leben nähere, das irgendwie viel zu schnell geworden war. Erfolge mussten her, Erfolge, die mich lebendig machten, die Anerkennung, um ein wenig zu begreifen, was es heißt lebendig zu sein. Ich suchte Wege, überall, um das zu spüren, Lebendigkeit. Wie könnte sich Lebendigkeit anfühlen? Die Angst nimmt sie, nimmt alles, frisst alles auf, die Hoffnung und den Glauben an mich. Wenn die Angst kommt, stirbt die Zukunft. Dann gibt es kein Morgen mehr, alles Gestern wird Angst. Man kann der Angst zusehen, wie sie Leben auffrisst, wie sie Zeit nimmt, wie sie Raum nimmt, wie sie Gedanken an sich reißt. Wohin, wohin kann ich noch gehen, was sich wie Sicherheit anfühlen könnte. Es ist ein Traum, sich in mir selber niederzulassen und mir selbst einen Raum zu schenken, der sicher genug wäre, um zu bleiben, um aufzuhören zu fliehen. Alt ist sie, die Angst, und immer nebenan. Du bist klein, sagt sie, zu klein, du bist abhängig, sagt sie und macht mich abhängig und klein. Und ich kann nicht mehr kämpfen, mit ihr, die immer größer ist als ich, lass uns aufhören, sage ich, lass uns verstehen und zuhören, wer bist du. Aufhören zu fliehen und der Stille zuhören zu können, ohne Angst zu haben.

Im Wartezimmer hingen Bilder aus Indien. Farbenprächtige, bunte Bilder. Voller Leben. Ich träumte davor von Bali, stellte mir vor, wie ich in einen Flieger stieg und zu Hendrik reiste. Wie er mich in den Arm nehmen würde und wir wieder gemeinsam auf den Spuren unseres Traumes unterwegs wären. Allmählich erwachte ich aus der Apathie der letzten Monate. Die Angst hatte mich erstarren lassen, mich gelähmt, meine Perspektiven und meine Hoffnung betäubt. Jetzt kehrte alles zurück, die Sehnsucht, die Trauer, die Wut.

„Sie müssen Schritt für Schritt gehen. Fahren Sie mit dem Bus eine Station und steigen Sie dann aus. Und seien Sie stolz auf sich, wenn Sie das geschafft haben. Sie haben schon so viel erreicht in den letzten Monaten.“
Kritisch sah ich Herrn Avenstedt an, der mich weiter behandelte, seit ich aus der Klinik zurückgekehrt war. Er verstand mich nicht, verstand nicht, dass die Zeit, zu der ich stolz darauf war, einen Kilometer weit zu gehen oder eine Busstation weit zu fahren, vorbei war, dass ich reisen wollte, dass ich meine Freiheit zurück wollte.
„Mir geht das alles zu langsam. Wenn es in dem Schneckentempo weitergeht, dann kann ich am Ende meines Lebens vielleicht wieder fünf Stationen mit dem Bummelzug fahren.“
Herr Avenstedt drehte den Kugelschreiber zwischen seinen Fingern. „Frau Svendheim, bitte, nicht so sarkastisch – wie gehen Sie denn mit sich um. Ich verstehe ja Ihre Ungeduld, sicher. Aber wenn Sie jetzt einfach in einen ICE steigen oder in ein Flugzeug, machen Sie alles kaputt, was Sie in den letzten Monaten erreicht haben. Schenken Sie sich bitte Geduld. Ich weiß, dass es schwierig ist.“
Mir gingen hier alle auf die Nerven, selbst dieser nette Arzt, den ich wirklich mochte.
Ich starrte aus dem Fenster und merkte, wie sich in die Wut Traurigkeit mischte.
„Sie haben mir doch erzählt, was in der Klinik passiert ist, als Sie die Geduld verloren. Von der Nacht in der Bar... Lassen Sie es nicht wieder soweit kommen. Probieren Sie es erst einmal mit einer Station, und dann geht auch wieder viel mehr und irgendwann alles.“
Ich grub meine Hände in das Polster des Stuhls, verdammte Scheiße, was war los, ich fühlte mich zerrissen zwischen allem.

„Kommen Sie, Sie sind total durcheinander. Was kein Wunder ist bei dem, was gerade alles los ist. Wollen Sie sich hinlegen? Ich gebe Ihnen eine Fußmassage, das bringt die Energie wieder nach unten."

Ich war froh, nicht mehr reden zu müssen, legte mich hin, sah die weiße Decke an. In Weiß ist alles möglich. Ich spürte meine Füße, spürte, wie sie warm wurden, wie die Unterschenkel zu kribbeln begannen. Ich schloss die Augen und ließ es für eine halbe Stunde leer in mir werden.

Das Ende war immer da. Das Aus. Irgendwann bemerkte ich, dass ich mit der Katastrophe lebte. Immer in Erwartung der möglichen, kompletten Auslöschung. Von allem. Es fiel mir schwer, diesen Gedanken wegzuschieben. Das Verschwinden hatte in meinem Leben einen großen Raum. Menschen verschwanden plötzlich. Wie meine Mutter. Ohne Ankündigung. Weil sie starben. Oder weil sie einfach fortgingen, ohne etwas zu sagen. Ohne Erklärung. Weil sie vielleicht meinten, dass Erklärungen den Schmerz nicht leichter machten. Das Leben bedeutete Verschwinden. Und es war, als wollte ich dem Verschwinden vorbeugen, jeden Tag, als wollte ich immer darauf vorbereitet sein. Damit es mich nie wieder so unerwartet treffen würde wie damals, als sie verschwand. Ohne einen Ton, ohne ein Wort. Ohne einen Blick.

Als mein Bruder und ich uns an jenem Morgen an den Frühstückstisch setzten, sagte mein Vater: „Eure Mutter ist weg." Er sagte nicht, Mama ist weg, er sagte nicht ihren Namen, er sagte, eure Mutter. Er hatte einen Zettel in der Hand, mit ihrer Schrift darauf. Dieses Mal würde sie nicht wiederkommen. Sie würde nach Stockholm gehen. Für immer.

Ich saß dort und konnte es nicht glauben. Ich starrte das weiße Papier in den Händen meines Vaters an, das zwischen seinen Fingern zitterte. Ich verstand es nicht. Sie war immer wieder für ein paar Tage verschwunden, das war normal. Und sie kam immer wieder, das war auch normal. Dass sie für immer verschwand, das war nicht normal. Mein Vater fing an zu weinen. Mein Bruder schmiss eine Gabel in die Ecke der Küche, stand auf und rannte weg. Ich saß da, sah meinem Vater beim Weinen zu und fühlte nichts. Gar nichts. Ich würde nie mehr in ihre Augen sehen können. Konnte man nie mehr fotografieren?

Oft hatte ich versucht mich zu erinnern. An den Abend davor. Als ich sie das letzte Mal angesehen hatte. Ob etwas zu merken gewesen wäre? Immer wieder holte ich mir den Tag davor zurück. Was war da gewesen? Mit ihrem Verschwinden verwischte die Zeit davor. So als wäre sie nie da gewesen. Als wäre sie nicht mehr als eine Figur aus einem Buch, die mich eine Zeit lang begleitet hatte und nun fort war. Ich erinnerte mich nur an eine Szene, als ich mit ihr auf dem Wochenmarkt gewesen war und sie mir eine Banane gereicht hatte. Sie hatte in einer anderen Sprache mit der Frau am Stand gesprochen. Und sie hatte mich angesehen, als sie mir die Banane gereicht hatte. Richtig angesehen. So als wäre sie da. Ich konnte sie fühlen für diesen kurzen Augenblick. Wer sie vielleicht eigentlich war, wer sie gewesen war, früher. Ob wir einen Tag, bevor sie verschwand, auf dem Markt gewesen waren, wusste ich nicht. Es war Vorher.

Am Tag ihres Verschwindens räumte ich mein Zimmer auf. Das hatte ich fast nie getan. Ich stellte meine Möbel um, holte

Roland, damit er mir half. Und dann lief ich durch alle Zimmer, setzte mich auf ihr Bett. Sie hatte alles mitgenommen, es war nichts mehr da. Keine Kleidung, kein Bettzeug. Nichts, was nach ihr roch. Meine Mutter war weg. Das war nicht einfach zu erklären. Nicht tot. Weg. Verschwunden. Und das war keine Ausrede für etwas anderes. Es begriff niemand, dem ich das in der Schule sagte. Du spinnst, meinten alle. Ich zuckte mit den Schultern. Meine Mutter war weg. Aber sie war auch nie richtig da gewesen.

10.18, 10.28, 10.38 – ich sah auf den Fahrplan und schaute auf die Uhr. Noch vier Minuten warten. Und so tun, als sei es ganz normal Bus zu fahren.
Bus fahren war einfacher als Zug fahren. Offener. Mehr Kontakt zum Fahrer. Ein Bus hielt öfters an als ein Zug. Der Bus, der kam, war ziemlich voll. Nur ein Stehplatz, nur eine Station fahren. Ich gab mir einen Schubs und stieg ein, griff nach einem Haltegurt und hielt mich fest. Fremdes Parfüm. Fremde Gerüche. Nah, sehr nah. Berührung von fremden Menschen, ungewollt. Gespräche. Mitgehört. Laute Musik aus einem Walkman. Heavy Metal. Ich spürte das alte Gefühl, das Weichwerden in den Knien, die aufsteigende Übelkeit, aber da hielt der Bus schon, eine Station weiter. Na, komm schon, Anna, nur eine Station, eine schaffen wir noch, eine ist doch nichts... Ich stieg aus, atmete durch, ich hatte es geschafft, und ich versuchte, das zu würdigen. Sich das Leben zurückzuerobern, war anstrengend.

Als Anna an diesem Tag zu Asgard kam und sich zu ihr setzen wollte, stand diese auf. „Anna, bleib stehen. Ich würde gern etwas mit dir gehen."
Erstaunt sah Anna die alte Frau an. Das war neu. Sie hatten doch immer nebeneinander auf der Bank gesessen, redend, schweigend, mit allen Begrüßungs- und Abschiedsritualen. Und nun wollte sie gehen. Warum nicht?
Es war das erste Mal, dass Anna den Weg weiter als bis zu der Bank gehen würde.
„Halt, nicht so schnell. Versuch mal in Zeitlupe zu gehen, jeden Schritt einzeln."
Anna ging neben der alten Frau. Was wollte sie? Mit ihr spazierengehen?
„Noch viel langsamer. In einem einzigen Schritt ist alles."
Asgard nahm Anna an die Hand.
„Ich zeige dir heute die Langsamkeit."
Anna umfasste die knochige Hand der alten Frau und versuchte so langsam zu gehen wie Asgard. Zeitlupe. Langsamer als langsam.
„Du denkst schon an den nächsten Schritt, während du den einen noch setzt, Anna. Bleib bei dem Schritt, den du gerade gehst."
Anna wusste nicht, ob sie das Ganze lustig oder albern fand, aber sie probierte es. Zu sehr achtete sie Asgard, als dass sie ihren Vorschlag nicht erstnehmen konnte.
Asgard spürte das Drängen Annas, ihre Ungeduld, ihren Unwillen, sich mit dem einen Schritt abzugeben und drückte ihre Hand. „Noch langsamer."

Es gingen zwei Frauen auf dem Feldweg nebeneinander entlang. Die eine jung, mit langen, brauen Haaren, die sie offen trug. Die andere alt, etwas gebeugt, mit einem langen, grauen Pferdeschwanz. Sie hatten ihre Schuhe ausgezogen, gingen barfuß, sehr langsam.
Irgendwann verschwand das Drängen in Anna, ihre Ungeduld, sie ließ die Ruhe der alten Frau zu ihr herüberkommen, sie ging, sie dachte nicht mehr an das Tempo und den Weg, den sie zurückgelegt hatte. Sie ging, sie vergaß, spürte den Sand und die Grashalme unter ihren Füßen, vergaß, was morgen sein könnte, was gestern war. Sie ging.
„Ich glaube, das reicht", Asgard drückte Annas Hand und ließ sie los. Sie lächelte, als sie Annas Gesicht sah, das ganz weich geworden war. Die alte Frau deutete zurück.
Anna staunte, wie weit sie gegangen waren.

Kapitel 9

Wie aus feinem Stoff, gewebt aus roten Äderchen mit kleinen Erhebungen darin und gelbem Blütenstaub auf dem steil emporragenden Stempel, schien diese Tulpe gewirkt zu sein. Ich kniete auf dem Boden, drückte meine Arme gegen den Brustkorb, um den Fotoapparat möglichst ruhig zu halten und ging mit den Augen in einer dunkelroten Tulpenblüte spazieren. Ein kleiner Wassertropfen perlte von dem Stoff ab, rollte den geäderten Saum hinunter und verschwand.

Nahaufnahmen, die die Welt anders aussehen lassen. Von der Flüchtigkeit des Sehens zum Betrachten kommen. Und in Blütenlandschaften umherwandern, darin verweilen und das betrachten, was den flüchtigen Augenblicken verborgen bleibt.

Eine der letzten Tulpen dieses Frühlings, der langsam zu Ende ging, und ein erstes Gefühl von Sommer, eine Ahnung der heißen Tage, die all das verbrennen würden, was noch in kräftigem Grün hervorspross.

Ich sah auf die Uhr. Mist, es war schon vier Uhr vorüber, schon längst sollte ich bei dem Kleingartenjubiläum sein, um für die Zeitung Fotos zu machen. Ich sah noch einmal in den Blütenkelch der Tulpe, die nächste Woche sicher verblüht sein würde, tauschte das Makro-Objektiv gegen das Standardobjektiv und stand auf. Mein neuer Job bei der Zeitung. Fotos für einen Tag machen. Eintagsfotos. Ich schwang mich auf das Fahrrad und fuhr durch die Kleingartenkolonie, bis ich an dem Vereinshaus ankam.

„Sie sind bestimmt von der Presse. Man sagte uns, dass Sie kommen. Sehen Sie, wir haben schon alles vorbereitet." Eine resolute, ältere Dame mit grauer Dauerwelle fasste mich am Arm und führte mich zum Eingang des Vereinshauses, wo zwi-

schen bunten Wimpeln eine silberne Vierzig aus Pappe hing. Mehrere Kleingärtner kamen eilfertig heran, stellten sich vor die silberne Vierzig und lächelten.
Ich nahm die Digitalkamera aus der Fototasche. Für die Zeitung hatte ich tatsächlich doch begonnen, digital zu fotografieren. Für Eintagsfotos war das viel praktischer, zumal die Fotos meistens direkt nach der Aufnahme auf dem Tisch der Redaktion sein sollten. Ich drückte ein paar Mal auf den Auslöser, kniete mich hin, stand auf, setzte die Vierzig und das Lächeln der Kleingärtner in Szene.
„Wollen Sie ein Stück Kuchen? Alles selbstgemacht. Und eine Tasse Kaffee?"
Ich dankte und nahm von dem Erdbeerkuchen, während die resolute Dame mir alle wesentlichen Stationen der Vereinsgeschichte mitteilte. Ich ließ sie reden, auch wenn ich nur für Fotos zuständig war. Mein Kollege, der den Text dazu schreiben sollte, würde später kommen. Sie würde alles noch einmal erzählen müssen, aber vermutlich würde sie das nicht stören. Stolz zeigte sie mir eine Urkunde für den schönsten Garten, die wäre von vor fünf Jahren, da wären sie und ihr Mann für ihren Garten ausgezeichnet worden. Ich aß noch ein Stück Erdbeerkuchen und nickte gelegentlich.
„Ist es schon morgen in der Zeitung?"
Ich antwortete, dass ich das nicht so genau sagen könnte, dass der Erdbeerkuchen aber sehr gut schmecke.
Nach einer Stunde hatte ich meine Pflicht getan, nahm meine Sachen und verließ das Kleingartenjubiläum, radelte nach Hause und setzte mich gleich an den Computer, um die Bilder hochzuladen und sie an die Zeitung zu mailen.
Eine seltsame Arbeit war das. Ich fotografierte plötzlich Dinge und Situationen, die ich nie zuvor fotografiert hatte. Nicht hier

in Deutschland. Im Ausland hatte mich alles gereizt, die verwinkelten Ecken, das Alltagsgeschehen, das Exotische und das Normale, alles war spannend gewesen. In Deutschland hatten mich nur möglichst spektakuläre Landschaften gereizt. Aber das deutsche Alltagsgeschehen, das hatte mich nie interessiert. Lieber hätte ich im Theater fotografiert als in Kleingärten, das war klar, aber im Theater, das waren vergebene Jobs, auf Jahre, Stammfotografen.
Und so blieben mir die Kleingärten und die Firmenfeste und, wenn ich Glück hatte, das neugeborene Känguruh im Zoo. Es war eine Neuentdeckung des deutschen Alltags.

Als ich gerade die Daten auf den PC übertrug, läutete das Telefon.
„Svendheim."
„Ja, Frau Svendheim, lange nichts gehört, ich hoffe, es geht Ihnen wieder besser – Eister hier, vom Verlag. Ich wollte Sie zumindest anrufen, Sie haben sicher erfahren, dass ich die Reihe ‚Urlaub vor Ort' an Frau Arndt vergeben habe, da Sie ja leider ausgefallen sind. Die macht es gut, ja, ich bin zufrieden..."
Herr Eister überrollte mich mit seinem Redeschwall.
„Sie stehen nun auf der stillen Liste, da sie gerade nicht zur Verfügung stehen. Nur dass Sie das wissen..."
Stille Liste, was war das, keine Kündigung, nein, sondern stille Liste, klang fast wie auf dem Index stehen.
„Können Sie absehen, wann Sie uns wieder zur Verfügung stehen werden?"
Ich starrte auf die hellblaue Tapete über dem Telefon. „Nein, das kann ich derzeit nicht."
„Herr Fahlbeck hat mir aus Bali ein paar wunderbare Fotos

geschickt, ich bin sehr gespannt auf die Reportage, die er mit Frau Arndt macht, sie macht das wirklich gut."

Ich nickte. Da fiel mir ein, dass man Nicken am Telefon nicht sehen kann. „Ja, sicher, ganz toll."

„Er kommt nächste Woche zurück. Die beiden sind ja zu beneiden, so lange auf Bali sein zu können, während wir hier in Deutschland der Dinge harren müssen..."

Herr Eister war in Fahrt. „Sie melden sich dann, wenn Sie wieder für uns arbeiten wollen, ja?"

Als wenn es eine Frage des Wollens war.

„Die nächsten Artikel sollen über die Malediven, Madagaskar und das Skagerak gehen."

„Ja, ich melde mich."

Herr Eister redete von einer Welt, zu der ich keinen Zugang mehr hatte.

„Eine gute Zeit, und machen Sie Fotos, damit Sie nicht aus der Übung kommen..."

Herr Eister lachte über seinen eigenen Witz, verabschiedete sich und legte auf.

Ich ging wieder zurück zum Schreibtisch, sah die Fotos vom Nachmittag an, die stolzen Kleingärtner unter ihrer silbernen Papp-Vierzig, schickte das Ganze an die Redaktion und dachte über 5 aus 41 nach, über die letzte Begegnung mit der alten Frau am Waldrand neulich. Ihre Worte, dass eine schrittweise Verwirklichung meiner Kreativität mich weiter bringen würde als Weltreisen. Schrittweise. Mein Blick wanderte zu dem Bild über meinem Schreibtisch. Ein Foto aus dem Outback, das ich gemacht hatte. Vom anderen Ende der Welt. Das war lange her.

Fotografieren schenkte mir Räume von Stille, von Dasein, ohne Furcht vor der Angst.

Wenn ich nicht auf der Flucht vor der Angst war, kämpfte ich mit ihr. Sie hatte sich aus meinem Alltag, wie ich ihn jetzt lebte, weitestgehend zurückgezogen. Ich musste nicht reisen. Ich fotografierte in der Stadt, ich fühlte mich nicht übermäßig eingeengt von ihr. Reisen konnte ich nicht. Das machte mich immer wieder wütend. Es konnte doch nicht sein, dass etwas, was immer problemlos gegangen war, was ich gern getan hatte, mit einem Mal unmöglich zu sein schien.

Am Abend saß ich auf meinem Balkon, trank von dem Wein, den mir Sören aus Frankreich mitgebracht hatte und sah in die Dämmerung. Die Angst machte einsam.
Früher war ich ständig neuen Leuten begegnet, auf Reisen sowieso, im Verlag auch. Ich hatte immer viele Leute um mich gehabt, war oft mehr auf Achse als zu Hause gewesen. Jetzt war ich oft allein. Heute war der zwanzigste Mai. Hendrik würde heute aus Bali zurückkommen. Mit Frau Arndt. Ich hatte Sehnsucht nach ihm. Nach seinem Lächeln. Nach seinen Händen, die mir den Rücken streichelten. Nach seiner Stimme.
Nebenan hörte jemand argentinische Tangomusik. Ich stand auf und holte mir eine Zigarette. Für alle Fälle hatte ich immer eine Packung im Schrank liegen. Obwohl ich fast nie rauchte. Aber manchmal ging es nicht ohne Zigarette. So wie jetzt, als ich die Rauchschwaden in die Dämmerung blies und versuchte, nicht an Hendrik zu denken.

Drei Tage später war ich auf dem Weg zum Jahrmarkt. Ein schrilles, buntes Fest mit viel zu schnellen Karussells. Nicht mein Ding, aber Sören hatte mich überredet.
„Chérie, wir gehen auf den Jahrmarkt."
Meine Ausflüchte hatte er nicht gelten lassen.

Wir trafen uns direkt am Eingang. Sören leuchtete mir von weitem mit seinem knallgrünen Hemd entgegen.
„Hallo, Anna, trés chère, wunderbar, dass du gekommen bist. Wir werden viel Spaß haben!"
Sören hakte mich unter, ein Hauch von seinem Aftershave stieg mir in die Nase. Heute war Sören ohne Brille unterwegs, aber die war ja eh nur für die Optik.
Es war früher Nachmittag, viele Jugendliche drängten sich an den Looping- und Achterbahnen. Hendrik fiel mir ein, was er wohl gerade machte, ich schob den Gedanken fort und zupfte Sören am Ärmel.
„Guck mal, Zuckerwatte – weißt du, wie lange es her ist, dass ich Zuckerwatte gegessen habe?"
Sören ging schnurstracks auf den Zuckerwatteverkäufer zu und kam mit frischer Zuckerwatte zurück. „S'il vous plaît, Anna. Viel Spaß!"
Ich steckte den Zeigefinger in das klebrige Süß, zupfte mir kleine Stücke ab und ließ die Wölkchen im Mund zergehen.
„Willst du auch?"
„Oh, nein danke", Sören schüttelte sich, „du weißt, ich bevorzuge die herbe Geschmacksrichtung."
„Wollen wir Karussell fahren?" Sören sah mich an. „Kettenkarussell? Achterbahn? Krake?"
Ich war skeptisch. Die Vorstellung, in so ein Gerät zu steigen, sich festzuschnallen, behagte mir nicht. Das war fast wie Zugfahren. „Hmm, weiß nicht. Willst du?"
Sören nickte begeistert. „Ja, zumindest einmal müssen wir doch Karussell fahren, wenn wir hier sind. Such dir was aus, was dir gefällt, muss ja nichts Schnelles sein..."
Wir gingen weiter, blieben ab und zu stehen, zogen Lose, fanden Nieten. Ich freute mich, dass ich so gelassen auf dem Jahr-

markt zwischen den Buden und den vielen Menschen sein konnte, ohne Angst zu haben. Das wäre vor drei Monaten nicht gegangen.

„Anna“, Sören hatte ein Los gekauft, „hier, für dich, da ist ein Gewinn drinnen, ich weiß es.“ Er schwenkte das Los, das fast so grün war wie sein Hemd.

Ich nahm es, riss die Perforation auf und rollte das Papier auseinander. „Sie haben gewonnen.“

„Du hast Recht – nur was ist es wohl – hoffentlich keine Reise...“ Ich zwinkerte Sören zu. Gemeinsam gingen wir zu der riesigen Wand, wo sich die Gewinne türmten. Ich gab mein Los dem Mann im grobkarierten Hemd, der davor stand, und er ging zielstrebig zu einem riesigen pinkfarbenen Teddybären, den er mir strahlend in die Arme drückte. „Bitteschön, Gratulation.“

Nun stand ich da, mit dem Riesenteddy, den ich gerade so halten konnte und versuchte, Sören an dem Teddy vorbei anzusehen. „Und nun?“

„Sind wir zu dritt“, sagte Sören. Wir mussten beide lachen.

Als wir nach dem Losstand links abgebogen waren und eine Weile beim Dosenwerfen zugeschaut hatten, tauchte vor uns das Riesenrad auf, das seit Wochen das Stadtbild überragte.

„Riesenrad, chérie, das ist es, langsam, mit tollen Aussichten und Platz für Teddys...“

Ich versuchte nicht nachzudenken, über die enorme Höhe und die Möglichkeit, dass das Riesenrad ganz oben anhalten könnte, und sagte: „Ja.“

Sören kauften zwei Tickets, und wir setzten uns in die schwingende Gondel. Sie hatte die Nummer 113. Quersumme Fünf. Immer wieder die Quersumme Fünf. Wie mein Geburtstag. Und die Angst, die hatte auch fünf Buchstaben.

Der pinke Riesenteddy saß zwischen uns. Zufrieden lächelnd lehnte sich Sören zurück, fuhr sich durch seine stoppeligen, hellblonden Haare.
„Wie findet du mein neues Hemd?“
„Grün, sehr grün.“
„Du magst es nicht“, stellte Sören fest und runzelte die Augenbrauen.
„Es ist fast so grün wie deine Augen. Aber ich glaube, deine Augenfarbe mag ich lieber.“
„Ich habe auch gedacht, dass mir Grün nicht so toll steht. Pink wie der Teddy ist besser, oder?“
Ich nickte.
„Hat Nick ausgesucht, das Hemd, er steht auf Grün. Ich werde ihm sagen, dass du es nicht magst.“
Das Riesenrad setzte sich in Bewegung. Weitere Fahrgäste stiegen ein. Wir fuhren immer ein Stück höher und schwangen hin und her. Wenn ich jetzt aussteigen wollte, hatte ich ein Problem. Ich schob den Gedanken weg.
Nach einer Weile begann das Riesenrad seine Fahrt. Wir stiegen höher und höher, bis wir einen grandiosen Blick über den ganzen Jahrmarkt und weit darüber hinaus hatten.
„Da ist das Rathaus“, rief ich.
„Und da ist mein Blumengeschäft“, sagte Sören.
Ich blinzelte. „Wo?“
„Da hinten…“, Sören knuffte mich ins Bein.
Als wir ganz oben waren, hielt das Riesenrad an. Es war nicht voll besetzt, nur in einigen Gondeln rechts und links von uns waren noch Leute.
„Toller Ausblick, oder?“ Sören drehte sich in alle Richtungen. Scheiße, mein Körper zeigte an, Achtung Angst, die Knie wurden weich, auch im Sitzen, der Hals wurde eng, das Herz

wummerte gegen die Brust. Ich versuchte, langsam zu atmen. Sofort drängten sich Bilder von Sanitätern auf, die meinen Körper aus einer Riesenradgondel hoben. Hoffentlich ging es gleich weiter. Wie ungünstig hier oben. Ich presste meine Zehen von innen gegen die Schuhsohle und nahm den Teddy auf den Schoß. Sehen wollte ich nichts mehr.

„Alles ok?“ Sören sah mich besorgt an, „du bist ganz weiß im Gesicht.“

„Ach, das Übliche, Angst.“ Reden war so verdammt schwer in diesen Momenten. Ich vergrub meine Nase in dem pinkfarbenen Fell, das unerklärlich nach Zitrone roch.

Sören rutschte neben mich und legte den Arm um mich. „Alles wird gut, Anna, alles ist ok.“

Ich versuchte, mein Zittern zu verbergen. Aber die Schlappohren des Teddys zitterten auch schon. Sören drückte mich.

Das Riesenrad fuhr weiter. Mit immer noch weichen Knien stieg ich aus. Sören nahm den Teddy und meine linke Hand. Hand in Hand gingen wir zum Ausgang des Jahrmarktes.

„Geht's wieder?“

„Ja, ganz ok.“

„Trotzdem schön?“

Ich musste lachen, als ich Sören fast bittendes Gesicht sah.

„Oh ja, trotzdem sehr schön...“

„Wollen wir noch etwas trinken gehen in einem Café?“

„Mit Teddy?“

„Mit Teddy.“

Ich ließ mein Fahrrad stehen, und wir gingen die Straße hinunter zum ‚La Paloma'. Sören hielt immer noch meine Hand. Es war so gut, einen Freund zu haben, mit dem man so sein konnte, der so viel wahrnahm, der sanft blieb, wenn etwas nicht ging und bei dem man sich keine Sorgen machen mus-

ste, dass irgendwelche Berührungen falsch verstanden wurden. Wir hockten uns in die Lounge, mittlerweile war es fast sechs Uhr, mein Magen knurrte. Ich bestellte mir Pommes mit Ketchup, das beste Essen im Fall von Angst.
Salziges half immer. Süßes machte die Angst noch schlimmer.
„Wie läuft es mit Nick und dir? Ihr seid ja schon ganz schön lange zusammen. Seit September."
Sören nahm den silbernen Armreif ab und legte ihn auf den Tisch. „Ja, stimmt, das sind schon acht Monate, Wahnsinn. Und es läuft so gut, immer noch. Wunderbar unkompliziert. Nick macht gerade eine Zusatzausbildung. Reflexzonenmassage."
Das Essen kam. Ich tunkte die Pommes in den Ketchup und genoss den salzigen Geschmack. Sören hatte sich eine Tomatensuppe bestellt.
„Anna - "
„Ja?" Irritiert sah ich Sören an, „ ist die Suppe nicht ok?"
„Doch, ich, ich – ich wollte dir etwas sagen, ich wollte, ähm, aber nicht auf dem Jahrmarkt, ich wollte, dass es einfach nur schön ist..."
Ich legte die Pommes, die ich gerade genommen hatte, zurück und sah Sören fragend an: „Was? Bist du etwa doch nicht schwul?"
„Ach, Quatsch."
Beruhigt nahm ich die Pommes wieder auf.
„Hendrik ist doch zurück, aus Bali, seit ein paar Tagen, oder?"
„Ja, seit drei Tagen. Wieso?"
„Ich, ich habe ihn gesehen. Nick und ich waren gestern Abend in einer Bar im Viertel, und da war er auch..."
„Und..."
Sören legte nervös den Löffel beiseite.

„Ich finde es fair, es dir zu sagen, dass er mit einer anderen Frau da war. So eine topblonde Schwalbe mit ziemlich hohen Hacken. Und ich glaube, die sind zusammen..."
Ich schluckte. „Ja, typisch, bringt nicht einmal den Mumm auf Schluss zu machen... einfach verschwinden... Ich habe es geahnt... Es ist Frau Arndt. Susanna Arndt, mit der er auf Bali war. Die ist so topblond und hochhackig."
Mir schossen die Tränen in die Augen.
Sören streichelte meinen Kopf. „Oh, Scheiße, chérie, es tut mir so leid. Das hast du nicht verdient."
Alles wegen der Angst, schoss es mir durch den Kopf. Erst der Job, jetzt Hendrik.
„Aber irgendwie fand ich immer, dass Hendrik nicht wirklich zu dir passt. Er ist ein wenig, wie soll ich sagen, oberflächlich. Beziehungsweise, er weiß deine Tiefe nicht zu schätzen."
Sören reichte mir ein Taschentuch. Ich weinte. Und das mitten im Lokal. Egal. Die Tränen liefen und liefen. Tränen über Hendriks Verhalten, über die Angst, über meine Sehnsucht, die Trauer.
Sören hielt mich fest. Und neben uns saß der pinke Teddy.
Als ich wieder essen konnte, waren die restlichen Pommes kalt. Auch egal. Ich aß sie trotzdem.
„Ich werde ihn anrufen, so geht das nicht."
„Tu das. Finde ich gut."
Als wir bezahlten, war es schon spät. Wir gingen zu meinem Fahrrad. Ich klemmte den Teddy auf dem Gepäckträger fest.
„Ruf mich morgen an, Anna, ja?"
„Ja, und danke, dass du es mir gesagt hast."
Sören und ich umarmten uns. Dann fuhren der pinke Teddy und ich nach Hause.

An diesem Abend malte ich noch ein Bild. Ich hatte lang nicht gemalt. Ich malte viele Farben durcheinander. Viel schwarz und viel rot und ein bisschen gelb. Und einen kleinen grünen Punkt. Für die Hoffnung. So wie Sörens Hemd. Und irgendwo war eine Fünf in dem Bild. Wenn man ganz genau hinsah, konnte man sie sehen.

„Wovor hast du Angst?“ fragte Asgard.
Anna zuckte wie immer zusammen, wenn jemand so direkt von dem Gefühl sprach, das ihr Leben so schwer und eng machte.
Sie dachte, vor allem und vor nichts.
Asgard sah sie an. „Wenn du versuchen wolltest, diese große Frucht der Angst in die Hand zu nehmen und ihr Fruchtfleisch von dem Kern zu lösen, was bliebe in der Mitte übrig? Was ist der Kern der Angst?“
Anna dachte nach. Sie dachte an die Enge, die Angst unterwegs zu sein, sich zu verlieren, abgeschnitten zu sein, zu sterben. Sie war verwirrt.
„Ich weiß nicht. Ich weiß nicht, was Kern und was Fruchtfleisch ist. Es ist soviel Angst.“
Asgard nickte. „Und welches ist die Angst, die dir zuerst einfällt?“
Anna schaute auf die Weide, sah die braunen Pferde an, die im Kreis trabten.
„Mich zu verlieren. Ja, mich zu verlieren, nicht mehr zurückzufinden. Vielleicht ist das schlimmer als sterben.“
Auf Asgards linker Hand landete ein violetter Schmetterling. Er öffnete seine Flügel, so dass sie beinahe Asgards Hand-

rücken berührten. Anna betrachtete das helle Violett mit den verwischten gelben Punkten darin.
„Alle sagen immer, letztlich sei jede Angst die Angst vor dem Tod. Ich weiß nicht. Ich glaube, sich zu verlieren, ist Sterben am Leben. Aber ich kann es nicht fassen. Vielleicht habe ich einfach Angst vor dem Weg, Angst davor, wohin er führt. Dass er mich noch einmal so tief hinabführt, an einen Ort, wo ich das Gefühl habe, lebend zu sterben."
Selten hatte Anna so viel gesagt, selten hatte sie so bewegt gesprochen.
Asgard schwieg, der Schmetterling schien zu atmen, mit seinen Flügeln.
Anna fühlte sich von Asgard beschützt, irgendwie umarmt, obwohl die alte Frau schweigend neben ihr saß.
„Magst du das nächste Mal mit mir etwas weitergehen? Ich möchte dir etwas zeigen. Wir gehen diesen Weg weiter, in Richtung Wald. Bist du einverstanden?"
Anna legte die Handflächen ineinander und sah Asgard an. Sollte sie vertrauen?
Sie sagte: „Ja."

Wer hatte mir gesagt, dass Geduld eine Form von Liebe sei? Ich wusste es nicht mehr. Aber der Satz war mir im Gedächtnis geblieben.
Geduld, so wie ein hellblaues Auge, in dem man stehen kann. Geduld als fester Boden, um darauf zu verweilen. Einer, der unter den Füßen nicht nachgibt. Die Gelassenheit zu warten und die Freiheit zu warten. Geduld wie die perlenden Töne eines Klaviers, leiser werdend, bis es ganz still ist. Wie frische

Pfefferminze. Ein festes Band aus weichem Stoff. Geduld. Ich fotografierte Geduld.
Ich fotografierte rissigen Ackerboden, wartende Menschen und die Rinde eines uralten Baumes. Ich fotografierte einen Buddha im Schaufenster, offene Türen und Uhren ohne Zeiger. Ich fotografierte Knospen und die aus ihnen entstehenden Blüten. Und ich fotografierte den Horizont. Wie damals auf der Insel. Vor acht Monaten. Acht Monate, die mein Leben komplett verändert hatten.
Nicht nur auf etwas warten, war Geduld. Auch etwas geschehen zu lassen, konnte Geduld sein. Ohne sogleich alles ändern zu wollen.

Hendrik meldete sich nicht. Es war schon zwei Wochen her, dass er aus Bali zurück war. Er würde sich auch nicht mehr melden, davon war ich überzeugt. Seit Sören mir erzählt hatte, dass er mit Susanna Arndt zusammen war, kämpfte ich mit Wut, Enttäuschung und Traurigkeit. Am meisten kränkte mich aber, dass er es nicht fertig brachte, Schluss zu machen, dass er so tat, als wäre dies unnötig, dass er nahtlos von einer Beziehung in die nächste ging, so tat, als hätte es uns beide nie gegeben.
Er hatte keine Geduld gehabt. Dass ich nicht mehr so funktionierte wie immer, dass ich krank geworden war, plötzlich nicht mehr reisen konnte, hatte Hendrik nicht ausgehalten. Er wollte nicht aufgehalten werden in seinem Drang, schnell durch die Welt zu gehen, das Leben schnell zu leben.
Ich kämpfte mit mir, ob ich ihn anrufen sollte oder nicht. Ob ich hinfahren sollte oder nicht. Aber immerhin waren noch ein paar Dinge von mir in seiner Wohnung, die ich wiederhaben wollte.

Es war ein Mittwochnachmittag, ich hatte gerade die Eröffnung einer neuen Filiale eines Blumenhandels fotografiert, als ich mich dazu entschloss, zu Hendrik zu fahren. Ich nahm das Auto, meinen alten Peugeot, den ich in den letzten Monaten kaum bewegt hatte, weil Autofahren ähnlich schwierig war wie Zugfahren.
Ich fuhr zum Kellerweg 6, klingelte bei Fahlbeck und stapfte die Treppen hinauf in den vierten Stock. Das letzte Mal, als ich hier gewesen war, hatte Hendrik für mich gekocht. Das war vor Bali und vor dem Klinikaufenthalt gewesen.
„Anna", Hendrik öffnete die Tür und sah mich überrascht an.
„Ja, mich gibt es noch, Hendrik", ich musste zusehen, dass ich meine Wut in Zaum hielt, „darf ich hereinkommen?"
Zögernd stand Hendrik an der Tür, drehte sich unruhig um: „Mmh, ja, nein – du hast ja gar nicht angerufen, dass du kommst..."
„Stimmt, aber ich wollte gern meine CDs abholen und die blaue Wolldecke, die ich hier gelassen hatte..." Ich schob mich an ihm vorbei in die Wohnung.
„Anna, du weißt..."
„Ja, ich weiß. Dass du es nicht einmal geschafft hast, mit mir Schluss zu machen..."
„Anna – ich – ich wollte dich nicht..."
Ich ging durch den langen Flur zu dem Wohnzimmer, das ganz hinten lag.
„Ich weiß – du wolltest nicht mehr mit mir zusammen sein, weil es zu langweilig war mit einer, die nicht mehr um die Welt reisen kann..."
Ich wollte gerade ins Wohnzimmer gehen, als ich wie angewurzelt auf der Schwelle stehen blieb. Susanna Arndt, hell-

blond, mit tiefem Ausschnitt, knielangem grünen Rock und High Heels.
Susanna sah mich überrascht an: “Anna Svendheim, sieh mal einer an... Man hat Sie lange nicht mehr in der Redaktion gesehen...“
„Tatsächlich?“
Hendrik kam hereingeeilt. „Ich, ich...“
„Vergiss es, Hendrik. Ich weiß alles. Wo sind die CDs und die blaue Decke? Und meinen Bali-Reiseführer würde ich auch gern zurückhaben.“
Hendrik lief rot an. „Ich hole alles, Moment.“ Er verließ das Wohnzimmer.
„Schöne Wohnung, oder?“ sagte ich und sah Susanna Arndt mit meinem freundlichsten Gesicht an.
„Ohja, in der Tat, sehr schön.“
„Und eine schöne Reihe ‚Urlaub vor Ort’, nicht wahr?“
Ich wollte eigentlich nicht provozieren, aber es war so furchtbar, diese Tussi auf Hendriks Sofa zu sehen.
„Ja, wobei mir Bali noch lieber ist, ehrlich gesagt, als deutsche Mittelgebirge, wie Sie sich vorstellen können.“ Sie lächelte süffisant.
„Ich freue mich, dass es für alles in meinem Leben eine so reizende und kompetente Nachfolgerin gibt. Es ist für alles gesorgt, wie man sieht...“
Susanna Arndt räkelte sich auf dem Sofa. „Ja, wirklich wunderbar. Und ich hoffe sehr, dass es Ihnen wieder besser geht... Keiner weiß ja so recht, was Sie haben... aber es scheint Sie ja von einigen Dingen abzuhalten...“
Ich wandte mich ab und ging zu Hendrik, der im Schlafzimmer nervös in einem CD-Stapel kramte. Ich ließ die Tür hinter mir zuknallen.

„Konntest du nicht einmal zumindest anrufen, mir mitteilen, dass du eine andere hast? Ist das zuviel verlangt? Zuviel nach einer dreijährigen Beziehung?“
Hendrik sah mich verwirrt an, er hatte nicht damit gerechnet, dass ich vorbeikomme, das war klar. Vermutlich glaubte er, dass ich, weil ich eine Angstkrankheit hatte, keinen Mut mehr besaß.
„Anna, ich bin erst seit...“
„Zwei Wochen wieder hier... ja, ich weiß.“
„Es tut mir leid“, Hendriks Stimme schwankte.
„Meinst du, es ist ein tolles Gefühl so einfach ausgetauscht zu werden? Erst von Herrn Eister, jetzt von dir. Von Herrn Eister habe ich nicht mehr erwartet, von dir schon. Ich habe es mir nicht ausgesucht, krank zu werden. Kannst du dir vorstellen, was es bedeutet, als Reisefotografin nicht mehr reisen zu können? Hast du eine Ahnung davon, wie es ist, wenn alles zusammenbricht, was vorher wichtig war? Und wie es ist, dann auch noch vom Freund fallengelassen zu werden?“
Ich konnte nicht mehr, ich setzte mich auf das Bett und begann zu weinen. Obwohl ich es nicht wollte. Hendrik setzte sich neben mich.
Die Tür ging auf. „Kann ich irgendwie behilflich sein?“ Susanna Arndt lächelte breit.
„Susanna, geh bitte raus.“
„Wie du willst“, sie drehte sich abrupt wieder um und zog die Tür zu.
„Ich wollte dich nicht austauschen“, Hendrik suchte nach Worten.
„Das hast du aber getan.“
„Ich wollte dich seit Tagen anrufen.“
Die Wohnungstür fiel laut ins Schloss.

„Deine Herzdame hat wohl gerade ihr neues Domizil verlassen."
Hendrik zuckte mit den Achseln.
„Woher wusstest du es, Anna?"
„Von Sören, er hat dich in der Bar gesehen."
„Scheiße."
„Ich hoffe, du bist glücklich mit deiner hochhackigen Blondine. Und ich hoffe, es war schön auf Bali mit ihr."
Hendrik presste einen Tennisball, der auf dem Boden gelegen hatte, gegen seine linke Handinnenfläche.
„Ich habe dich vermisst."
„Ach, und dir zum Trost gleich einen Ersatz besorgt?"
„Anna, das war nicht so geplant..."
„Natürlich, es ist ganz anders, als es aussieht... Wie in schlechten Filmen..."
Ich stand auf. „Ich gehe jetzt besser. Damit ist also Schluss zwischen uns."
Ich wischte mir die Tränen aus dem Gesicht.
„Anna, bitte, ich war so hilflos, ich wusste nicht, warum so vieles auf einmal bei dir nicht mehr ging. Du warst so anders..."
„Ja, schon klar, und dann nimmt Mann besser Reißaus, bevor man sich weiter hilflos fühlt..."
Ich öffnete die Tür, klemmte die blaue Decke unter den Arm und nahm die CDs, die Hendrik schon herausgelegt hatte. Ohne weitere Worte verließ ich die Wohnung.
Ich warf die Decke und die CDs in den Kofferraum, setzte mich ins Auto, machte das Radio an und versuchte, all die Gefühle in lauter Musik zu ertränken.
Mir liefen die Tränen über die Wangen, als ich nach Hause fuhr. Diese feige Sau. Eine Schönwetterbeziehung hatte er gewollt. Solange alles glatt lief, war alles klar. Bloß keine Schwie-

rigkeiten. Die hatte er nun ja sicher nicht mehr mit der blonden Tussi, die würde ihn sicher nicht mit Untiefen des Lebens belästigen.

Ich begann wieder Zug fahren zu üben. Weil es so nicht weiterging. Ich würde versauern in dieser Stadt beim Fotografieren von Spießerevents. Ich wollte meinen Radius zumindest um dreißig Kilometer erweitern. Da längere Autofahrten noch schwieriger als Zug fahren zu sein schien, entschloss ich mich zu letzterem.
Ich zwang mich in Regionalexpresszüge einzusteigen, fuhr mindestens fünf Stationen, kämpfte gegen meinen rasenden Körper an, gegen das Herzrasen, das Brennen im Kopf, gegen die Angst. Steckte mir laute Musik ins Ohr, löste parallel Kreuzworträtsel. Auf allen Kanälen beschäftigen, um nicht die Angst zu spüren. Ich fuhr fast jeden Tag ein Stück Zug. Ich übte, bis ich nicht mehr konnte. Fühlte die bleierne Erschöpfung in meinem Körper und meiner Seele danach. Hatte dieses Gefühl anschließend, dass gar nichts mehr ging. Ich packte meine ganze Wut der letzten Monate in den Kampf mit der Angst. Nach zwei Wochen fuhr ich schon eine halbe Stunde Zug, vorausgesetzt genügend Ablenkung war da. Ich wollte es unbedingt, wieder reisen, wieder frei sein, das Leben zurückhaben. Ich rang meine Angst nieder, glaubte ich, ich wollte ihr zeigen, dass ich stärker war. So ging es doch, behaupteten die Verhaltenstherapeuten, von denen ich nicht übermäßig viel hielt, aber vielleicht hatten sie doch recht, und es würde so gehen. Die Angst besiegen, für immer.

Als der Sommer richtig begann und es die ersten heißen Tage gab – es war Ende Juni – fühlte ich mich unendlich müde. Ich

hatte meine ganze Energie im Kampf gegen die Angst verbraucht. Ich schlief jede Nacht acht bis neun Stunden und war morgens so müde, dass ich es kaum zu den Fototerminen schaffte, die im Kalender standen.
Dabei war ich doch so kurz davor, glaubte ich, noch ein bisschen üben, und ich würde wieder Zug fahren können, ohne Probleme. Alles nur eine Frage des Trainings und der Übung. Nächste Woche wollte ich das erste Mal wieder in einen Intercity steigen.

Die weiße Wüste kam zurück. Die Leere von Weiß. Die Orientierungslosigkeit in Weiß. Ich lief durch Weiß, stundenlang und glaubte vorwärts zu kommen. In Weiß kommt man nicht vorwärts. Weiß ist ein Punkt, der eine Fläche zu sein scheint. Ich glaubte, ich durchschritt das Weiß, um irgendwo auf der anderen Seite anzukommen, um das Weiß hinter mir zu lassen. Weiß lässt man nicht hinter sich. In Weiß gibt es kein Ankommen. Weiß ist die Fata Morgana von Hoffnung. In Weiß geht man ewig, ohne anzukommen. Weil Weiß keine Zeit hat.

An einem der letzten Junitage schlenderte ich durch die Innenstadt. Ich wollte etwas Eis essen und mich etwas ausruhen. Nichts denken. Nichts erreichen. Nichts hoffen.
Ich ging durch einen Buchladen, streifte mit den Augen die Neuerscheinungen, kam an der Ecke vorbei, wo Flyer auslagen. Fengshui. Coaching. Regenbogentherapie. Hypnose. Pendeln. Mir fiel ein hellblauer Flyer auf: ‚In zwei Tagen angstfrei. Neue Methode heilt Ihre Angst in kürzester Zeit.'
Ich griff danach, las weiter. Eine erprobte Methode mit grandiosen Erfolgen, schon im Fernsehen dargestellt. 80 Euro für

eine Sitzung. Ich steckte den Flyer ein, auch wenn der Typ auf der Rückseite nicht gerade sympathisch aussah. Alles musste versucht werden. Ohne Ausnahme.

Die verwitterte Pforte schwankte noch im Wind. Dahinter begann ein einsamer Weg, zwischen zwei Feldern zog er sich dahin, ohne dass ein Ende abzusehen war. Eine alte Holzbank ohne Lehne am Weg, auf der eine alte Frau mit einem langen grauen Zopf und hellblauen Augen saß.

Anna ging langsam, sehr langsam, das fiel Asgard auf, sie schien fast gebeugt zu gehen. So als hätte sie nicht genügend Kraft, ihren Weg fortzusetzen. Asgard war guter Hoffnung gewesen, dass Anna ihren Weg durch die und mit der Angst finden würde. Aber in den letzten Wochen hatte sich etwas verändert. War sie in den letzten Tagen wieder versehentlich durch die falsche Pforte gegangen?

Anna setzte sich schweigend neben Asgard, ihr war kühl, obwohl es Sommer war. Sie sah die Blüten nicht, die sie auf diesem Weg umgaben.

„Du bist müde“, sagte Asgard.

Anna nickte.

„Magst du trotzdem ein Stück gehen? Ich hatte dir letztes Mal davon erzählt, dass ich dir gern etwas zeigen möchte.“

„Ja“, Anna nickte nochmals, „ja, können wir machen.“

„Weißt du eigentlich, wohin dieser Weg weiter führt?“ Asgard deutete auf den Feldweg, auf dem sie immer bis zu der Bank ging und auf dem sie vor kurzem ein kleines Stück weitergegangen war. Aber wo führte er dann weiter? Sie wusste es nicht.

„Keine Ahnung.“

„Wir gehen soweit, bis wir hinter der Kurve verschwinden. Das ist weiter, als wir vor ein paar Wochen gegangen sind."
Anna stutzte, noch weiter gehen und wieder so langsam? Dann würden sie ja nie ankommen.
„Wir gehen dieses Mal in normalem Tempo. Es geht heute nicht vor allem um Langsamkeit..."
Asgard stand auf, glättete ihren Wollrock und ging los. Anna ging ein Stück hinter ihr, weitergehen, noch weiter, sie konnte doch schon nicht mehr, warum konnte sie sich nicht einfach zumindest hier ausruhen, auf diesem Weg, der ganz woanders war als ihr sonstiges Leben? Etwas widerwillig folgte sie Asgard, die in zügigem Tempo voranschritt.
Schon bald erreichten sie den Punkt, bis zu dem sie beim letzten Mal gegangen waren. Dahinter war sie noch nie gewesen. Fremdes Land.
Beim Gehen war es Anna, als beginne sie zu schwanken. Wo waren sie?
Der Weg verlief zwischen ebenen Weide- und Sumpfflächen, schlängelte sich durch kleine Waldinseln, begleitet von einem plätschernden Bach.
Diesen ganzen Weg mussten sie auch wieder zurück, Anna wurde unruhig. Das war zu viel, zu weit. Sie wollte gerade etwas sagen, dass sie nicht mehr weitergehen wollte, weil sie nicht mehr konnte und weil die Angst mit jedem Schritt wuchs und lähmender wurde, als der Weg in einen dichten Wald mündete und fast vom Zwielicht verschluckt wurde. Annas Herz klopfte jetzt laut. Asgard berührte Anna sanft am Arm.
„Wohin führt dich die Angst, wen du ihr folgst?"
Anna zuckte mit den Schultern, sah sich um und meinte: „Zurück..."

„Der Weg zurück lässt dich vor der Angst fortlaufen. Wenn du der Angst folgst, ist das die andere Richtung... Geh du nun vor, ich gehe hinter dir... Der Weg ist zu schmal... Folge deiner Angst..."
Anna sah Asgard ungläubig an. Sie sollte der Angst folgen, sich führen lassen von diesem schrecklichen, quälenden Gefühl? Das war absurd.
Asgard stand ruhig neben ihr und sah sie aufmunternd an.
Anna ging einen Schritt vorwärts, blieb stehen, drehte sich um, sah Asgard an. Ging wieder einen Schritt. Ihre Angst, sie stellte sich vor, dass sie vor ihr ging, ein dunkler Schatten, dem wiederum ein Schatten zu folgen schien. Das ging nicht. Das würde sie umbringen.
„Ich kann nicht." Anna blieb stehen.
Asgard sagte: „Du hast so viel Zeit, wie du brauchst. Und ich bin bei dir."
Anna sah nach vorn, noch ein Schritt und noch ein Schritt. Ihre Angst trug ein leuchtendes rotes Samtgewand, in das blaue Fäden gewirkt waren. Sie trug eine Kerze, die den dunklen Weg erhellte. Plötzlich schien Anna ohne Mühe vorwärts zu gehen. Sie war nicht mehr müde. Obwohl sie den Weg nicht kannte, ging sie zielsicher durch ein verschlungenes Wegenetz, bis sie an eine Lichtung kam, in deren Mitte ein mächtiger Ahornbaum stand, dessen Blätter golden in der Sonne funkelten, als sei es schon Herbst. Ein heller Platz mitten im Wald, von Sonne geflutet, und sehr still. Anna folgte dem kleinen Pfad, der sich in die Mitte der Lichtung wand, näher zu dem Baum und dann wieder weiter fort zu führen schien, bis er schließlich in der Mitte unter dem Baum endete. Dort stand eine alte Holzbank mit Lehne.

Anna und Asgard setzten sich hin. Dieses Labyrinth schien eine tiefe Stille zu umgeben.
„Wo bist du angekommen?“ fragte Asgard.
„In der Stille.“ Anna lächelte. Ihre Angst war fort, sie spürte eine Ruhe, die sie noch nie so gespürt hatte. Eine tiefe, alles erfüllende Ruhe, die sie sanft einzuhüllen schien und ihr zugleich starke Wurzeln schenkte. Sie lehnte sich an und schloss die Augen.
Als sie längst die Zeit vergessen hatte, sagte Asgard, dass es Zeit sei zurückzugehen. Schweigend standen sie auf, verließen die Lichtung, wo die Sonne immer noch so hoch stand, als gebe es hier keine Zeit, und folgten dem Weg zurück durch die Felder, Wiesen und Sümpfe. Sie sprachen nicht miteinander. Und redeten trotzdem.
Als sie an der alten Bank ohne Lehne angekommen waren, sagte Asgard: „Deine Angst ist dein Schlüssel. Wenn du ihr zuhörst und mit ihr gehst, statt gegen sie zu kämpfen, statt zu versuchen sie zu besiegen, zeigt sie dir den Weg an Orte von einer Schönheit und Tiefe, die du bisher nicht erlebt hast. Die Enge der Angst ist das Tor zu Weite.“
Asgard verbeugte sich vor Anna und verschwand hinter einem Busch, als könnte sie sich in Luft auflösen.
Anna ging langsam den Feldweg zurück, bis sie wieder an der blauen Pforte ankam, die immer noch hin- und herschwang, als würde sie von unsichtbaren Händen bewegt. Anna lächelte. Hinter der Angst war es still.

Kapitel 10

Es war ein später Augusttag, der an seinem Morgen die erste Kühle des Herbstes zu ahnen lassen schien, auch wenn es noch so warm war, dass man auf Wiesen liegen und dem Himmel zuschauen konnte. Der Blutweiderich leuchtete in kantigem Pink, dazwischen die letzten blassen Köpfchen des Bachnelkenwurzes. Spätsommer. Zeit mit der Ernte zu beginnen. Ich ging in dem kleinen Wald spazieren und setzte mich an einen Tümpel auf einen Baumstumpf. Vielleicht war ich nervös. Morgen sollte die Probe aufs Exempel sein. Nach wochenlangem Training des Zugfahrens, des Unterwegsseins und nach täglichem Kampf gegen die Angst wollte ich es wissen, wollte ich wieder in einen ICE steigen und nach Hamburg fahren, um eine Freundin zu besuchen. Ich war erschöpft von den letzten Wochen und überzeugt, dass ich es fast geschafft hatte. Ich war kurz davor, meine ganze Freiheit zurückzubekommen. Ich war kurz davor, meine Agoraphobie ganz überstanden zu haben. Dank meiner Ausdauer und meines starken Willens. Die letzten Wochen waren hart gewesen, verdammt hart. Ich hatte viel für die Lokalredaktion fotografiert, nicht nur in der Stadt, auch im Umland. Ich hatte jeden Tag gegen die Angst gekämpft und versucht, Hendrik zu vergessen. Ich warf drei kleine Steinchen in den Tümpel, die neben dem Baumstumpf lagen. Mit einem dumpfen Geräusch zerschnitten sie die Wasseroberfläche und versanken. Ich nahm noch zwei Steinchen und ließ sie ebenfalls in dem trüben Tümpel, der fast ganz mit Wasserlinsen bedeckt war, verschwinden. Fünf Steine. Quersumme Fünf. Wie die Angst, die es zu überwinden galt. Und ich würde die Siegerin sein, das war gewiss, und zwar schon morgen.

Es war ein eigenartiges Gefühl gewesen, sich letzte Woche die ICE-Karten im Internet zu bestellen. So zu tun, als sei Reisen eine Kleinigkeit und als könnte ich ohne weiteres in jeden Zug steigen und dort hinfahren, wo ich es mir vorstellte.
Ich wollte Natalie besuchen, die ich während der Kur kennengelernt hatte. Wir hatten uns gemailt, ein paar Male telefoniert. Ich wusste nicht, ob wir befreundet waren, aber wir kannten uns. Auch mit Seiten, die man sonst lieber verbarg. Immerhin war sie in jener denkwürdigen Nacht dabei gewesen, als ich meine Angst im Rausch zu betäuben versucht hatte und dabei fast vergewaltigt worden war.
Es war jetzt schon mehr als vier Monate her, dass ich die Klinik verlassen hatte. Mir kam es vor, als sei es viel länger her, mindestens zwei Jahre. Mein Leben war ein anderes geworden. Mit einem anderen Beruf und ohne Freund. Und mit einem aufreibenden Kampf gegen die Angst.
Ich pflückte gedankenverloren das Gras ab, das neben dem Baumstumpf wuchs. Dachte an die Insel, wo ich vor fast einem Jahr gewesen war. Dort, wo die Angst begonnen hatte. Vielleicht war sie dort auch nur greifbar geworden. Sichtbar. Vielleicht hatte ich sie immer in mir getragen. Auch im Outback von Australien. Und hatte sie nur anders genannt. Magenschmerzen. Hautausschlag. Herzprobleme. Morgen würde ich die Grenze Angst endgültig sprengen.

Auf dem Bahnsteig war viel los, zu viel nach meinem Geschmack. Zu viele Leute, zuviel Gedränge. Ich brauchte leeren Raum, um den inneren Lärm nicht zu hören. Leere Räume erzeugt man durch Zuviel oder gar nichts. Da gar nichts hier nicht ging, stopfte ich mir Musik ins Ohr, stellte sie laut, machte aus Zuviel viel zu viel. Versuchte nicht zu spüren, was geschah, als der ICE hereinrollte, als ich mich in den Waggon mit der Nummer 17 drängte und den Platz 61 suchte. Quersumme 8 und Quersumme 7. Keine 5. Wie gut. Ich versuchte nicht wahrzunehmen, wer neben mir saß, wie voll der ICE war, dass die Fenster wie immer zu waren, zu bleiben würden, gar nicht auf gingen, dass der Zug über eine Stunde nicht halten würde bis zur nächsten Station. Drei Stunden ICE fahren, mit drei Zwischenhalten. Ich versuchte nicht darüber nachzudenken, was geschehen könnte, wenn ich Angst bekommen würde, versuchte leer zu sein und war übervoll zugleich. Ich versuchte nicht wahrzunehmen, dass es nach Wurstbrot roch und nach kaltem Rauch. Versuchte das dumpfe Wumsen der Türen zu überhören, als sie sich für 1,5 Stunden schlossen, nachdem der gellende Pfiff des Schaffners erklungen war. Ich versuchte nicht zu denken, dass ich jetzt in einem Zug saß, der erst einmal fuhr. Der vielleicht stehenbleiben könnte. Dass ich nicht einfach aussteigen konnte. Dass ich irgendwie damit umgehen müsste, wenn Panik kommen würde. Ich versuchte, nicht auf die Uhr zu schauen. Nicht mein pochendes Herz zu spüren. Ich versuchte unterwegs zu sein, ohne es zu merken.

Nach drei Stunden Fahrt ankommen, irgendwo. Aussteigen, es geschafft haben, irgendwie. Nicht an die Rückfahrt denken. Da sein. Ankommen.
Ich kam an, in Hamburg. Als ich ausstieg, spürte ich, wie meine Knie wegzusacken drohten, wie mein Bauch verkrampft war, und ich spürte die Augustluft auf dem Hamburger Hauptbahnhof. Ich begann wieder etwas zu fühlen.
Natalie kam mir lachend entgegen. Ihre schwarzen langen Haare umwehten ihr helles, schmales Gesicht. Sie war perfekt geschminkt.

Natalie war Lehrerin, sie war wegen Burnout in der Klinik gewesen, wie die meisten dort.
„Anna, herzlich willkommen im Norden! – Du siehst gut aus, ganz anders als Anfang des Jahres, irgendwie...“
Ich lächelte müde. Manchmal war es ein Vorteil, dass man mir nie ansah, wie es mir ging. Das blühende Leben Anna. Natalie hakte sich bei mir unter. Wir stiegen in die S-Bahn, mir war jetzt alles egal, fuhren nach Altona, wo sie wohnte. Eine kleine Altbauwohnung in einer Nebenstraße. Als wir in die Wohnung kamen, stellte mir Natalie ihren Freund Markus vor, mit dem sie seit drei Jahren zusammenlebte. Ich schüttelte ihm die Hand. Er schien einige Jahre älter als Natalie zu sein, die ungefähr in meinem Alter war. Markus sagte, er müsse leider gleich weg und würde wohl erst sehr spät wiederkommen.
Ich wollte mich frisch machen und ließ mir die Toilette zeigen. Jemand hatte vergessen zu spülen. Ein äußerst unangenehmer Geruch schlug mir entgegen. Für einen Moment war ich hin- und hergerissen zwischen dem Druck in meiner Blase und meinem aufsteigenden Ekel. Ich ging rückwärts wieder hinaus und schloss die Tür.
Scheiße. Ein dampfender Haufen Scheiße. Alles. Was tat ich hier, die ganze Zeit?
Mir war schlecht. Flau. Übel. Alles. Im Flur stand ein Korbstuhl, ich setzte mich hin und konnte nicht mehr denken. Natalie steckte den Kopf aus dem Wohnzimmer heraus.
„Anna? Schon fertig? Alles in Ordnung?“
Ich nickte nur.
„Hey“, sie kam näher, „du siehst blass aus.“
Ich konnte nichts sagen, deutete nur hilflos auf die Toilettentür.

Natalie stutzte, ging hin, verschwand im Klo, und ich hörte sie „Wie peinlich“ sagen und „Hat er es wieder vergessen.“
Sie kam heraus. „Tut mir leid, Markus vergisst das manchmal. Warte einen Moment, dann geht es wieder.“
Ich saß auf dem Korbstuhl und dachte darüber nach, ob ich lieber gleich wieder zurückfahren sollte. Das war kein besonders guter Auftakt. Scheiße als Begrüßung.
Langsam stand ich auf, trug meine Tasche ins Gästezimmer am Ende des Flurs. Es war ein kleiner Raum, der eher einer Abstellkammer als einem Gästezimmer glich, vollgestopft mit Modellflugzeugen, Farbtöpfen, Pinseln. Markus' Hobby, wie ich später erfuhr. Auch das noch. Scheiße. Nach dem Zugfahren jetzt zwischen Flugzeugen gelandet.
Ich versuchte nicht zu merken, dass es nach Kleber roch und nach etwas anderem, was ich nicht zuordnen konnte. Ich versuchte nicht das Kurt-Cobain-Poster anzusehen, das hinter der Tür hing.
Ich wollte nur noch schlafen, legte mich hin und schloss die Augen.

Als es klopfte, zuckte ich zusammen. Natalie kam herein. „Du musst aber erschöpft sein. Hast du heute morgen noch gearbeitet?“
Ich nickte, obwohl es nicht stimmte.
„Macht dein neuer Job Spaß?“
„Ja, ja, ganz ok.“
Ich setzte mich auf und versuchte, nicht auf die ganzen kleinen und großen Flugzeuge zu gucken.
„Wollen wir in die Stadt fahren? Ich wollte mir noch einen neuen Pullover kaufen. Vielleicht können wir das verbinden?

Was meinst du?“
„Ja, klar.“
Shoppen gehen, natürlich, ich war in Hamburg und ich war bei Natalie. Schade, dass ich meine Kamera zu Hause gelassen hatte.
Während wir mit der S-Bahn ins Zentrum fuhren, redete Natalie unentwegt. Von ihren Schülern, die sie so forderten, die sich nicht konzentrieren konnten, für die sie die Erziehungsarbeit übernehmen musste, weil die Eltern ja keine Zeit mehr dafür hätten. Ich sah aus dem Fenster und dachte, es ist Spätsommer. Und fragte mich, warum mir Natalie in der Klinik irgendwie anders vorgekommen war.
Natalie wollte in einen bestimmten Laden, in dem sie immer einkaufte. Weil die Übergrößen hätten, für besonders groß gewachsene Frauen.
Wir betraten ein kleines, etwas altmodisches Geschäft.
„Ich war bei der Stilberatung“, Natalie kramte einen Farbfächer aus ihrer Handtasche heraus, „das hier sind die Farben, die ich tragen kann. Eigentlich liebe ich Blau, aber Blau kann ich nicht tragen.“
Ich starrte auf den Farbfächer, als eine Verkäuferin herankam, die Natalie offensichtlich kannte. Ich starrte auf Orange, Gelb und Grasgrün. Und dachte an Blau. Ich setzte mich auf einen Stuhl, der zwischen den Klamottenbergen herumstand. Ich versuchte nichts weiter zu denken und sah Natalie beim Anprobieren zu. Eigentlich war ich in Hamburg, aber die Pullover in diesem Laden sahen nicht nach Hamburg aus. Nach fast zwei Stunden hatte Natalie keinen Pullover gefunden, aber eine Hose. Die war blau, weil es eine Jeans war, aber unten wäre es mit den Farben nicht so schlimm, wenn die nicht stimmten, erklärte sie mir. Natalie wollte danach noch in einen Schuhla-

den, auch für Übergrößen, sie trug 42. Für eine Frau angeblich sehr groß. Und Markus stände auf große Frauen. Ich fragte mich, warum manche Menschen so gern anders sein wollen. Ich fand Natalie nicht besonders groß.
„Ich gehe solange einen Kaffee trinken, ok?“ sagte ich. „Lass dir ruhig Zeit. Ich bin hier irgendwo um die Ecke, kannst ja auf meinem Handy durchklingeln.“
Natalie nickte kurz und war schon in dem Schuhgeschäft verschwunden.

Ich ging die Straße hinunter. Massen an Autos, Menschen, Leuchtreklamen. Auf einer Hochbrücke rauschte eine S-Bahn vorbei. Es war laut. Ich war in einer Großstadt. Nach einiger Zeit kam ich auf einen großen Platz, ich war bisher nur einmal in Hamburg gewesen, hatte keine Ahnung, wo ich war. Menschen rannten an mir vorüber. Niemand sah den anderen an. Gesichter rasten an mir vorüber, Wege kreuzten sich unerkannt, Autoschlangen wälzten sich die Straße entlang.
Ich sah nach oben, sah hohe Häuser, Häuserschluchten, kein Himmel darüber, und unten die Straßen mit den Menschenmengen. Ich starrte die Häuserwände an, die plötzlich zu schwanken anfingen, aufeinander zufielen, weiter schwankten, alles enger werden ließen. Hektisch wandte ich mich ab, sah umher, der große Platz, die Tauben vor meinen Füßen, die vielen Menschen, fremd, ich war fremd, allein und keine Ahnung woher und wohin, alles schien zu schwanken, nun auch der Boden, auf dem ich ging, mir wurde übel, der Schweiß kalt auf meiner Stirn, wo war ich, ich griff ins Leere und ging los, um zu gehen, um nicht stehenzubleiben, ging die Straße wieder hinunter, die ich hinauf gekommen war, fand ein Café, setzte mich auf einen Barhocker, bestellte Kräutertee, jetzt bloß

keinen Kaffee trinken, und ein Stück Kuchen, saß hinter der Glassscheibe, dahinter der Fußweg, beobachtete das Rasen auf der Straße weiter, hinter der Glasscheibe, da war zumindest etwas Abstand, etwas Raum, biss vom Marmorkuchen ab und versuchte nichts zu denken, nicht an die schwankenden Häuser, an das Gefühl sich vollkommen zu verlieren, in dem Moloch dieser endlosen Stadt.

Auf einmal stand Natalie vor der Glasscheibe, ich hatte keine Ahnung, wieviel Zeit vergangen war, und strahlte mich an. Sie hatte Schuhe gefunden, braune Stiefel, extra groß, Größe 42.

Wir fuhren nach Hause zu ihr. Zu der Abstellkammer mit den Flugzeugen und dem Kurt-Cobain-Poster. Ich kam nun dazu, den Rest der Wohnung zu sehen und auch eine Toilette zu benutzen, die benutzbar war.

Das Wohnzimmer war mit schwarzen Möbeln eingerichtet. Die Wände weiß und vollgehängt mit Aktfotografien. Aktfotos von Natalie und von Markus. Ich sah mehr, als ich sehen wollte. Sein Hobby wahrscheinlich. Neben Modellflugzeugen. Aktfotografie.

„Wir haben hier einen wunderbaren Blick, schau mal..."

Ich trat neben Natalie ans Fenster und blickte in einen Park.

„Ohja, toll."

„Wollen wir etwas essen?"

„Essen ist gut", antwortete ich und fügte hinzu: „Ich habe hier noch etwas für dich."

Ich reichte ihr ein kleines, hellblaues Päckchen.

Sie riss das Papier auf. „Ach, wie wunderbar. Anna, danke."

Sie fiel mir um den Hals. „Hast du das fotografiert?"

„Ja, ist eine Passionsblume, mit Makro aufgenommen."

„Großartig", Natalie hielt das Foto in dem schlichten Rahmen hoch.

Beim Abendbrot verdichtete sich erneut das Gefühl, im falschen Film zu sein. Und dieser hörte nicht auf. Es gab Nussbrot, ich vertrug keine Nüsse. Und es gab alten Käse, der schon Schimmel angesetzt hatte. Ich begriff das alles nicht. Immer wieder begann sich in meinem Kopf alles zu drehen. Scheiße, Farbfächer, schwankende Häuser, Modellflugzeuge, Aktfotos. Ich hatte Hunger. Ich könnte versuchen so zu tun, als seien keine Nüsse in dem Brot und kein Schimmel auf dem Käse. Oder die Nüsse aus dem Brot herauspulen und es mit Butter essen.

„Kann ich eine Banane haben?“ fragte ich.

„Ja, sicher. Nimm dir, was du möchtest. Fühle dich wie zu Hause.“

Morgen, dachte ich, morgen würde ich wieder zu Hause sein. Eine Nacht zwischen Modellflugzeugen und Aktfotos und anderen seltsamen Dingen, die sich mir noch nicht gezeigt hatten. Wir verbrachten den Abend mit Gesprächen im Wohnzimmer, bis ich vor Müdigkeit fast nicht mehr gerade sitzen konnte. Natalie hatte weiter erzählt von ihren Schülern, von Markus, von ihren sonstigen Erlebnissen. Eigentlich war ich nicht der Mensch, der sich stundenlang zulabern ließ, aber irgendwie konnte ich diesen Film nicht stoppen.

Ich träumte wirr, von endlosen Zügen, von dampfenden Misthaufen, die vor der Tür lagen, so dass man nicht aussteigen konnte, ich träumte von Häusern, die wie Bäume im Wind schwankten und von Flugzeugen, die mir um den Kopf flogen. Ich träumte alles durcheinander. Träumte große Gefühle, die tags nicht da gewesen waren, große Angst, großen Ekel, große Verzweiflung und große Einsamkeit. Und von einer Lichtkugel, die sanft durch den Raum schwebte, der plötzlich leer war. Aus der eine alte Frau mit strahlenden hellblauen Augen stieg. Und die sagte: „Ich bin da, Anna. Egal, was geschieht." Und die kurz ihre Hand auf meinen Kopf legte, bevor sie mit ihrer Kugel wieder davonflog.

Als ich aufwachte, fiel mein Blick zuerst auf das Kurt-Cobain-Poster. Wer hängt sich Kurt Cobain ins Zimmer? Nirvana. Ich schloss die Augen. Frühstück. Nussbrot und verschimmelter Käse. Lieber liegenbleiben. Nicht nachdenken. Sowieso nicht nachdenken. Vielleicht war hier alles ein Risiko. Auch das Aufstehen. Das Essen. Das auf Toilette gehen.
Natalie war gut gelaunt.
„Was hältst du von Sight-Seeing? Ein bisschen Hamburg. Der alte Hafen und so weiter."
Ich war einverstanden. Es gab frische Brötchen, ein Glück, und Honig. Meinetwegen danach Sight-Seeing. Solange ich nicht wieder mit Farbtäfelchen einkaufen gehen musste.
„Wo ist eigentlich Markus?" fragte ich. „Ist er gestern gar nicht nach Hause gekommen?"
Natalie schüttelte den Kopf. „Nein, manchmal bleibt er fort über Nacht, das kenne ich."
Ich hob die Augenbrauen, fragte aber nicht nach. Ein Schatten huschte über Natalies Gesicht.
„Wir können über die Köhlbrand-Brücke fahren", sagte sie.
„Von mir aus, solange es keine Tunnel sind, durch die wir fahren, ist alles in Ordnung. Tunnel mag ich, wie du weißt, überhaupt nicht."
Es war ein kühler Samstagmorgen, als wir hinausgingen und Natalie ihren blauen Polo aus der Garage holte. Während wir die endlosen Straßen der Hamburger Innenstadt entlangfuhren, redete Natalie erneut wie ein Wasserfall. Ich versuchte,

die Worte an mir abperlen zu lassen.
„Oh nein“, Natalie ließ für einen Moment das Steuer los.
„Was?“ Ich sah sie überrascht an.
„Jetzt habe ich die Abfahrt verpasst, die Abfahrt auf die Köhlbrand-Brücke.“
„Und? Dann neben wir eben die nächste....“
„Es gibt keine nächste... es geht jetzt nur noch in den Elbtunnel.“
Elbtunnel, Elbtunnel. Ich hasste Tunnel. Ich hatte Angst vor Tunneln, panische Angst. Ich versuchte nichts zu denken. Nichts, gar nichts. Und schon waren wir drinnen. Mein Herz begann zu rasen, meine Knie wurden weich, selbst im Sitzen, der Atem wurde schwer, ich presste meine Handflächen unter die Oberschenkel. Nur keinen Stau. Bitte keinen Stau im Tunnel. Nein, bloß nicht. Wie lange war der Tunnel? Mein Herz zersprang mir fast in der Brust. Ich starrte auf das Handschuhfach vor mir, versuchte nicht auf die dunkelgelben Kacheln des Tunnels zu sehen, nicht zu denken, dass es ein Tunnel war. Als wir wieder auftauchten, ein Glück war um diese Zeit wenig Verkehr, atmete ich durch.
Natalie sagte: „Wir müssen noch einmal dadurch.“
„Wieso?“ Entsetzt sah ich sie an.
„Weil es total umständlich ist, jetzt ganz außen herumzufahren, wenn wir zum Hafen wollen.“
„Das meinst du nicht ernst.“
„Wieso?“
„Das geht nicht. Hallo! Ich habe Panik beim Fahren durch Tunnel. Das war gerade grauenhaft.“
„Ist ja dumm. Na, dann müssen wir eben jetzt diesen riesigen Umweg fahren.“ Natalie sah verärgert aus.
Ich blickte sie irritiert an, sie schien nichts zu verstehen.

Zur Köhlbrand-Brücke kamen wir nicht, stattdessen waren wir an den Landungsbrücken und schauten uns neue Architektur an. Es war schon die Mittagszeit vorüber, mein Magen knurrte und mir wurde zunehmend flau. Wenn ich nicht bald etwas essen würde, das wusste ich, hatte ich ein Problem.

Natalie schleifte mich an sämtlichen Sehenswürdigkeiten vorbei, redete viel, sie kannte offenbar die Stadt, in der sie lebte. Und mir war, als sähe ich alles durch eine doppelt verglaste Scheibe. Die Welt weit weg. Und irgendwo auf der anderen Seite ich. Am Ertrinken in Eindrücken.

„Ich kann dir noch den alten Elbtunnel zeigen. Man kann mit einem Fahrstuhl runterfahren und sich die alte Röhre angucken."

„Ich fahre nicht Fahrstuhl, Natalie. Und auf Tunnel stehe ich auch nicht besonders."

„Achja, schon wieder vergessen."

Es war fast sechs Uhr, als wir wieder bei Natalie ankamen. Um halb zehn ging mein Zug zurück. Ich hatte extra einen späten Zug gewählt, um den ganzen Samstag noch in Hamburg verbringen zu können. Beinahe hatte ich es geschafft. Zugfahren, daran jetzt lieber nicht denken.

Natalie kochte Tomatensuppe. Mir hing der Magen sonstwo. Seit dem Frühstück hatte ich nichts mehr außer ein paar Gummibärchen gegessen. Ich liebte Suppen, nur Tomatensuppe gerade nicht. Aber das passte zu diesem Tag, zu diesem Ort.

„Wann müssen wir denn hier los, damit ich meinen Zug gut bekomme?"

„Ach, neun Uhr reicht. Ich fahre dich zur S-Bahn, dann kannst du direkt zum Hauptbahnhof fahren."

Mit Verachtung aß ich Tomatensuppe und versuchte nicht ans Zugfahren zu denken. Ich freute mich auf zu Hause, als wäre ich wochenlang fort gewesen.
Nach dem Essen packte ich meine Reisetasche zusammen. Natalie und ich saßen noch gemeinsam im Wohnzimmer, sie zeigte mir Fotos von dem Klinikaufenthalt, der wie aus einem anderen Leben zu sein schien.
Ohne Kurt Cobain noch einmal anzusehen, verließ ich gegen neun Uhr mit Natalie das Haus.
Als wir an der S-Bahn-Haltestelle ankamen, fuhr die Bahn gerade ab. Ich sah auf die Uhr. Wir waren zu spät.
„Oh, Scheiße", Natalie seufzte, „ich fahre dich zu einem anderen Bahnhof, steig ein. Von dort fährt auch ein Zug zum Hauptbahnhof, den kriegst du garantiert noch."
Natalie fuhr schnell. Kurz vor dem kleinen Bahnhof war eine Ampel, die rot war und rot blieb. Natalie trommelte nervös mit den Fingern auf dem Steuerrad herum. Es war schon zwanzig nach neun, mein Zug würde bald abfahren. Die Ampel blieb rot.
„Natalie, die Ampel ist kaputt. Fahr einfach."
Sie gab Gas. „Na, hoffentlich sind keine Bullen hinter uns."
Sie bremste an dem Bahnhof, ich sprang aus dem Auto, schnappte meine Tasche, rief Tschüß und lief zum Bahnsteig, der Zug stand schon dort. Bevor ich ankam, fuhr er ab. Atemlos stand ich da. Entgeistert sah ich dem abfahrenden Zug hinterher. Das zweite Mal.
Ich rannte zurück zu Natalies Auto. Sie war noch da.
„Fahr zum nächsten Bahnhof, vielleicht krieg ich den noch."
„Ich versuche, dich direkt zum Hauptbahnhof zu fahren, vielleicht klappt es..."

Wir rasten die Straßen entlang. Ich sprang am Hauptbahnhof aus dem Auto, rannte, wie ich zuletzt beim 100-Meter-Lauf in der 12. Klasse gerannt war, und der Zug fuhr gerade ab, als ich auf dem Bahnsteig ankam. Ich glaubte es nicht. Das war jetzt nicht irgendein Zug gewesen, der mich zum eigentlichen Zug bringen sollte, das war mein gebuchter Zug gewesen. Natalie kam schnaufend angerannt. Das dritte Mal.

„Komm, ich weiß noch einen Weg, wie du diesen Zug wieder einholen kannst. Wir fahren mit der S-Bahn zum Bahnhof Hamburg-Harburg, dort muss er halten, vielleicht sind wir schneller, und er hat dort bestimmt ein paar Minuten Aufenthalt..."

Natalie schob mich Treppen hinunter, in den U-Bahn-Schacht, wo auch die S-Bahnen in der Innenstadt fuhren, stopfte mich in die nächste S-Bahn, die kam, Richtung Harburg.

„Ich stehe im Halteverbot, hoffentlich geht das gut...", sagte Natalie.

Die Türen gingen zu, die Bahn fuhr an, sie war ziemlich voll. Plötzlich gab es einen Ruck, die Bahn blieb stehen. Entsetzt sah ich Natalie an.

„Wegen einer technischen Störung müssen wir ca. zehn Minuten halten. Ich bitte um Ihr Verständnis."

Ich fasste nach einem Haltegriff. Vor den Fenstern war es stockdunkel.

Meine Kehle schnürte sich zu. „Stehen wir im Tunnel?"

„Nee, es ist bereits so dunkel draußen, wir sind gerade aus dem Tunnel heraus."

Mir wurde kotzübel, einige Kinder weinten, jemand machte Witze über Stromausfall und wie es wäre, wenn jetzt noch alle Lichter ausgingen. Es war, als würde der Raum immer enger,

als wüchsen die Wände auf mich zu. Ich schluckte. Ich kam hier nicht heraus. Ich musste warten. Es drehte sich in mir, das konnte nicht sein.
„Ich halte das nicht aus“, sagte ich leise zu Natalie. Sie legte einen Arm um mich.
„Wie lange noch?“ fragte ich.
„Wir stehen erst seit einer Minute.“
Eine Minute, wie eine Ewigkeit. Es kam eine Grenze immer näher auf mich zu, die Grenze des Unerträglichen, und wenn sie mich erreicht haben würde, würde etwas geschehen, was nicht mehr auszuhalten wäre. Und mit jeder Sekunde kam sie näher, wurde mein Atem schwerer und mein Herz schneller.
„Wie lange noch?“
„Wir stehen erst vier Minuten.“
Ich versuche nichts zu denken. Keine Katastrophen ausmalen. Einfach nur stehenbleiben. Und atmen. Versuchen langsam zu atmen. Nicht zu hyperventilieren.
Mir wurde alles immer enger. Es würde nicht mehr lange gehen.
Panik ist eine Form von Verzweiflung. Von Ausweglosigkeit. Mir tanzten Blitze vor den Augen, mein Scheitel brannte. Es würde vorübergehen.
Als die Bahn sich wieder in Bewegung setzte und kurz darauf an einer Haltestelle hielt, sprang ich hinaus.
„Wir müssen doch noch weiter...“
„Natalie, bitte, ich bin am Ende!“
Zitternd stand ich auf dem Bahnsteig, mein Körper bebte, ich sog die frische Luft ein. Heute würde ich nicht mehr Zug fahren, das hatte keinen Sinn.
„Natalie, ich muss noch eine Nacht bei dir bleiben. Heute kann ich nicht mehr fahren.“

„Ist kein Problem. Dann können wir ja noch etwas unternehmen heute abend."
„Natalie, ich kann nicht. Mir geht es schlecht."
Wir fuhren mit einem Taxi zum Hauptbahnhof zurück, wo Natalies Auto geparkt war. Ohne Knöllchen stand es noch dort.
Die Welt war zuviel geworden, zuviel auf engem Raum. Es schien alles zu platzen und zugleich ein riesiges Vakuum zu sein.

Kurt Cobain hing immer noch da, natürlich, man sieht sich immer zweimal, ich schloss die Tür, steckte mir Ohrstöpsel ins Ohr, drehte die Musik laut auf und legte mich zwischen den Flugzeugen ins Nirgendwo. Ich vergaß alles, wollte alles vergessen.
Natalie hatte gesagt, dass sie sich in die Badewanne legen würde, nachdem ich ihr mitgeteilt hatte, dass ich tatsächlich nicht mehr weggehen wollte, auch nicht in die Disco.
Ich musste eingeschlafen sein mit der Musik im Ohr. Ich wachte auf, als die Batterie des MP3-Players leer war. Vorsichtig stand ich auf, ging in den Flur. Im Wohnzimmer brannte Licht. Ich schlich hinein, Markus saß auf dem Sofa und sah fern.
„Hallo", er sah mich freundlich an.
„Wo ist Natalie?" fragte ich.
„Schläft schon. Sie sagte, es geht dir nicht so gut. Und sie dachte wohl, du würdest auch schon schlafen. - Setz dich."
Ich zog den Bademantel fester um mich und setzte mich neben Markus auf das Sofa. Er sah eine Talkshow und bot mir Weingummi an. Dankend nahm ich zwei Stück.
„Du hast wirklich schöne Haare", sagte Markus, „Natalie hat

mir vorgeschwärmt von deinen braunen, langen Haaren."
Irritiert sah ich ihn an, fuhr mir durch die Haare.
Mein Blick fiel auf die Aktfotos an der Wand, ich kannte Markus besser, als es mir lieb war.
„Du bist Fotografin?" Markus machte den Fernseher aus und rückte näher an mich heran.
„Ja", murmelte ich.
„Ich fotografiere auch gern. Natürlich ganz dilettantisch. Aktfotografie vor allem."
„Ist ja nicht zu übersehen", antwortete ich.
„Die Ästhetik des nackten Körpers fasziniert mich."
Irgend etwas störte mich an diesem Mann. Ich wusste nicht genau was. Er hatte kurz geschnittene schwarze Haare, die hoch gegelt waren. Und er hatte ein leises Flackern in den braunen Augen, das mir unheimlich war.
„Männer und Frauen?" fragte ich.
Er grinste. „Lieber Frauen, ehrlich gesagt. Große, schlanke Frauen, so wie du."
„Ich stehe für Nacktfotos nicht zur Verfügung."
„Schon klar."
Markus lehnte sich zurück. Er sah schon gut aus, aber er schien überhaupt nicht zu Natalie zu passen.
„Weißt du, was ich am liebsten mag?" fragte er.
„Nee, aber bitte keine Details, ok?"
„Du hast Humor, das gefällt mir. - Frauen mit Stiefeln. Da werde ich schwach."
Ich verschluckte mich fast. Ein Glück hatte ich meine Stiefel zu Hause gelassen und mich für die Halbschuhe entschieden.
„Ich glaube, man nennt das Fetischismus."
Markus grinste noch breiter. „Manchmal sehe ich große, schlanke Frauen mit langen, schwarzen Stiefeln in der Stadt,

und dann gehe ich ihnen hinterher und manchmal spreche ich sie an und lade sie auf einen Kaffee ein."
Ich kniff die Augen zusammen. Was war das für ein Typ? Ein Voyeur? Ein Stalker? Auf jeden Fall etwas gestört.
„Das ist mir jetzt etwas peinlich."
„Was?" Ich erschrak mich fast.
„Na, das mit dem Hinterhergehen. Ich erzähle das sonst niemandem."
„Aha." Ich nahm mir noch ein Stück Weingummi und stand auf. „Ich gehe wieder schlafen. Schönen Abend noch."
Etwas durcheinander lief ich in mein Zimmer. Wie spät war es eigentlich? Ich griff nach dem Wecker. Halb zwei. Tolle Zeit, um sich mit jemand Fremdem über die Wirkung von Stiefeln zu unterhalten.
Ich legte mich ins Bett. Mir war so kalt, dass ich zitterte. Als ich auf dem Rücken im Bett lag, begannen die Ereignisse von gestern durch meinen Kopf zu rasen. Die Grenze des Unerträglichen. Der Tunnel. Die Enge. Die Angst. Alles lief wieder und wieder ab, brannte sich fest. Ich lag wie gelähmt unter der Bettdecke und spürte nur noch das Herzrasen. Die Bilder, kurz, wie Funken, wiederholten sich, neue Details, und dazwischen sie, meine Mutter, im Tunnel, mit dem Rücken zu mir, das leere Bett am Morgen, als sie gegangen war, meine Mutter, die immer verschwand, Bilder von Alkoholflaschen im Küchenschrank, hinter dem Mehl, meine Mutter besinnungslos auf dem Küchenboden, meine Mutter schreiend, meine Mutter auf der Trage, die Sanitäter daneben, was war mit meiner Mutter, und dazwischen Enge, Dunkelheit und Tunnel und Australien. Outback, die Weite, die Endlosigkeit, die Stille.
Ich versuchte mich zu bewegen, es ging nicht, ich kämpfte um eine einzige Bewegung. Ich strengte mich an, endlich, es ging,

ich schlug die Bettdecke zurück und stand auf, mein Körper war kalt und fremd, mein Geist wie von Sinnen. Ich hatte Angst durchzudrehen. Meine Mutter. Was waren das für Bilder? Was war das?
Zitternd griff ich nach meinem Handy.
Suchte Sörens Nummer. Das war ein Notfall.
„Ja, Thiel, hier", schlaftrunken kam mir Sörens Stimme entgegen.
„Sören, entschuldige, es ist mitten in der Nacht, aber ich kann nicht mehr..."
„Anna? Ja, du bist es, Anna. Wo bist du?"
„In einem Alptraum."
„Erpresst, gekidnappt? Was ist los?"
„Ich bin in Hamburg, und es ist alles geschehen, was besser niemals geschehen sollte. Schon gar nicht auf einmal. Kannst du mich abholen? Ich komme sonst nicht zurück. Zugfahren ist unmöglich."
„Ja, klar, mache ich... eigentlich wollten Nick und ich... aber nein, das ist nicht so wichtig. Simse mir die Adresse, wo du bist. Ich schlafe noch ein paar Stündchen und fahre morgen, nein heute früh los, ok? Ich werde gegen Mittag da sein."
„Danke."
„Chérie, pass auf dich auf. Ich brauche dich."
Ich musste lächeln. Trotz allem.

Außer Fotografieren konnte ich nichts mehr tun, seit ich aus Hamburg zurückgekehrt war. Ich war leer, manchmal wie gelähmt, erschöpft. Eine Erschöpfung, die nicht nur den Körper, sondern auch mein Fühlen und Denken lahmlegte. Die Rückfahrt mit Sören war gut gewesen. Ich war so froh gewesen, Hamburg zu verlassen, hatte mich über Sörens Gegenwart

und auf das Nach-Hause-Kommen gefreut. Erst Tage später merkte ich, wie viel Kraft mich alles gekostet hatte. Jede Bewegung bedurfte einer willentlichen Anstrengung. Ich hatte ständig das Gefühl zusammenzubrechen.
Ich versuchte, Schwere zu fotografieren. Formen von Lähmung. Ich fotografierte nur noch in der Wohnung. Teppichboden. Zimmerdecken, die zu nah kamen. Angeschimmelte Erde in Blumentöpfen. Schwarze Flächen. Dumpfes Grau. Anthrazitfarbene Wollknäuel, verfilzt. Vertrocknete Äpfel, die zu lange herumgelegen haben. Altpapier. Staub in Zimmerecken.

Sie schwiegen wieder. Es roch nach frischem Heu und Spätsommer. Die beiden braunen Wallache trabten am Rand des Zaunes hin und her.
„Was macht eigentlich dein Garten am Meer?" fragte Asgard. Sie musterte Anna von der Seite, die blass war und schwarze Ringe unter den Augen hatte.
„Keine Ahnung."
„Und der fliegende Teppich?"
„Weiß nicht."
„Anna, wo bist du?" Asgard sah Anna besorgt an, die regungslos vor sich hin starrte.
Anna zuckte mit den Achseln.
Eine seltsame Stille hing in der Luft. Eine, die nicht still ist, weil es nichts zu sagen gibt, sondern eine, die mehr von Stillstand denn von Ruhe zeugt.
Asgard malte mit ihrer linken Schuhspitze einige Zeichen in den Sand. Kurz darauf landete ein violetter Schmetterling auf ihrer Hand.

„Anna, erinnerst du dich?“ Sie stieß Anna sanft an.
Anna schreckte hoch: „Was?“
Asgard deutete auf den Schmetterling.
In Annas Kopf begann es zu rauschen. Der Schmetterling mit den gelben Punkten im Violett. Das Labyrinth. Der Ort der Stille. Ankommen. Hinter der Angst war es still. Das war zu lange her. Um sich zu erinnern.
„Ich dachte, ich hätte es geschafft“, sagte Anna. „Ich hatte gedacht, ich hätte die Angst überwunden, wäre angekommen. Und dann kam sie zurück, größer und mächtiger als zuvor.“
Anna begann zu weinen.
Asgard nahm ihre Hand. Der violette Schmetterling flog auf und landete vor Annas Füßen.
„Schmetterlinge sind bei den alten Ägyptern Symbole für die Seele. Und die Seele kennt keine Zeit. Und kein Ziel.“
Anna weinte still. Sie konnte es nicht glauben, dass alles wie ein Kartenhaus zusammengefallen sein sollte, dass alles umsonst gewesen war. Die Schwere wurde etwas leichter, als sie weinte, und der Nebel lichtete sich.
„Das Größte, was du dir jetzt schenken kannst, Anna, ist Mitgefühl. Mitgefühl mit dir selbst.“
Sie griff nach ihrer Wolljacke und holte einen Rosenquarz heraus.
„Bitte, du kannst ihn für einige Zeit haben. Der Rosenquarz wird dir helfen zu lernen, was Mitgefühl ist. Dass Mitgefühl eine wunderbare Seite der Liebe ist. Und etwas ganz anderes als Mitleid.“
Anna nahm den rosafarbenen Stein und umschloss ihn mit ihrer rechten Hand.
„Was ist, wenn die Hoffnung stirbt?“ fragte sie.

„Dann steht sie im nächsten Augenblick als Glück vor der Tür."

Asgard lächelte, verbeugte sich kurz und ging mit kurzen Schritten davon, bis sie sich in Luft aufzulösen schien.

Kapitel 11

Noch ein Stück, noch ein paar Karten, noch die letzte Karte, da geriet alles ins Wanken, von einem Wind oder meiner zittrigen Hand, da stürzte alles ein, fiel alles in sich zusammen, und wo eben noch ein fast fertiges Kartenhaus gestanden hatte, waren jetzt nur noch Pappdeckel, die zerstreut auf dem Tisch herumlagen.

Ich starrte den Kleiderschrank neben meinem Bett an, auf dem die Koffer meiner Weltreisen lagen. Das Kartenhaus, das jede Nacht erneut zusammenstürzte. Der Traum, der mich verfolgte, jede Nacht, seit ich in Hamburg gewesen war. Es nicht schaffen. Kurz vor dem Ziel sein und alles fällt zusammen.

Mit der linken Hand tastete ich nach dem Wecker, es war halb sieben. Aufstehen, Eintagsfotos machen, für das täglich Kleingedruckte, durch den Tag kommen, irgendwie, und immer diese Erschöpfung spüren, dieses Nicht-Mehr-Können.

Es war September. Ich schloss die Augen, versuchte noch einmal einzuschlafen und dämmerte hinüber in eine Insellandschaft mit Horizonten ganz weit draußen. Horizonte, an denen kleine Kreise hin- und herschwangen.

Ich riss die Augen wieder auf, vertrieb das Bild. Vor einem Jahr war ich auf einer Insel gewesen. Hatte Horizonte fotografieren wollen und die Stelle, wo der Himmel in das Wasser fiel. Seitdem ein Jahr, das mich mitgerissen, umgeworfen, wieder aufgerichtet und wieder umgeworfen hatte. Alles zog an mir vorüber. Die Flucht von der Insel, die Fahrt vom Harz zurück, meine letzte Reportage, die Hoffnung auf Bali, der Kreis, der ein Punkt wurde, das Niemandsland, der Klinikaufenthalt, das Ringen um jeden Schritt nach außen, der neue Job, Susanna auf dem Sofa von Hendrik, der tägliche Kampf um Freiheit und das zusammenfallende Kartenhaus. Das Gefühl, das größer als alles andere war, es nicht geschafft zu haben. Kurz vor dem Ziel gescheitert zu sein. Und die alte Frau, die sich damals in dem Zug neben mich setzte. Und von der Lebenszahl Fünf sprach, fünf wie die Quersumme von Angst.

Mein Leben war immer bewegt gewesen durch die weiten Reisen, Stillstand kannte ich nicht, nie, aber es war eine andere Bewegung gewesen als diese Form von Aufgewühltwerden im Inneren, seit einem Jahr.

Wenn ich hätte weinen können, hätte ich geweint, aber selbst dafür war ich zu erschöpft. Das Hamburgerlebnis hatte nichts als eine schwere Leere hinterlassen. Eine, in der jeder Tag erstarrte, in der jedes Lächeln erstarb und in der jede Bewegung sofort verschluckt wurde.

Plötzlich durchzuckte mich ein Gedanke, der vielleicht schon einige Male da gewesen war, aber dieses Mal mich jedoch mit einer Wucht traf, die mich zusammenzucken ließ.

Was wäre, wenn ich nie mehr reisen könnte? Wenn ich lernen müsste, diese Grenze zu akzeptieren? Ich schloss wieder die Augen, um nicht auf die Koffer auf dem Schrank zu sehen. Dachte an André aus der Klinik, der seit seinem Unfall im Rollstuhl saß, dessen Leben davor vor allem Bewegung bedeutet hatte.

Ich hatte vor wenigen Tagen eine Dokumentation gesehen, über den Weg von Schlaganfallpatienten zurück ins Leben. Wie sie mühsam um jeden Schritt auf dem Laufband rangen, wie der Körper ihnen nicht mehr gehorchte, wie sie hofften und verzweifelten, vorwärts kamen und zurückgeworfen wurden, wie sie weiter kämpften, wie sie sich in die Bewegung zurückkämpften.

Ich hatte gekämpft. Gegen die Angst, gegen die Todesangst beim Reisen. Hatte mich der Angst gestellt, versucht sie niederzuringen, hatte ihr nicht die Macht einräumen wollen, die sie beanspruchte. Auch ich hatte versucht, mich aus der Einschränkung in die Bewegung des Lebens zurückzukämpfen. Es war nicht gelungen. Die Angst blieb.
Ich begriff sie nicht, die Angst, ich konnte nicht gegen sie gewinnen. Ich wusste nicht, was sie in meinem Leben wollte.
Ich würde einfach im Bett liegenbleiben. Mich krank melden, keine Eintagsfotos machen. Keine Firmenjubiläen, keine Demonstrationen gegen den Erhalt der Sommerzeit, keine Elefantenbabys.

Als Anna auf die blaue verwitterte Pforte zuging, hielt sie inne. Sie sah plötzlich zwei Pforten vor sich, eine links und eine rechts, dazwischen wenige Meter im Nebel. Nie zuvor hatte sie die beiden Pforten nebeneinander gesehen. Beide blau verwittert. Die eine mit mehr Moos bewachsen und mit weniger Farbe als die andere.
Vor Annas Augen flackerte es, sie sah von einer Pforte zur anderen, dachte Asgard, dachte Laureen, dachte Geduld, dachte Ungeduld, und ging dann durch die Pforte, auf der weniger Moos wuchs und hinter der ein einsamer Weg begann. Anna ging langsam auf die Bank zu, auf der Asgard fast regungslos saß.
„Hallo, Asgard", Annas Stimme war rauh, schien ein wenig zu zittern.
Asgard drehte den Kopf zur Seite und sah Anna an, sah in die hellbraunen Augen der jungen Frau, deren Leuchten fast erlo-

schen schien. Asgard spürte Wehmut, sie hätte Anna gern einige Teile dieses Wegs erspart, aber es war unmöglich, sie musste es geschehen lassen und sie wusste zu gut, was Anna fühlte.
„Der ungebetene Gast ist und bleibt da“, Anna Stimme war fast tonlos.
Asgard zog ihr violettes Schultertuch fester und sagte:
„Erinnerst du dich noch an meine Worte? – Wie wäre es, den ungebetenen Gast einzuladen und mit ihm zu reden?“
Anna wusste, dass sie dieser Frage immer wieder ausgewichen war. Stehenbleiben und nicht kämpfen. Nicht weglaufen. Sondern einladen. Und zuhören.
„Vielleicht sterbe ich dann“, antwortete Anna und bohrte die linke Schuhspitze in den weichen Sand unter der Bank.
„Vielleicht geschieht aber auch etwas ganz anderes. – Probiere es. Lade die Angst ein zu dir zu kommen.“
Asgard wusste, wie ungeheuerlich dieser Vorschlag für Anna sein musste. Anna war öfter bei Laureen gewesen, als sie selber dachte. Und Asgard wusste, wie Laureen sprach, dass sie es liebte, die Angst größer und die Wege kleiner zu machen, und dass dies so nebenbei geschah, dass man es kaum merken konnte.
Anna sah auf die Koppel. Es war ein heiterer Tag. Die beiden braunen Pferde standen am Zaun und sahen herüber, als hörten sie zu. Die Angst einladen.
„Ich habe etwas für dich“, Asgard zog einen kleinen hellblauen Zettel aus ihrem Wollrock. „Nimm dies mit und lies es, wenn du Raum dafür hast.“
Dann saßen sie schweigend dort, hörten dem leichten Wind zu und sahen den Wolken zu, wie sie immer neue Gestalten bildend vorüberzogen.
Anna steckte den Zettel in die Jackentasche.

„Im Garten am Meer blühen die Sonnenblumen“, sagte sie.
Asgard lächelte.
„Schön, dass du ihn wiedergefunden hast.“
Anna berührte den blauen Stoff des rotgesäumten Teppichs und ließ sich davontragen. In eine andere Geschichte. An einen Ort, der immer Platz für Hoffnung ließ. Sie winkte Asgard noch einmal zu, bevor sie hinter dem Horizont verschwand.

Da ich diese Woche nicht arbeitete, ich hatte mich krank gemeldet, räumte ich etwas auf. Wenn ich ein wenig Kraft hatte, um mich zu bewegen, sortierte ich Fotos, räumte Zeitschriftenstapel auf und ordnete meine Auftragsmappe. Ich brauchte Zeit. Und Abstand. Um etwas wiederzufinden.
Ich sah die Fotos an, die ich in den letzten Monaten gemacht hatte, Fotos von der Insel, Wasser und Himmel, Mehrfachbelichtungen, Gegenstände in schwarzen Samt gehüllt, Augen, Grenzen, rote Ampeln, Schlösser, Sehnsucht, rissiger Ackerboden, Knospen, Geduld. Ich war überrascht, wie gut die Fotos waren. Wie sie Ausdruck sein konnten für etwas Unfassbares.
Plötzlich fiel mir ein Flyer in die Hand. Angstfrei in zwei Tagen. Ich erinnerte mich, ich hatte ihn in der Buchhandlung mitgenommen, im Sommer, als ich mich gerade von Hendrik getrennt hatte. Ich wollte den Flyer wegwerfen, als ich innehielt. Musste nicht alles versucht werden? Der Typ sah zugegebenermaßen etwas seltsam auf dem Foto aus. Er schaute zur Seite, er sah einen nicht an. Aber Fotos konnten schlecht sein. Ich würde es versuchen, suchte mein Handy und wählte die Nummer.

„Organza, guten Tag."
„Ja, Svendheim hier, ich hätte gern einen Termin bei Ihnen."
Der Typ hatte eine tiefe, sonore Stimme. Vielleicht war er ein netter Mensch.
„Guten Tag, Frau Svendheim. Ja, sehr gern. Ich hätte kurzfristig etwas frei, morgen um vier Uhr."
„Das passt gut."
„Wunderbar. Sie finden mich im General-Reeder-Weg, an der Ecke zum Altinger Damm."
Ich bedankte mich, verabschiedete mich und trug den Termin in meinem Kalender ein. Das passte sehr gut, ich hatte frei, und vielleicht wäre ich in einer Woche angstfrei. Ein wenig zweifelte ich daran. Aber etwas in mir wollte das glauben.

Ich musste aufräumen. Obwohl ich sonst Aufräumen nicht liebte, war es gerade das einzige, was mir half, die Angst klein zu halten. Die immer auf der Lauer lag. Bereit einzubrechen, auszubrechen. Heute morgen ging ich auf den Dachboden. Ich wollte meine Fotosachen sortieren. Außerdem suchte ich ein altes Stativ, das vielleicht irgendwo dort oben lag. Und am Nachmittag würde ich zu dem Termin gehen.
Besonders einladend war der Dachboden als Ort nicht. Neben der Dunkelkammer, die ich Ende des letzten Jahres wieder in Betrieb genommen hatte, lagerten hier die seltsamsten Gegenstände und Utensilien, von denen ich mich nicht hatte trennen können, viele Mitbringsel von den Reisen und Dinge, von denen ich nicht wusste, woher sie kamen.
Ganz hinten in der Ecke war ein Haufen verschiedenster Dinge, abgedeckt mit einer dunkelblauen Plastikplane. Vielleicht war dort das Stativ, das ich für meine nächsten Nacht-

aufnahmen benutzen wollte. Als ich die Plastikplane beiseite zog, stiegen Staubwolken in die Luft. Hier oben lagerte auf allem eine dünne Schicht von Staub und feinstem Sand, der sich von den Dachziegeln löste und alles mit einer dünnen sandigen Haut überzog. Ich fand alte Blumenkübel, ein fast verrottetes Zelt, löchrige Isomatten. Langsam räumte ich Stück für Stück zur Seite. In der Mitte stand ein unbeschrifteter Karton, der mir unbekannt erschien.
Hatte ich ihn hierher gestellt? In dieser Wohnung lebte ich ja schon ein paar Jahre. Ich wusste es nicht. Hatte Hendrik hier oben etwas gelagert?
Ich öffnete den Karton, der nicht weiter verklebt war. Es war kein besonders großer Karton. Platz für ein paar Bücher, vielleicht, für altes Geschirr.
Obenauf lag eine rote dünne Decke. Ich zog sie weg. Wieder staubte es und ich musste husten. Darunter lag ein Fotoalbum mit grauem Leineneinband, mit roten und blauen Schmuckstreifen. Ich griff danach. Öffnete es. Jahreszahlen. Meine Schrift. Meine Kinderschrift. Ich klappte es wieder zu. Sah in den Karton. Sah ein altes Malefizspiel. Vertrocknetes Knetgummi. Und daneben? Was war das? Was schaute da hervor? Es konnte doch nur, ja, es war... mit zittrigen Händen griff ich danach... die erste Kamera von Onkel Toni, die er mir schenkte, als ich acht Jahre alt war, ich hielt sie in der Hand, die alte Minolta-Kamera. Er hatte immer Minolta-Kameras gehabt. Ich hatte noch eine von ihm, aber die hatte ich nach seinem Tod geerbt, eine viel modernere als diese hier. Fast andächtig hielt ich den Fotoapparat in der Hand. Meine frühe Entdeckung, dass die Welt sich verändert, wenn man sie betrachtet. Durch eine Kamera. Meine Frage danach, ob Fotos Augen sind.

Es war so still hier oben. Nur ab und zu knisterte es leise. Ich setzte mich auf einen alten Hocker, der in der Ecke stand. Die erste Kamera. Onkel Toni. Sie war komplett manuell zu bedienen. Berührt fuhr ich über das dunkle Gehäuse. Vorsichtig legte ich sie auf die Spüle, wo ich meine Fotos trocknete. Und ging wieder zu dem Karton.
Ich öffnete das Fotoalbum. Meine ersten Fotos. Meine Hände zitterten immer noch. Oder wieder. Mir stockte der Atem. Mein Zimmer, mein Kinderzimmer. Das erste Bild, das ich fotografiert hatte. Von Onkel Toni, wie er an meinem Schreibtisch sitzt. Mit seinem Lockenkopf und seinem spitzbübischen Grinsen. Ich hatte ihn sehr gemocht.
Ich blätterte weiter. Der Garten. Blüten in Nahaufnahmen. Wolkenbilder. Die Weite auf den Bildern. Ich hatte immer Platz gebraucht. Hatte ich keine Menschen fotografiert damals? Ich blätterte weiter. Mir wurde heiß, dann kalt. Sie, gelehnt an die rote Backsteinmauer vor dem Haus, mit offenem langen, blonden Haar, lächelnd. Meine Mutter. Danach wieder Gartenfotos. Mein Bruder beim Fußballspielen. Mein Vater lesend, mit Pfeife im Mund. Ich schlug das Album zu. Ich hatte nur nach dem Stativ gesucht. Ich rückte den Hocker heran und setzte mich, sah abwechselnd die alte Minoltakamera und das Fotoalbum an. Ich starrte auf den sandigen Boden. Meine Mutter. Sie war eine schöne Frau gewesen. Ein nordischer Typ mit strahlend blauen Augen. Ich hatte immer wie sie aussehen wollen, aber ich war im Äußeren nach dem Vater gegangen, der dieselben dunkelbraunen Haare, dieselben hellbraunen Augen hatte wie ich.
Meine Gedanken schweiften durch die Zeit. Als sie noch da war. Ich war acht Jahre alt gewesen, als ich die Kamera geschenkt bekam. Wie alt war ich gewesen, als sie gegangen war?

Ich hatte mich nie erinnern können. Als ich acht Jahre alt war, war sie noch da gewesen. Vielleicht nicht mehr lange.
Plötzlich kamen die Bilder zurück, die ich vergessen hatte, seit ich in Hamburg gewesen war. Die Bilder nachts, in der Angst, von der Mutter, die Mutter auf dem Boden, die Schnapsflaschen hinter dem Mehl, was waren das für Bilder? Hatte meine Mutter getrunken? Hatte sie versucht, den Schmerz der Trauer über den Tod ihrer Zwillingsschwester mit Alkohol zu betäuben? Ich konnte mich an keine Details erinnern. Ich musste meinen Vater anrufen. Und Roland. Mein Bruder war älter, vielleicht wusste er es. Ich müsste von etwas sprechen, worüber nie geredet worden war.
Ich schaute auf die Uhr, es war fast halb zwei. Die Zeit war stehengeblieben und gerast. Ich musste noch etwas essen und dann zu dem Termin fahren um vier Uhr.
Ich packte das Fotoalbum wieder in den Karton, legte die rote Decke darauf, klappte ihn zu und zog die Plastikplane darüber. Die Minolta-Kamera nahm ich mit nach unten.

Um kurz nach vier klingelte ich etwas außer Atem bei Herrn Organza. Vor seiner Tür lag ein Fußabtreter in Regenbogenform. Ich überlegte gerade, wann ich zuletzt einen Regenbogen fotografiert hatte, als die Tür aufging und mir ein etwa fünfzigjähriger Mann mit einem orangefarbenen Hemd mit kleinen Drachen darauf die Tür öffnete.
Als er mir die Hand reichte und mich begrüßte, bemerkte ich, dass er mich nicht richtig ansah. Wie auf dem Foto. Er führte mich in den Flur und bat mich meine Jacke abzulegen. Wir setzten uns in eine edel möblierte Sitzecke, in deren Mitte ein großer Glastisch stand. Eine Kerze brannte. Frisch gebrühter Tee stand bereit. Es roch leicht nach Räucherstäbchen.

Erst jetzt merkte ich, dass ich aufgeregt war.
„Wo haben Sie denn meinen Flyer gefunden?“
„In der Buchhandlung am Markt.“
„Ah, ja. Was führt Sie zu mir, Frau Svendheim?“
Vorsichtig lehnte ich mich zurück. In zwei Tagen angstfrei. Das konnte ich kaum glauben.
„Meine Angst.“
„Sie haben damit Probleme?“ Herr Organza lächelte mich an und wie sein Blick schien das Lächeln an mir vorbeizuwehen.
„Ja.“
Etwas ausführlicher, Anna, dachte ich. Aber etwas verschlug mir die Sprache. Er würde schon nachfragen. Aber er fragte nicht. Er erzählte stattdessen von seiner Methode. Er wüsste, dass es seltsam klinge, mit den zwei Tagen. Es wäre eine Kombination verschiedener, altbewährter Praktiken. Er könnte es nicht näher erklären, man müsste es erfahren. Ob ich bereit wäre.
Die Worte zogen alle seltsam an mir vorüber, neben mir vorbei. Ich fühlte mich leicht benommen. Dachte kurz an den Klinikaufenthalt. An den Abend, als ich die Geduld verlor. Als ich mich auf der Notfallstation wiederfand, nach der Party mit Natalie und Sylvia. Wann war das gewesen? Zeit fiel gerade wieder auseinander.
„Frau Svendheim?“
Ich schreckte hoch. „Ja?“
„Alles in Ordnung?“
„Ja, ja.“ Es war April gewesen, das war also ein halbes Jahr her. Seit die Angst in mein Leben gekommen war, musste ich immer wieder Tage, Wochen, Monate sortieren.
Immer noch benommen folgte ich Herrn Organza in den Behandlungsraum. Was tat ich hier? Ich kam in einen kleinen,

abgedunkelten Raum, in dessen Mitte eine Liege stand. Kerzen brannten an der Wand, auch hier lag ein seltsamer, schwerer Duft in der Luft.

Er würde mich an energetischen Zentren berühren. Er würde bestimmte Stellen klopfen. Ob es möglich wäre, wenn ich meine Hose ausziehe. Dann käme er besser an die Knie.

Geistesabwesend zog ich mich aus, legte mich hin, ich war benebelt und aufgeregt zugleich.

Die alte Frau mit dem langen, grauen Pferdeschwanz, die gekommen war, als ich am Waldrand stand und die Sehnsucht mir die Hitze in den Körper trieb.

Herr Organza deckte mich mit einem dünnen Laken zu. Etwas riss mich aus meiner Lethargie.

„Stimmt es wirklich?“ fragte ich.

„Was?“ Herr Organza lächelte wieder dieses merkwürdige Lächeln.

„Dass man in zwei Tagen angstfrei ist mit dieser Methode?“

„Wenn Sie Ihr Herz dafür öffnen – ja. Es liegt an Ihnen, ob es funktioniert. Versprechen kann ich natürlich gar nichts.“

Wer war dieser Mann? Was tat ich hier? War noch jemand in dieser Praxis? Waren wir allein? Ich hatte nicht einmal eine Ahnung davon, ob und was für eine Ausbildung er hatte. Etwas in mir fühlte sich sehr seltsam an.

Herr Organza berührte mit seinen Händen meinen Bauch. Ich verkrampfte mich sofort. Versuchte flach zu atmen, dass der Bauch sich fast nicht bewegte, dass er nichts spüren konnte. Im Hintergrund begann eine leise Musik zu spielen, die mich noch benommener machte.

Ich musste aufpassen. Ich war hier allein.

Eine neblige Schwere machte mich fast willenlos.

„Sie entspannen tief. Ganz tief....“

Scheiße, das war autogenes Training, oder Hypnose. Dafür war ich anfällig.
Ich befahl einem Teil in mir wach zu bleiben, aufzupassen, falls ich einschlafen sollte. Der Teil würde notfalls handeln. Ein Trick, den ich mir für schwierige Situationen angewöhnt hatte. Ich war so müde.
„Ich lasse die Angst los. Ich bin frei."
Die Hände von Herrn Organza wanderten höher. Eine Hand legte sich zwischen meine Busen. Was würde das hier werden? Ich kämpfte gegen die Müdigkeit. Die andere Hand lag auf einmal auf meinem Schambein. Ich spürte sexuelle Erregung.
„Ich bin ganz ruhig."
Die Stimme wurde tiefer, langsamer. Und ich immer müder. Als ich fast einschlief, spürte ich, wie eine Hand von ihm unter meine Unterhose fasste, meine Schamlippen berührte.
Ich fuhr hoch. Der Nebel waberte durch meinen Kopf.
„Was tun Sie?" Ich sah den Typen an.
„Ich führe Sie in eine Welt ohne Angst." Er lächelte wieder so neblig-süß.
„Und dafür müssen Sie mich sexuell stimulieren, oder was? Machen Sie das immer so?"
Ich war aufgesprungen, zog schnell meine Hose an. Mir war übel. Scheiße. Scheiße. Das war fast daneben gegangen. Der Typ versetzte Frauen in Trance und dann nahm er sie sich einfach. K.O.-Methode. Mir war kotzübel.
Ich zog die Schuhe an. „Ich werde Sie anzeigen", ich riss die Tür auf, schnappte meine Jacke, sprang über den Regenbogen, lief hinaus.
Hastig schloss ich mein Fahrrad auf, raste die Straßen entlang, bis ich am Viktoriapark war, hielt an und lehnte mich schwer atmend an eine Linde.

Die Ungeduld trieb mich immer wieder in unmögliche Situationen. Was hatte ich geglaubt? Ich würde nach Hause fahren und erst einmal duschen. Ich hoffte sehr, dass ich nicht wirklich eingeschlafen war, dass ich alles mitbekommen hatte. Das war hammerdicke Scheiße. Ich suchte nach Hilfe und dann so etwas. So ein Ekel.

Anna lief zu Asgard. Sie war kurz davor, einen Fehler zu machen. Laureens Stimme lockte laut. Aber heute war Asgard nicht da, sie waren nicht verabredet. Es war nicht der Tag, an dem sie Asgard immer traf. Anna setzte sich allein auf die Bank. Sie fror. Als sie ihre Hände in die Jackentasche steckte, spürte sie Papier an ihrer linken Hand.
Asgards Brief. Sie hatte ihn noch nicht gelesen. Die junge Frau faltete vorsichtig den blauen Zettel auseinander. Mit feinen, geschwungenen Buchstaben stand dort:

Du kannst gegen deine Angst kämpfen, dich ihr entgegen werfen, ihr trotzig die Stirn bieten. Du verlierst. Sie ist stärker.
Du kannst vor der Angst davonlaufen, dich vor ihr verstecken, auf einen Baum klettern, sie von oben beobachten. Du verlierst. Sie ist schneller.
Du kannst die Angst ignorieren. So tun, als sei sie gar nicht da. Du verlierst. Die Angst wartet auf dich, sie ist geduldiger.
Du kannst deine Angst betäuben, Mittel nehmen, um sie nicht mehr zu spüren, um sie zu vergessen. Du verlierst. Die Angst bleibt. Hinter dem Nebel.
Deine Angst ist stark, sie ist schnell, geduldig und beharrlich.
Sie ist die unnachgiebigste Lehrerin, die das Leben dir schenken

kann. Sie verlangt Entscheidungen, Klarheit und Mut.
Du hörst auf zu verlieren, wenn du deine Angst nicht mehr besiegen willst.

Anna begann zu zittern, dann zu weinen. Die Worte trafen sie. Mitten drinnen. Sie sah ihren Weg vor sich. Die verschiedenen Versuche mit der Angst umzugehen.
Ein warmer Windhauch, der so gar nicht in den kühlen Septembertag zu passen schien, umwehte sie und hüllte sie ein.

An diesem Abend war die Angst eine Wand.
Sie kam plötzlich aus dem kalten Nebel hinter der Fensterscheibe und näherte sich mir unerbittlich, drückte mich vom Stuhl hoch, drückte mich gegen die Wand hinter mir. Die Arme neben mich an die kalte Raufasertapete gepresst, konnte ich mich nicht bewegen, nichts sagen, schon gar nicht schreien. Sie machte mich sprachlos, die schwere Mauer, die auf mich drückte und die ihre schweren Steine auf meinem Brustkorb ablegte, dass mir das Atmen fast unmöglich wurde.
Niemand fragt, woher Angst kommt. Aber Angst hat immer eine Richtung, aus der sie sich nähert. Es ist wie jener Traum, in dem du wegrennen willst und es nicht kannst, weil deine Beine gelähmt sind. Ich träumte nicht, ich war wach. Ich wusste nicht, wie lange ich so dort stand. An der Wand. Ich wusste nicht, warum ich nicht schlafen konnte. Warum der nächste Tag so schwer war und warum ich immer nach etwas Ausschau hielt, was niemand außer mir sehen konnte.
Ich würde lange, dunkelblaue Vorhänge kaufen, die ich vor die Fenster ziehen könnte, wenn es dunkel wurde. Um nicht wie-

der an die Wand gedrückt zu werden von einer Mauer, die aus der Dunkelheit kam. Nie hatte ich Gardinen oder Vorhänge gebraucht, nie hatte mich der offene Blick in die Dunkelheit gestört, der nun unerträglich geworden war.
Wenn es dunkel wurde, und es war jetzt wieder früher und länger dunkel, weil der Herbst nahte, wuchs der Dämon der Angst in mir. In der Dunkelheit verschwammen die Konturen, alles wurde unsichtbar, ungreifbar. In der Dunkelheit wuchsen die Ohnmacht und das Gefühl, alles würde einem entgleiten.

Heute morgen fuhr ich zu Sören und seinen Lilien. Das musste sein. Mir drehte sich alles im Kopf, ich konnte nicht mehr klar denken. Das Fotoalbum, die Erinnerungen an die Mutter, die vielen Fragezeichen, und gestern das Erlebnis mit dem Typen. Ein Glück war ich heute krank geschrieben und konnte machen, was ich wollte.
Als ich vor Sörens liebevoll dekoriertem Schaufenster stand, war ich sofort etwas heiterer gestimmt. Ich öffnete die Ladentür, ein helles Klingeln ertönte und der schwere Duft von Lilien hüllte mich sofort ein.
„Anna, chérie, du hast Zeit zu kommen, wie wunderbar, komm her, lass dich umarmen."
Sören eilte lächelnd auf mich zu und schloss mich in seine Arme, sein vertrauter Geruch, seine Finger, die mir in den Haaransatz kraulten.
Mir stiegen Tränen hoch, ohne dass ich es wollte.
„Anna, wie ist es dir ergangen, seit ich dich aus Hamburg befreit habe?"
Unwillkürlich musste ich lächeln.
„Geht so", ich schniefte etwas.

„Hmm, setz dich“, Sören schob mir einen Hocker hin, „etwas Tee vielleicht? Ich habe ganz tollen weißen Tee da.“
„Gern.“
Bei Sören zu sein war wie ankommen. Irgendwo. Ich sah zu, wie er aus einem hellblauen Porzellankännchen den Tee in die flachen Tassen mit dem Goldrand einschenkte. Bei Sören war kein Detail zufällig.
„Wie läuft dein Laden?“ fragte ich.
„Gut, wirklich gut. Schöne Aufträge. Genug Geld zum Leben.“
„Und Nick?“
„Auch gut. Er ist leider gerade viel unterwegs, hat viele Fortbildungen. Da sehen wir uns viel zu selten.“
Ich schlürfte den Tee, der auch wie eine Blume duftete.
„Es ist gut, unter Blumen zu sein“, bemerkte ich.
Sören lächelte. „Wenn du dein Leben lang glücklich sein willst, werde Gärtner – so heißt doch das Sprichwort, oder? Aber nun sage, chérie, wie ist es?“
Ich ließ meinen Blick über die Blumenständer schweifen.
„Eigentlich furchtbar. Ich bin total erschöpft, fast wie gelähmt, seit Hamburg. Kaum Kraft für irgendetwas. Und Alpträume. Und seltsame Erlebnisse.“
„Anna, du musst mich mal wieder besuchen kommen. Ich koche. Oder Nick und ich kochen zusammen für dich. Dann lernst du ihn endlich mal kennen. Es ist Zeit dafür. Ok? Dann können wir in Ruhe reden. Hier weiß man ja nie, ob gleich ein Kunde im Laden steht.“
Mir schossen schon wieder die Tränen in die Augen. Ich nickte, trank den Tee aus und stand auf.
Sören nahm mich noch einmal in den Arm.
„Moment, Anna – bevor du gehst...“ Er verschwand hinter der

Ladentheke in dem kleinen Raum, wo er die Blumen band. Strahlend kam er zurück und hatte etwas in der Hand. „Hier, nimm dies, es bringt Glück und macht das Herz weich und ruhig."
Er reichte mir ein Rosenquarz-Herz. Mir wurde warm, heiß.
„Danke."
„Du kannst es behalten, solange du es brauchst. Und – geh doch bitte zu Christian, zu Dr. Avenstedt, am besten noch heute. Du weißt ja, wo er sitzt..."
Sören lächelte mich an. „Wir telefonieren wegen des Essens, wann wir das machen, ja?"
„Ja, ich freu mich."
Ich verließ den Laden, berührt und lächelnd und traurig. Das Rosenquarzherz in meiner Hand verwirrte mich seltsam. Ein Rosenquarzherz. Es kam mir seltsam bekannt vor.
Die Sonne blinzelte zwischen den Wolken hervor. Übergangszeit. Es war nicht mehr warm, nicht mehr Sommer, aber es war auch noch nicht kalt, noch nicht richtig Herbst. Noch war alles grün.
Herr Avenstedt. Was sollte ich denn da? Dort war ich im Januar gewesen. Als gar nichts mehr ging. Ein paar Male war ich nach dem Klinikaufenthalt bei ihm gewesen, im April. Aber jetzt. Jetzt war ich nur müde. Und Angst, ja, Angst hatte ich auch.
Und wenn ich Krankschreibungen brauchte, ging ich zu einem praktischen Arzt um die Ecke, der nie etwas fragte, nichts wissen wollte, der mich nicht kannte.
Langsam ging ich die Straße hinunter. Herr Avenstedt saß am Viktoriapark, gar nicht so weit weg von hier, ich könnte hingehen, sicher, bevor ich es mir anders oder gar nicht überlegte. Warum nicht? Vielleicht hatte Sören recht, dass etwas Unter-

stützung gerade nicht falsch wäre. Und vielleicht hätte Herr Avenstedt etwas, damit ich besser schlafen könnte.

Etwas später saß ich in der Praxis vor den bunten Bildern aus Indien, die mich so schmerzhaft an mein altes Leben erinnerten. Weite, Reisen, fremde Farben, ferne Welten. Würde das jemals wieder gehen?
Ich vertiefte mich in ein Wirtschaftsmagazin, um nicht auf die Bilder sehen zu müssen.
„Frau Svendheim, bitte."
Ich hatte anscheinend einen günstigen Zeitpunkt erwischt und musste nicht besonders lange warten.
Herr Avenstedt kam mir entgegen, schüttelte mir lächelnd die Hand.
„Lange nicht gesehen – was führt Sie zu mir? Ich habe ja noch den Bericht von der Klinik bekommen und dann nichts mehr von Ihnen gehört. No news are good news, dachte ich. Erzählen Sie mal, wie es war und ist."
Ich setzte mich auf den angebotenen Stuhl. Erzählen, was sollte ich erzählen. Ich schwieg.
„Oh, entschuldigen Sie, wenn ich Sie jetzt überfallen haben sollte."
„Nein, nein, ich, ich muss nur überlegen, der Klinikaufenthalt, das ist schon ein paar Jahrtausende her, wissen Sie. Es ist soviel geschehen. Andere Arbeit, Trennung vom Freund und der tägliche Kampf mit der Angst."
Herr Avenstedt sah mich nachdenklich an.
„Das heißt, mit der Angst haben Sie weiterhin zu tun."
„Ja. Es ist nicht so schlimm wie damals, im Januar, als ich nicht einmal mehr die Wohnung verlassen konnte, als ich von der Angst tagaus, tagein beherrscht wurde. Aber ich musste meinen

Job als Reisefotografin aufgeben. Jetzt arbeite ich für die Lokalzeitung. Nicht gerade der Traum-Job, aber irgendwo muss die Kohle ja herkommen. Und ich habe geübt zu fahren, eine Zeit lang täglich. Mit dem Zug, immer weiter. Ich wollte mich nicht von der Angst beherrschen lassen. Zum Schluss bin ich sogar wieder nach Hamburg gefahren, das war im letzten Monat, und das ging gründlich daneben. Alles wie ein Kartenhaus zusammengestürzt, Wochen, Monate Training umsonst, weil so eine S-Bahn einfach im Dunkeln stehen blieb."

Mir schossen wieder die Tränen in die Augen.

„Da haben Sie aber hart gekämpft und sich ein ganz neues Leben aufgebaut. Sie sind eine starke Frau. Viele gehen an solchen Angsterkrankungen kaputt."

Er sah mich wieder nachdenklich an. „Und das Ereignis in Hamburg hat sie also zurückgeworfen?"

„Ja", ich wischte eine Träne von der Wange, „danach ging gar nichts mehr. Zugfahren. Autofahren. Der Alltag ist ok. Aber Reisen geht gar nicht. Alles nichts gebracht."

„Hm", Herr Avenstedt drehte einen Kugelschreiber zwischen den Fingern, „mit den verhaltenstherapeutischen Übungsstrategien ist das so eine Sache. Die bringen nur bedingt etwas, auch wenn sie bei Angsterkrankungen so sehr angepriesen werden. Wenn dem Ganzen etwas Komplexeres zugrunde liegt, kann es genauso passieren, wie es Ihnen passiert ist. Wenn es so läuft, spricht es dafür, dass hier mehr im Spiel ist als eine isolierte Phobie. Haben Sie traumatische Erfahrungen?"

Mir stockte kurz der Atem. Trauma. Ich? Was? Was war das für eine Frage?

„Sie wissen, was ein Trauma ist?"

„Ja, ja." Ich fiel in eine neblige Wolke hinein.

Ich dachte an Herrn Organza.

„Die Angst an sich in ihrer Auslösung totaler Ohnmacht kann auch traumatisch wirken, dadurch retraumatisierend wirken. Das ist das Fatale, wenn Gefühle an sich in ihrer Heftigkeit zum Trigger werden. Trigger nennt man auslösende Reize, die an das Trauma erinnern. – Was wünschen Sie sich von mir, Frau Svendheim?"

Herr Avenstedt war wohl der einzige Arzt, dem ich bisher begegnet war, der eine solche Frage stellte. Obwohl ich nicht Privatpatientin war.

„Ich, ich dachte vielleicht könnten Sie mir etwas nennen, damit diese Erschöpfung etwas nachlässt, die ich seit Hamburg habe. Und etwas gegen Schlafstörungen."

Herr Avenstedt schloss kurz die Augen, öffnete sie wieder und antwortete:

„Mögen Sie sich hinlegen? Sie kennen das ja von Januar. Dann sehen wir weiter."

Ich stand auf, zog die Schuhe aus und legte mich auf die Liege an der Wand.

Herr Avenstedt zog einen Hocker heran und setzte sich neben mich.

Plötzlich begann ich zu zittern. Mein Brustkorb wurde eng, der Hals schnürte sich zu. Ich wollte schreien, aber es ging nicht. Was war los? Und was geschah hier?

Herr Avenstedt berührte mich vorsichtig am rechten Arm.

„Frau Svendheim, Sie sind sicher hier, alles ist ok."

Mein Körper zitterte weiter, die Tränen liefen. „Ich habe Angst, verdammte Angst. Ich war gestern bei so einem Kerl, der mit ‚In zwei Tagen angstfrei' warb und der hat mich fast vergewaltigt, nachdem er mich erst einmal ausgeknockt hat..."

Ich musste noch mehr weinen.

Herr Avenstedt hielt sanft meinen rechten Arm.

„Und Sie hatten nach einem möglichen Rettungsring gegriffen? Um die Angst loszuwerden?“
Ich nickte, die Tränen strömten weiter.
„Frau Svendheim, ist es ok, wenn ich Sie am Bauch berühre?“
Ich sah Herrn Avenstedt an, sah in seine offenen Augen, die mich direkt ansahen. Augen, in denen man stehen konnte. Die Grund hatten. Die einen meinten.
„Ja“, antwortete ich.
Herr Avenstedt legte seine Hände auf meinen Bauch, langsam und vorsichtig.
„Atmen Sie einfach weiter.“
Nach und nach wurde ich ruhiger. Herr Avenstedt hielt mir zwei Punkte unter dem Schlüsselbein.
Das Chaos in meinem Körper und Kopf wich nach und nach einer weichen Stille.
Langsam stand Herr Avenstedt auf.
„Bleiben Sie noch ein Weilchen liegen. Ich hole in der Zwischenzeit ein paar Tropfen für Sie.“
Als er zurückkam, setzte ich mich auf und zog die Schuhe wieder an.
„Frau Svendheim, hier, das sind rein pflanzliche Tropfen, nehmen Sie davon gleich jetzt zehn, und dann drei- bis viermal täglich auch zehn. Und bitte kommen Sie Montag wieder, gleich morgens. Und was den Typen von gestern betrifft, sollten Sie sich überlegen den anzuzeigen. Das ist Missbrauch, was da passiert ist. Und mit Ihrer Angst, wir kriegen das hin, es braucht nur etwas Zeit und Geduld. Sie brauchen jetzt Ruhe, Frau Svendheim. Überlegen Sie, ob Sie Urlaub machen können, eine kleine Auszeit.“
Entsetzt sah ich Herrn Avenstedt an: „Meinen Sie das ernst? Ich habe gerade meinen Job als Reisefotografin an den Nagel

hängen können. Nachdem ich wochenlang in der Angst versunken bin. Meinen Sie, ich will meinen jetzigen Job wieder verlieren? Ich bin freiberuflich tätig."
Herr Avenstedt saß auf der Kante seines Schreibtisches und sah mich schweigend an. Ich sah in seine dunklen Augen.
„Es ist Ihre Entscheidung", sagte er, „es ist Ihr Leben. Als Arzt kann ich nur sagen, machen Sie Pause, Sie stehen am Rande eines Burnout. Angst kann einen Menschen ausbrennen lassen, vor allem einen Menschen, der sich nicht damit abfinden will und kann, wie Sie. Was Sie mit meinem Rat tun, ist Ihre Entscheidung. Aber wenn Sie meine Hilfe brauchen, bin ich gern für Sie da."
Ich sah die Packung mit den Tropfen in meiner Hand an. Denken konnte ich nicht mehr. Ich wusste nur, dass es vielleicht doch eine gute Idee gewesen war, hierher zu kommen. Vielleicht musste man nicht alles allein hinbekommen.

Wie sah Akzeptanz aus? Welche Farbe hatte der Satz „Es ist, wie es ist"? Was war das Gegenteil von Kämpfen? Wie fühlte sich Annehmen an? Ich fotografierte den Rosenquarz von Sören. Rosa Stein vor weißem Untergrund. Ich fotografierte Hingabe. Ich ging an den Fluss und fotografierte fließendes Wasser. Bäume, die um die Ecke wuchsen. Stille Räume. Ich ging in eine alte Kirche und fotografierte ihre Tür und ihre Fenster. Ich versuchte zu fotografieren, was Akzeptanz ist. Ohne, dass es Aufgeben, Resignieren bedeutete. Liebende Annahme. Weiche Farben. Runde Klänge. Stille Momente. Ein verlassener Steinway-Flügel in einem leeren Raum. Windspuren. Die Farbe des Mutes, den man braucht, um vorwärts zu kommen, ohne zu kämpfen.

Anna ging durch die blaue Pforte, hielt kurz inne, schaute nach einer zweiten Pforte, von der jedoch nichts zu sehen war. Dahinter begann ein einsamer Weg, zwischen den Feldern zog er sich dahin, ohne dass ein Ende abzusehen war. Asgard saß aufrecht auf der Holzbank ohne Lehne, den Blick in die Ferne gerichtet. Als Anna sich näherte, schaute sie auf und lächelte.
„Anna, wie schön, dass du kommst."
Anna setzte sich neben die alte Frau.
Es war ein sonniger Septembertag, der noch die Spuren des Sommers in sich trug und schon zugleich von nahenden Herbsttagen kündete.
„Ich habe den Zettel gelesen, Asgard. Danke."
„Hast du etwas wiedergefunden?"
Anna sagte: „Ja, und ich habe begriffen, was es heißt, dass man nicht um alles kämpfen kann und muss."
Asgard malte mit der rechten Schuhspitze ein Zeichen in den Sand und verwischte es gleich wieder.
„Alles, was man durch Kampf erringt, muss man mit Kampf verteidigen, um es zu behalten. Das ist das Problem. Eine Freiheit, die du hart erkämpfst, musst du ebenso hart verteidigen."
Anna schwieg, sie rupfte einen Grashalm ab, der neben der Bank wuchs.
„Vielleicht kann jetzt etwas anders werden."
Asgard erwiderte: „Ja, wenn du aufhörst zu kämpfen, wird sich ein neuer, anderer Raum öffnen für dich."
Eine weiße Feder tanzte verspielt in der Luft und landete auf Annas rechtem Knie.

Kapitel 12

Es gibt Mauern, die kein Ende haben. Keine Begrenzung. Über die man nicht klettern kann. Um die man nicht herumgehen kann. Ich stand vor einer Mauer, einer weißen Mauer, die sich mitten durch mein Leben zog. Die manchmal auch schwarz war. Endlos. Mächtig. Hart. Eine weiße Mauer aus Beton.
Ich war gegen diese Mauer gerannt, in dem Glauben, dass ich stärker sein könnte als diese Grenze, die niemand sehen konnte. Ich hatte mich dagegen geworfen, mir die Hände blutig geschlagen, die Füße wundgetreten. Ich spürte diese ohnmächtige Wut angesichts einer Grenze in meinem Leben, die so viel von mir forderte.
Ich hatte diese Mauer nicht respektieren wollen, oh nein, ich ließ mir keine Mauern ins Leben setzen, die mich begrenzten, die darüber entscheiden konnten, wie weit ich noch gehen konnte. Ich hatte geglaubt, dass ich es schaffen würde, diese Mauer niederzuringen, mürbe zu machen, sie zu Steinstaub zu zerschlagen, zu zertreten.
Ich war gescheitert. Ich lag erschöpft vor der Mauer aus Weiß. Drehte ihr im Liegen den Rücken zu. Sah zurück, den Kopf in der Ellenbogenbeuge geborgen, und versuchte zu begreifen, was geschah, geschehen war. Versuchte die Frage zu beantworten, wie man Mauern überwindet, die zu hart sind, um dagegen anzurennen. Ich spürte das kühle Weiß hinter meinem Rücken, und ich spürte das Meer dahinter. Die Sehnsucht nach der Weite des Meeres, die jeden Tag ein Stück größer zu werden schien. Jeden Tag, den die Angst länger dauerte, den die Mauer unüberwindbarer schien.
Vollkommen am Ende meiner Kräfte lag ich dort, erinnerte mich an ein anderes Leben, an das Leben als Reisefotografin,

einer Weltreisenden, das Leben einer fremden Person. Jetzt, da ich die Mauer in ihrer absoluten Konsequenz erfahren musste, da ich begriff, hinter einer Grenze zu leben, die blieb, fühlte ich ratlose Wut, eine fragende Trauer, eine ärgerliche Resignation.

Ich begann damit das zu tun, was man sich mit etwas abfinden nennt. Nicht, weil ich keine Hoffnung mehr hatte. Trotz aller gescheiterten Versuche, die Mauer zu bezwingen, hatte ich noch Hoffnung, dass ich wieder in ein Flugzeug steigen, dass ich fremde Erde berühren würde. Ich fand mich ab, weil ich zu erschöpft war, um noch zu kämpfen. Ich würde mich um das Leben auf dieser Seite der Mauer kümmern. Und vielleicht lernen, damit umzugehen, nicht mehr die Wahl zu haben.

Urlaub, das Wort machte mich schon rasend. „Sie brauchen Urlaub", hatte Herr Avenstedt gesagt. Das war Zynismus in den Ohren eines Menschen, der unter Agoraphobie litt. Eine Auszeit. Obwohl es schon einige Wochen her war, dass ich bei Herrn Avenstedt gewesen war, ärgerten mich seine Worte immer noch. Ich war froh, dass ich ein Auskommen mit der Arbeit bei der Tageszeitung hatte. Eine Arbeit, die mich zwar nicht erfüllte, mir aber die Sorge nahm, wie ich die Miete für den nächsten Monat bezahlen sollte. Die Krankschreibung im September war lang genug gewesen. Wenn ich jetzt wieder für Wochen verschwinden würde, könnte ich diesen Job auch vergessen. Das war absurd. Ich war auf mich gestellt, ich hatte als Freiberuflerin keine Versicherung dafür, wenn ich länger krank wurde.

Gleichzeitig wusste ich, dass Avenstedt Recht hatte. Dass ich total erschöpft und am Ende meiner Kräfte war.

Abgesehen von der Erschöpfung, die mich seit meinem Ausflug nach Hamburg mehr denn je zuvor immer wieder lähmte und mich auf die Couch zwang, quälten mich Bilder und Fragen, seit ich den Karton auf dem Dachboden entdeckt hatte. Das Foto von meiner Mutter an der Gartenmauer, das ich mit meiner ersten Kamera aufgenommen hatte, hatte ich auf meinen Schreibtisch gestellt. Immer wieder suchte ich ihren Blick, wenn ich dort saß und für die Zeitung arbeitete, suchte diesen Blick, der mir fast immer verwehrt geblieben war. Ich wurde die Bilder aus Hamburg nicht los, von den Schnapsflaschen, von der Mutter auf dem Küchenboden. Je länger die Fahrt nach Hamburg her war, umso mehr erschienen mir diese Bilder als Chimären umso weniger glaubte ich, dass es tatsächliche Erinnerungen sein könnten, die sich im Nebel ohnmächtiger Angst einen Weg in mein Bewusstsein gebahnt hatten. Umso weniger traute ich mich, meinen Vater oder Roland anzurufen, was schon ohne eine solche Frage schwer genug gewesen wäre, da wir so gut wie keinen Kontakt pflegten, außer der obligatorischen Weihnachts- und Geburtstagskarten mit den nötigsten Worten.

Urlaub. Ich saß an meinem Schreibtisch, an dem ich immer die Morgensonne genoss, sah sie an, ihr Lächeln, sah hinaus, sah auf den Kalender, der zehnte Oktober, wo sollte ich hinfahren, wie groß war mein Radius im Moment überhaupt? Und wie wäre es, allein an einem fremden Ort zu sein?

Ich nahm ein Blatt Papier und schrieb ein paar Worte auf. Ideen. Wo man hinfahren könnte. Wenn man wollte. Könnte. Zerknüllte es. Warf es in den Papierkorb. Absurd. Ich stand nervös auf, nahm den Wohnungsschlüssel und ging die Straße hinunter zu dem kleinen Fluss, der sich am Rande der alten Stadtmauer, von der noch einige Reste heute standen, entlang schlängelte. Ich ging den kleinen Trampelpfad entlang, den

Blick auf den Boden vor mir geheftet, verloren in eine wütende Ohnmacht, als plötzlich etwas meinen Blick bannte. Hinter einer alten Kornelkirsche auf einer fast verrotteten Bank lag eine violette Handtasche, die wie ein Regentropfen geformt war. Als ich mich näherte, begann mein Herz zu klopfen, unruhig sah ich mich um, als hätte ich Angst ertappt zu werden. Ich hatte von ihr geträumt, als ich in Hamburg war, die Lichtkugel, die durch den Raum schwebte und ihre Stimme: ‚Ich bin da, Anna, egal was geschieht.' Sie war es gewesen, ich begriff es erst jetzt. Dieselbe, die ich auf der Insel getroffen hatte, an meinem letzten Abend dort, mit der ich in den Dünen gesessen und geschwiegen hatte. Die alte Dame mit der violetten Handtasche.

Ich ging ein paar Schritte weiter. Die Handtasche, die war da, aber die alte Dame, war ihr etwas... ich mochte nicht weiterdenken... ich setzte mich mit weichen Knien neben die violette Handtasche auf die Bank, wagte nicht sie zu berühren. Die alte Dame, die mir im Zug erzählt hatte, dass die Ägypter das Sternzeichen Krebs als zwei Schildkröten betrachteten, die sie Wassersteine nannten. Die mir von meiner Lebenszahl erzählt hatte, Quersumme Fünf. Das war ich.

Ich war ihr am Waldrand begegnet, kurze Zeit, nachdem ich aus der Klinik zurückgekommen war, als ich versuchte zwei Kilometer weit zu gehen, als ich voller Sehnsucht hinter dem Zaun stand und davon träumte, wieder unbeschwert durch Wälder zu laufen. Als die Feder vor meinen Augen tanzte und auf der Hand der alten Frau landete. Die davon sprach, dass es um eine schrittweise Verwirklichung meines Potentials ginge, nicht um Weltreisen. Ich saß auf der morschen Bank neben dem ebenso morschen Kirschbaum und legte vorsichtig meine linke Hand auf die Handtasche.

Mir war nicht klar gewesen, wie präsent die alte Dame in meinem Leben war, welche Bedeutung sie hatte, obwohl ich ihr nur wenige Male begegnet war. Je länger ich so dort saß, mit der Hand auf der Tasche, als müsste ich sie festhalten, desto weniger Angst hatte ich, dass ihr etwas zugestoßen war. Ich saß auf dieser Bank, die kurz vor dem Auseinanderfallen zu sein schien und lächelte in das träge dahin fließende Wasser des Flusses. Ich spürte eine Ruhe, die mir sonst fremd war und eine Gewissheit, die mir wie ein Geländer vor einem Abgrund schien.
Einer plötzlichen Eingebung folgend stand ich auf, nahm die Handtasche und ging weiter den Weg am Fluss entlang. Ich ging weiter, als ich sonst gehen konnte, weil hinter der Biegung immer die Angst begann. Ich spürte den Griff der Handtasche in meiner Hand und ging weiter. Auch als die Angst kam. Ich wusste nicht, wohin ich ging. Ich wusste nicht, wie lange ich gegangen war, als ich den Pfad am Fluss verließ, die Böschung hinaufstieg, zwischen den rauhen Stämmen einiger Pappeln hindurchging und nach einigen Schritten vor einer blauen Tür stand, deren Farbe an manchen Stellen schon abplatzte. Ich hielt inne, ich stand vor einer kleinen gelben Kapelle, die ich nie zuvor gesehen hatte. Vorsichtig berührte ich den dunklen Knauf an der Tür, drückte langsam die Tür auf. Und trat ein in das Halbdunkel der kleinen Kirche, die von außen so schlicht ausgesehen hatte und die innen eine atemberaubende Farbenpracht entfaltete. Aus unzähligen kleinen Fenstern, die aus kleinsten, bunten Glassplittern zusammengesetzt waren und die Geschichten von Leben und Sterben erzählten, fiel das Tageslicht herein und sprenkelte in bunte Splitter gebrochen den weißen Boden mit allen Farben.

Benommen blieb ich stehen, verwirrt von einer farbenprächtigen Stille und einer überwältigenden Schönheit und Fülle.

Ich hatte sie gar nicht gesehen. Sie saß in der ersten Reihe auf der Bank, den Kopf gesenkt, und betete.

Unsicher ging ich nach vorn, setzte mich auf die vorderste Bank auf der anderen Seite des Mittelganges und sah den schlichten Altar an, der sich all der Pracht der bunten Glasfenster widersetzte, der gearbeitet aus schlichtem Holz dort stand, mit einer weißen, brennenden Kerze darauf. Es gab kein Kreuz, keinen Gekreuzigten. Es gab nur Stille und Buntheit.

Ich sah in die Flamme der Kerze.

„Du bist gekommen. Wie schön."

Die weiche Stimme der alten Dame schien von weit her zu wehen.

Verlegen schwieg ich, mir war es unangenehm mit der Handtasche, aber sie sagte nichts dazu.

Sie sagte: "Dem Harten begegnet man mit Sanftheit. Und der Sanftheit begegnet man mit Sanftheit."

Ich merkte, dass mir seltsam warm wurde, als sie mich unvermittelt ansah und ich in ihre hellblauen Augen sah. Wie ferngesteuert stand ich auf, nahm die Handtasche und ging zu ihr hinüber. Ich legte die Handtasche neben sie.

Sie sagte: "Danke", und lächelte mich an. Und fügte hinzu: „Du bist willkommen."

Ich legte in einer mir selbst fremden Geste meine linke Hand auf mein Herz und verbeugte mich leicht, um mich dann zum Gehen zu wenden.

Die alte Dame nahm die Handtasche und nahm einen gefalteten Zettel heraus.

„Für dich. Wenn du nicht weißt, wohin du gehen sollst."

Ich nahm den Zettel entgegen, verbeugte mich noch einmal und verließ mit langsamen, ruhigen Schritten diese bunte, andächtige Stille, schloss wie benommen die blaue Tür hinter mir und ging zurück an den Fluss. Ging den ganzen Weg zurück bis zu meiner Wohnung, wo ich den Zettel auf meinen Schreibtisch legte. Vor das Bild von ihr.

Als Anna durch die blaue Pforte gehen wollte, blieb sie stehen. Die weiße Mauer, sie hatte vergessen, dass es hier diese weiße Mauer gab. Und sie erinnerte sich, dass sie einmal zwei Pforten auf einmal gesehen hatte. Sie sah an der weißen Mauer entlang, nach links und rechts, eine endlose Mauer schien es, und der einzige Eingang schien diese blaue Pforte zu sein, die ein klein wenig offen stand und im Wind leise hin- und herschwang. Weiß war eine seltsame Farbe, man konnte Weiß nicht einfach hinter sich lassen, in Weiß gab es kein Entkommen.

Anna ging durch die blaue Pforte hindurch. Dahinter begann ein einsamer Weg, zwischen zwei Feldern zog er sich dahin, ohne dass ein Ende abzusehen war. Eine alte Holzbank ohne Lehne stand dort, auf der Asgard saß.

Es roch nach Herbst. Die beiden Pferde standen am Zaun und hoben die Köpfe, als Anna sich näherte. Asgard lächelte Anna entgegen. Sie freute sich, dass Anna offenbar wieder etwas mehr Leichtigkeit gefunden hatte, dass ihr der Weg nicht mehr ganz so hoffnungslos erschien.

Anna setzte sich neben die alte Frau auf die Bank. Es war kühl, sie fröstelte.

Die Blicke der beiden Frauen trafen sich für einen kurzen Augenblick.

„Deine Augen sind klarer als sonst“, sagte Asgard.
Anna lächelte kurz.
„Ich war an einem Ort, an dem die Fülle des Bunten der Stille begegnet. Und auf dem Weg dorthin habe ich keine Mauern einreißen müssen.“
Asgard zeichnete mit ihrer linken Schuhspitze ein Zeichen in den Sand, das aussah wie ein Vogel, der neben einem Berg sitzt. Sie dachte an den Tag, als sie mit Anna zu dem Labyrinth gegangen war, als sie gemeinsam in der Mitte des Labyrinths am Ort der Stille gewesen waren. Sie freute sich, dass Anna weiterging. Trotz der Angst.
„Vielleicht habe ich es bald geschafft, vielleicht bin ich bald wieder frei“, sagte Anna.
„Es geht immer weiter“, erwiderte Asgard und verwischte die Zeichen, die sie gerade gemalt hatte, „denk daran, es gibt immer beide Pforten. Achte darauf, durch welche du gehst. Der andere Weg wird dich wieder locken, er kennt starke Mittel dich auf ihn zu ziehen. Vertraue dir.“
Asgard stand auf, klopfte den Sand aus ihrem Wollrock und zog ihr Schultertuch gerade. „Auf Wiedersehen, Anna.“
Dann verschwand sie auf dem Weg, als wäre sie plötzlich davon geflogen.
Anna sah die beiden Pferde an, die dicht aneinandergedrängt auf der Weide standen. Sie würde einen Weg finden, der verbinden würde, was ein nebliger Faden trennte.

Ich hatte beschlossen zum Friseur zu gehen, um bei meinen Haaren die Spitzen schneiden zu lassen. Ich ging nicht oft zum Friseur, und seit ich die Angststörung hatte gar nicht mehr.

Die Vorstellung für mindestens eine Viertelstunde stillsitzen zu müssen, unter einem Umhang, gefiel mir nicht. Jemand Fremdes an mir etwas machen zu lassen, am Kopf, die Vorstellung allein schon reichte, um Reaktionen von Angst auszulösen. Aber ich wollte es probieren. Meine Haare waren gesplissen, und ich wollte einfach wissen, ob es wieder gehen könnte.

Auf dem Weg zum Friseur dachte ich an Sophie. Wir waren früher öfter zusammen zum Friseur gegangen, hatten uns zu Experimenten an den Haaren ermutigt und Spaß gehabt. Sophie war von der Bildfläche verschwunden. Seit ich nicht mehr funktionierte wie vorher. Sie hatte nicht damit umgehen können, dass ich jetzt eine Grenze in meinem Leben hatte. Sie hatte es wohl auch nicht verstehen wollen, sie war einfach verschwunden. Ich blieb an einer Auslage der Buchhandlung stehen, betrachtete die Neuerscheinungen, ging weiter. Wenn man krank wird, wird Verschwinden ein Thema. Ein Stück Freiheit verschwindet. Mit ihr die Selbstverständlichkeit eines normalen Alltags. Die Leichtigkeit macht sich rar. Vermeintliche Freunde verschwinden. Solche, die keine waren. Ich versuchte, es nicht zu spüren, dass es vielleicht weh tat, so viel allein zu sein, dass Sören mein einziger Freund geblieben war. Und um neue kennenzulernen, kam ich zu wenig hinaus. Und die Klinikfreundschaften, wie jene mit Natalie, hielten dem Leben draußen nicht stand.

Ich drückte die Tür zum Friseur auf.

„Sie können sich gleich hier vorne hinsetzen, Frau Svendheim."

Nachdem ich meine Jacke ausgezogen hatte, setze ich mich auf den angebotenen Stuhl. Friseure haben Spiegel, dachte ich. Und sah mich selber an. Sich selber ansehen, kann verdammt schwierig sein, wenn man sich verändert hat.

„Wollen Sie etwas trinken?“
„Nein, danke.“
Hoffentlich wollte die Friseuse nicht ununterbrochen small talk führen.
„Nur die Spitzen bei Ihnen?“
„Genau.“
Die Friseuse begann mein Haar zu kämmen.
Ich umfasste den Daumen der linken Hand mit meiner ganzen rechten Hand. Ich versuchte langsam zu atmen, Gedanken wegzuschieben, die mir Katastrophen vor Augen führten, Szenarios davon, wie es ist, nicht wegzukommen.
„Und, hatten Sie dieses Jahr einen schönen Urlaub?“ Die Friseuse sah mich lächelnd an.
Ich schluckte. Urlaub, klar, das small-talk-Thema schlechthin. Darauf war ich nicht vorbereitet. Wir hatten Oktober, aber über Urlaub wurde immer geredet. Urlaub, dieses Wort, das mir sofort quer im Bauch lag.
„Oder fahren Sie noch weg?“
Die Friseuse lächelte wieder, steckte einen Teil meines Haares hoch.
„Ich reise beruflich viel.“ Die Gegenwartsform stimmte zwar nicht, aber das war egal.
„Ach, was machen Sie denn?“
„Ich bin Fotografin.“ Das war nicht gelogen. Ich merkte, wie mir heiß wurde. Ich hasste es lügen zu müssen wegen meiner Erkrankung.
„Oh, Reisefotografin dann wohl?“
„Ja.“
„Ist ja toll. Wohin reisen Sie denn so?“
Ich verspürte den Impuls mir den Umhang abzureißen und hinauszurennen. Was sollte ich denn nun sagen? Ich hätte ein-

fach sagen sollen, nein, ich fahre dieses Jahr nicht in den Urlaub, fertig.
Stattdessen sagte ich: „Überallhin."
„Wie beneidenswert. Das ist ja ein Traumberuf."
Ich versuchte freundlich zu lächeln. „Ja, Fotografin wollte ich immer sein."
„Und dann noch Reisefotografin... wo geht es denn als nächstes hin?"
Die Friseuse hörte nicht mehr auf, sie hatte angebissen. Meine Haare waren lang und voll, es würde noch dauern, bis sie fertig war.
„Argentinien." Ich hatte keine Ahnung, wie ich darauf kam. Ich war nie in Argentinien gewesen, aber es war das einzige, was mir einfiel. Ich spielte eben das Spiel mit.
Und sie wollte sicher lieber etwas Fernes, Aufregendes hören als Schwarzwald oder Lüneburger Heide.
„Toll!"
Ich nickte. Ja, das war toll. Alles.
„Und waren Sie schon im Urlaub?" Die rettende Strategie. Den Spieß umdrehen.
Die Friseuse begann zu erzählen. Von Korsika. Ich hörte zu. Und war froh, dass sie mich nichts mehr fragte.
Als sie mit dem Schneiden fertig war, merkte ich, dass ich keine Angst gehabt hatte.
An der Kasse sagte die Friseuse zu mir: „Und wenn Sie einmal nach Australien kommen sollten, dann grüßen Sie das Land von mir. Ich war einmal dort, ein wunderbares Land..."
Australien, auch das noch, gerade Australien. Ich nickte. Mechanisch. Bevor ich meine Jacke nahm und ging.
Ich reiste beruflich viel, korrigierte ich mich, als ich vor der

Tür stand. Ein Buchstabe ändert alles. Vielleicht hatte ich Angst, nicht mehr so interessant zu sein wie früher.
Langsam ging ich nach Hause. Ich wusste nicht, ob ich wieder zum Friseur gehen würde.

Wütend schloss ich meine Wohnungstür auf und warf sie hinter mir ins Schloss. Diese Scheißangst. Sie zwang mich dazu zu lügen, Geschichten zu erzählen und trieb mich immer wieder in die Enge. Ich war so scheißwütend auf diese Scheißangst. Ich warf den Schlüssel in die Ecke des Flures, wo er gegen den Schuhschrank knallte und eine Delle im Holz hinterließ. Ich schmiss meine Jacke auf den Boden und schlug mit der Faust gegen den Türrahmen der Küchentür. Nichts mit Reisen. Nichts mit Reisefotografin. Gar nichts. Von wegen Australien. Argentinien. Ich musste mich daran gewöhnen, dass das Vergangenheit war. Vorbei. Aus. Ich musste kapieren, dass mein Leben sich in einem Radius von 30 Kilometern abspielte. Dass ich nicht mehr Reisefotografin war. Dass mein Freund allein nach Bali geflogen war und sich eine andere Reisefotografin als Begleiterin fürs Leben zugelegt hatte.

Heiß stieg die Wut in mir auf. Eine heiße wütend-orangefarbende Kugel, die in meinem Bauch anschwoll und nach oben drängte, um dann in alle Richtungen explodieren zu wollen. Ein Flammenmeer, das alles zerriss. Ich glaubte zu zerbersten von diesem inneren Druck, der meinen Körper bis zum Unerträglichen spannte und glühend heiß ausfüllte. Ich hatte das Gefühl in Flammen zu stehen. Mitten in meiner Wohnung. Der innere Raum der Angst, der so kalt und abgründig und tief war, wurde urplötzlich von der glühenden Lava der Wut geflutet.

Es war eine ohnmächtige Wut, die nur noch zerstören wollte. Ich schlug weiter gegen den Türrahmen. Merkte nicht, dass meine Fingerknöchel aufplatzten und anfingen zu bluten. Dass meine Handgelenke von der Wucht des Aufpralls schmerzten. Ich hasste die Angst. Die mir alles genommen hatte. Nichts zurückgelassen hatte außer dem schwankenden Boden unter mir. Ich hasste sie alle. Ich hasste Hendrik dafür, dass er gegangen war, dass er es nicht mehr ausgehalten hatte. Ich hasste diese Tussi an seiner Seite, die mich ersetzt hatte. Ich hasste Herrn Eister und meinen Verlag. Ich hasste meinen Job als Fotografin bei der Lokalzeitung. Ich hasste Sophie, weil sie mich nicht verstanden hatte und gegangen war. Ich hasste meine Familie, die nie Worte gefunden hatte, für das Unglaubliche, was geschehen war. Ich hasste das Schweigen. Ich hasste die Gesellschaft, die unfähig war, mit psychischen Erkrankungen angemessen umzugehen, in der man seine Angsterkrankung verheimlichen musste. Ich hasste alles. Alle. Erst als mich ein Schmerz an meiner linken Faust heiß durchzuckte, dass mir übel wurde, hörte ich auf, gegen den Türrahmen zu schlagen. Ich ließ mich mit dem Rücken an dem Türrahmen hinuntergleiten, spürte auf einmal den brennenden Schmerz der aufgeschlagenen Knöchel und vergrub mein Gesicht in meinen Armen und weinte. Weinte hemmungslos, alles brach aus mir heraus. Meine Verzweiflung, meine Resignation, meine Erschöpfung. Das Gefühl nicht mehr zu können, die wütende Hoffnung. Die Enttäuschung, dass mein Leben so ganz anders war, als ich es mir vorgestellt hatte.
Ich weiß nicht, wie lange ich so dort saß und weinte. Es war schon dunkel, als ich aufstand und ins Bad ging, um mir die Hände unter fließendem Wasser zu kühlen. Ich blickte in den Spiegel, blickte in mein verweintes Gesicht, in meine Augen,

die unter den Tränen trotz allem irgendwie leuchteten. Ich fand mich alt, uralt. Nicht vom Aussehen, nein. Mein Ich fühlte sich an, als sei ich im letzten Jahr um ein Vielfaches an Jahren gealtert. Ich war so erschöpft, so müde vom Kämpfen. Und die Angst hatte ihre deutlichen Spuren in mein Gesicht gezeichnet. Spuren, die von einem Kampf erzählten, den man nicht gewinnen konnte.
Langsam öffnete ich den kleinen Holzschrank neben dem Waschbecken und nahm eine Tube Heilsalbe heraus, die ich mir vorsichtig auf die wunden Knöchel strich.
Ich merkte, dass ich zitterte. Ich wusste nicht, ob vor Angst, vor Wut oder vor Erschöpfung. Ich hatte das Gefühl, keine Chance zu haben. Gegen eine Krankheit, von der ich vor einem Jahr noch nicht einmal gewusst hatte, dass es sie gab.

Es ist das scharfe Schwert der Wut, das du als erstes berührst. Das sich den Weg wild, ungestüm, flammenheiß bahnt. Dann erst siehst du die Flammenhand dahinter, die es hält, siehst das Flammenmeer, aus dem es kommt, das keine Hindernisse duldet. Die Wut ist laut und nicht zu übersehen. Sie stampft, sie trampelt, sie reißt Türen auf und schlägt Türen zu. Sie ist der Sturm aus Feuer, der alles mit sich reißt. Sie ist die heiße Kugel im Bauch, die immer größer wird und die immer schneller aufsteigt, nach oben drängt. Sie ist das Zittern und das Gefühl zu zerspringen. Der Geschmack von Chili und Cayennepfeffer. Sie macht alles heiß. Sie ist heiß, brennend, alles verzehrend.
Wenn sie nicht schon kalt geworden ist. Wenn die Klinge ihres Schwertes kalt geworden ist, weil das Schwert in der Ecke steht, sich nicht mehr erhebt, wenn die Wut nur noch eine drohende Kälte ist, in der Ecke. Dann wird ihr Flammenmeer zu einer

eisigen Wüste. Das ist dort, wo sie den Hass berührt hat. Die eiskalte Wut schweigt, sie schreit nicht. Ihre Augen sind ausdruckslos, sie ist nicht mehr rot und orange, sie ist schwarz. Weil sie längst den Raum des Hoffens verlassen hat, weil sie nicht mehr kämpft, weil sie resigniert hat und ihre Kraft unter Schichten von Vergeblichkeit verborgen hat. Sie ist nicht harmloser als ihre heiße Schwester, sie ist gefährlich. Weil sie vergessen hat, woher sie kommt. Weil sie ihr Feuer erstickt hat mit der Dunkelheit des Hasses.

„Das ist ja toll, dass wir uns endlich mal kennenlernen", Nick nahm mich begeistert in den Arm und küsste mich links und rechts auf die Wange. Unwillkürlich musste ich lächeln. Er passt gut zu Sören, dachte ich und ließ mich von ihm ins Wohnzimmer führen.

Es roch nach indischen Gewürzen. Nach Kardamom, Koriander, Kreuzkümmel.

Nick und Sören hatten den Esstisch mit mehrarmigen goldenen Kerzenhaltern dekoriert, die sich zusammen mit den violetten Servietten von dem ansonsten weiß gedeckten Tisch edel abhoben. Neben dem Esstisch stand auf der kleinen Anrichte ein Strauß mit weißen Lilien. Fünf weiße Lilien. Ich lächelte, vergrub meine Nase in einer Blüte und sog den schweren Duft tief ein.

„Anna, chérie, wie schön, lass dich umarmen", Sören kam aus der Küche und umschlang mich von hinten mit beiden Armen. Ich drehte mich um, sah in seine grünen Augen und lachte.

„Es gibt etwas ganz Besonderes heute. Nick und ich haben uns mächtig ins Zeug gelegt für dich. Original indisches Daal mit Basmatireis und Papadam und Mangodessert."

„Klingt prima", erwiderte ich, „und der Tisch sieht auch toll aus."
Wir setzten uns hin und stießen mit Prosecco an.
„Schön, dass du da bist, Anna", sagte Sören, „ hat ja doch etwas länger gedauert, bis wir es mit dem Essen hier hinbekommen haben, aber nun ist es soweit."
Nick war etwas kleiner als Sören, er hatte kurz geschnittene schwarze Haare, ein fast rundes Gesicht, und Augen, die ähnlich wie bei Sören ständig etwas Schalk zu versprühen schienen.
Ich genoss es mit den beiden zu essen, einmal nicht allein beim Essen zu sein.
„Oh, ich habe die andere Soße in der Küche stehen gelassen", rief Sören.
„Moment, ich hole sie", sagte ich, wischte mir mit der Serviette den Mund ab und stand auf. Meine Beine zitterten. Das war öfter so im Moment. Die Erschöpfung ließ einfach nicht nach.
„Anna? Alles in Ordnung?" Nick sah mich besorgt an.
„Ja, klar."
Ich zwang mich auf unsicheren Beinen in die Küche zu gehen. Die gelbe Soße stand auf dem Küchentisch und dampfte noch. Eine Auszeit. Ich war am Ende meiner Kräfte. Eigentlich wollte ich die Soße nehmen und einfach zurückgehen und weiter essen. Und so tun, als wäre nichts. Aber es ging nicht. Mir wurde schwindelig, heiß und kalt zugleich. Ich setzte mich auf den Hocker in der Ecke und versuchte ruhig zu atmen.
„Anna?" Sören kam in die Küche. „Anna, komm her", er legte einen Arm um meine Schultern und zog meinen Kopf an seinen Bauch. Ich weinte. Schniefend sagte ich: "Das Essen wird kalt."

„Dann machen wir es wieder warm."
Trotz allem musste ich grinsen, das war Sörens Pragmatismus, den ich so liebte,
Ich stand auf. „Komm, lassen wir Nick nicht so lang allein."
„Ist echt toll, Anna, wie du immer an die anderen denkst", Sören zwinkerte mir zu.
„Meine Beine zittern so."
„Komm, hak' dich ein."
Wir gingen zusammen zurück ins Wohnzimmer. Ich setzte mich hin und aß weiter. Es schmeckte wirklich gut.
„Oh, jetzt steht die Soße immer noch in der Küche..."
„Ich hole sie", Nick stand auf.
Als wir beim Mangodessert angelangt waren, fragte Sören: „Wie war es bei Christian Avenstedt neulich? Du warst doch da?"
Ich nickte. „Er sagt, ich brauche eine Auszeit. Dass ich am Rande des Burnouts stehe. Burnout aufgrund der Angsterkrankung."
„Und?"
„Geht ja nicht. Ich war doch erst im Frühjahr zur Kur. Jetzt hab ich den Job bei der Zeitung. Ich kann unmöglich schon wieder verschwinden, zumal ich auch zwischendurch mich immer wieder ein paar Tage lang krankschreiben lassen musste."
Sören sah Nick an, dann mich.
„Anna, chérie, wie lange willst du warten? Bis du ganz zusammenbrichst?"
Ich nahm mir ein Papadam und zerbröselte es auf meinem Teller. Nahm einen Brösel und tunkte ihn in die kühle grüne Minzsoße. Zuckte mit den Achseln. „Keine Ahnung."

„Es geht doch gar nicht um einen erneuten Klinikaufenthalt, oder? Sondern um eine Auszeit. Vielleicht nur mal eine Woche raus, Urlaub nehmen“, sagte Sören.
Wütend tauchte ich einen weiteren Papadam-Brösel in die rote Chilisoße. „Urlaub, ha, was für eine Idee...“ Ich sah in Nicks Richtung, ich musste ihn wohl aufklären, dachte ich. „Ähm, ich habe eine Angststörung. Reisen geht nicht. Ich war mal Reisefotografin.“
Nick sah mich an: „Ja, Sören hat mir davon erzählt. Es ist fürchterlich.“
Erst jetzt bemerkte den rheinländischen Akzent, mit dem er sprach.
„Klar, ich brauche Urlaub, aber ich kann nur maximal dreißig Kilometer weit fort, wenn überhaupt. Und eine Woche wird wohl kaum reichen. Und allein fahren kann ich auch nicht gut. Zugfahren geht gar nicht, Autofahren nur, wenn jemand mitfährt.“
Ich hatte schon wieder das Gefühl, gegen Wände schlagen zu müssen. Der innere Druck wuchs wieder enorm an.
„Das Kloster Helenensee“, sagte Nick plötzlich.
Ich sah ihn fragend an.
„Es ist ungefähr zwanzig Kilometer von hier weg, also in deinem Radius. Ich war schon mal dort. Es war toll. Eine Woche dort sein ist wie sonst drei Wochen Urlaub. Ein Ort, an dem die Zeit anders tickt. Wie auf einer Insel.“
Insel, mit Inseln hatte ich schlechte Erfahrung. Auf einer Insel fing alles an.
„Wir könnten dich hinfahren, Anna“, Sören sah mich an, „und abholen. Es wäre ein Versuch.“
„Ja, und du kannst im Kloster in der Gästeküche mitessen und mit den Schwestern sprechen zwischendurch, wenn du es

möchtest. Es ist ein guter Ort, um seine Seele Atem schöpfen zu lassen“, meinte Nick.
Ich sah beide zweifelnd an. „Ich überlege es mir.“
„Nicht zu lange, Anna.“ Sören grinste. „Und jetzt spielen wir Carcasonne, Nicks Lieblingsspiel.“

Irgend etwas gefiel mir an der Idee mit dem Kloster. Auch wenn ich es für so unrealistisch hielt dahin zu fahren, wie auf den Mond zu fliegen.
Ich rief bei der Lokalzeitung an. Ob ich eine Woche bis zehn Tage frei bekommen könnte für einen Urlaub. Es war kein Problem. Der Redaktionschef war sehr entgegenkommend. „Frau Svendheim, na klar, Sie machen so schöne Fotos für uns und die Leute vor Ort sind immer so begeistert von Ihnen. Kein Problem. Für eine Woche können wir Sie entbehren, wenn Sie versprechen, danach wiederzukommen.“
Die erste Hürde war genommen.
Ich spürte einen winzigen Funken Vorfreude in mir. Vorfreude auf das Kloster. Auf Woanders-sein. Auf Ausbrechen aus dem Gefängnis der Angst. Auf Innehalten und Kraft finden.
Aber ich hatte Angst vor Enttäuschung. Zu packen, loszufahren und nicht anzukommen. Ich hatte Angst davor, mich zu freuen und dann zu scheitern. Davor, aufgeben zu müssen. Zu oft hatte ich es in der letzten Zeit erlebt. Losfahren, nicht ankommen. Taschen packen und wenige Stunden wieder auspacken. Die Angst war nicht berechenbar. Was gestern ging, ging heute nicht.

Es ist der dunkle schwere Stoff, der sich über die Dinge legt und sie verschwinden lässt, als hätte es sie nie gegeben. Er wiegt schwer in der Hand und lässt sich nicht einfach wegziehen.

Das Sterben der Vorfreude, das ist Enttäuschung. Eine schwere Wolke, die sich nach und nach mit dem Violett der Trauer mischt. Ein herb-modriger Geruch, durch den plötzlich eine irritierende Schärfe zieht. Das Geräusch einer zufallenden Tür. Ein erwarteter Augenblick, den es nie geben wird.

Es war schwer, mir diese Chance zu geben. Wegzufahren. Trotz der riesigen Angst vor der Angst. Trotz aller sich im Kopf abspielenden Szenarien, die davon erzählten, wie es sein würde, vielleicht anzukommen, aber dann im Kloster von der Angst weggespült zu werden.
Ich merkte, dass ich Zeit brauchte. Zeit, um mir diese Chance zu geben, sie zuzulassen. Ich konnte nicht übermorgen ins Kloster fahren. Ich musste erst etwas Stabilität gewinnen. Körperlich und seelisch. Statt im November würde ich im Januar dorthin fahren, zum Jahresbeginn. Dann vielleicht gleich zwei Wochen. Bis dahin würde ich arbeiten, versuchen Hoffnung zu schöpfen und etwas Normalität zu leben. Erst jetzt merkte ich, wieviel in den letzten Monaten geschehen war. Kaum etwas davon hatte ich bereits wirklich verdaut.
Und ich würde weiter fotografieren. Phasen einer Angst. Die jetzt immer mehr zu Wut wurde.

Ich fotografierte die Wut.
Die heiße, rote Wut, die in ihrem Flammenmeer tanzte und raste und wütete. Und die schwarze Wut mit ihren Eisaugen, die alles gefrieren ließ, was sie berührte.
Ich fotografierte rote Boxsäcke und fliegende Fäuste. Flammendrote Tücher geschlungen um ekstatische Körper. Ich fotografierte Feuer, das wild emporlodert. Den Druck, der nach außen drängt. Risse, Spalten, Fugen. Zerbrochene Gegen-

stände. Zersplitterte Fenster. Hände, die gegen Türen drängen, sie aufschieben wollen. Bewegung. Hitze. Dampf. Und ich fotografierte das Eis der gefrorenen Wut. Die Asche der erloschenen Wut, die nicht so verloren ist wie die Asche der Trauer. Das, was die heiße Wut übrig gelassen hatte. Augen, die ins Leere schauen und die zum Töten bereit sind. Ich fotografierte Hass. All das scheinbar Belanglose, Herumliegende, was jedoch so geladen war, dass es bereit war, jederzeit zu explodieren.

Ich legte das Heiße und das Kalte aufeinander. Ließ die schwarzen Scherben die Hitze des Feuers berühren. Verschmolz Brand und Asche zu einem. Ich fotografierte wie im Rausch. Sehr viele Fotos. Ich begegnete meiner Wut und meinem Hass und hatte nicht gewusst, dass sie so groß waren.

Hass lässt die Augen klein werden. Anna hastete durch die die blaue Pforte, deren Blau kaum noch zu erkennen war. Sie lief über die dunkle Erde zu der Bank, auf der die alte Frau mit dem Granatring an der linken Hand saß.

„Du lässt dich also doch kleinkriegen von der Angst“, stellte Laureen grinsend fest.

„Ich bin so wütend, ich habe das Gefühl, etwas zerstören zu müssen“, sagte Anna und rieb nervös die Hände aneinander.

„Das ist nicht das Schlechteste, meine Liebe. Besser Wut und Hass als Angst, oder? In der Wut und in der Zerstörung kannst du dich machtvoll fühlen. Zerstöre deine Angst.“

Anna merkte, wie sie noch unruhiger wurde. Hatte sie sich wieder in der Pforte geirrt? Verwirrt blickte sie die alte Frau neben sich auf der Bank an, die wie Asgard aussah, auf der-

selben Bank saß und doch so eine ganz andere Stimme hatte.
„Wie lange willst du denn noch warten? Bis die Angst dich ganz vernichtet hat? Vorher musst du sie vernichten."
„Ich will nichts vernichten, verdammt", Anna sprang auf, „ich will nur wieder ein normales Leben führen."
Die alte Frau grinste. „Ja, dann musst du sie wohl vernichten."
„Als ich das letzte Mal auf dich gehört habe, bin ich fast gestorben. Du willst zerstören. Alles."
Laureen grinste wieder. „Du bist aber schlau. Und sehr wütend. Dann weißt du wohl auch, was du tun musst."
Anna sah in Laureens Augen, denen der Glanz von Asgards Augen fehlte, obwohl sie dieselbe Farbe hatten. Sie drehte sich um und ging davon. Verließ diesen Weg und ging zur blauen Pforte zurück.
Laureen sah ihr hinterher. Es gab nur wenige, die diesen Kampf gewonnen hatten.

Ich fotografierte für die Lokalzeitung die Eröffnung der neuen Schnellstraße. Eine sogenannte Umgehung. Damit wollte man Staus umgehen. Schneller vorankommen. Das mit dem schneller Vorankommen war so eine Sache.
Die ganze Prominenz der Stadt war da, um die Straße offiziell einzuweihen. Ich fotografierte sie alle. Beim Händeschütteln, beim Durchschneiden des rot-weißen Absperrungsbandes. Nahaufnahme von Hand hält Schere, zerschneidet Band. Die Hände des Bürgermeisters. Das Band flattert im Wind. Es geht los. Der Bürgermeister und der leitende Bauingenieur im Auto. Das erste Auto, das die Straße befährt. Heruntergefahrene Scheiben. Winkende Hände.

Wenn es so einfach wäre. Einfach ein Band durchschneiden. Und weiterfahren. So wünschte ich es mir auch. So einfach. Mit der Angst.

Der Herbst war meine Lieblingsjahreszeit, wenn alles sich bunt färbte. Wenn die Bäume in Flammen zu stehen schienen, bevor ihre Blätter abfielen und der Klarheit der Strukturen des Winters Platz machten. Wenn das Vergehen sich selbst feierte. Wenn das Sterben bunt und prachtvoll geschah, in der Vorahnung der nächsten Geburt. Auch wenn die Farben der Bäume teilweise fast so rot und orange waren wie meine Wut, so war es doch hier nicht der Zorn, sondern die Freude, der man begegnete. Ich nahm die Fotokamera, die ich auf dem Dachboden gefunden hatte, die von Onkel Toni, und fotografierte den Herbst. In den letzten Oktobertagen.

Berührte mit der Kamera meine Anfänge auf dem Weg der Fotografie. Erinnerte mich an Onkel Toni, wie er mir beigebracht hatte: Fotografieren ist Licht und Zeit. Nicht mehr und nicht weniger. Es kommt nicht auf die Technik an, hatte er gesagt. Es kommt auf deinen Blick an, auf deine Fähigkeit zu sehen. Der Rest ist Licht und Schatten und Zeit. Er hatte mir den goldenen Schnitt erklärt. Wie man Bildausschnitte komponiert. Wie es die Aussagen eines Bildes veränderte, ob man ein Objekt in der Mitte oder am Rand ablichtete. Unwillkürlich musste ich weinen, während ich draußen war und den Herbst fotografierte.

Nach zwei Stunden war mir kalt geworden. Ich fuhr zurück nach Hause, kochte mir einen Kräutertee und setzte mich mit einer Decke auf das Sofa. Nahm das Fotoalbum, das ich auf dem Dachboden gefunden hatte und blätterte darin.

Meine Mutter. Die immer wieder verschwand. Und zurückkam. Bis sie ganz verschwand. Für immer. Wenn man reist, ist es auch wie Verschwinden. Ich musste immer wieder verschwinden. Das Bleiben war so schwierig. Weil man dann immer von der Gefahr des Verschwindens bedroht war. Selber verschwinden ist einfacher, als beim Verschwinden der anderen zuzusehen. Ich blickte auf die rote Kerze, die auf der Fensterbank brannte und deren Licht sich im Fensterglas spiegelt.
Unmerklich glitt ich zurück, nach damals. Nach ihrem Verschwinden hatte ich mich schuldig gefühlte. Ich hatte es nicht geschafft, dass sie bleibt.
Diffuser Nebel, mit schwarzem Punkt darin, mehr als ein Punkt, ein Stein, ein Koloss, nicht greifbar, schwarz, worum geht es, was fehlt, missing link, zusammenfügen, Geschichten zusammenfügen, ein einsamer Schritt, Mosaiksteinchen, Goldwäscher in der Mine der eigenen Geschichte, traumverloren, Ausgrabungen in der Zeit, im Gedächtnis, der schwarze Punkt, Schuld. Was ist Schuld? Wenn ich mit ihr rede, ist sie da, die Schuld, wie sollte man mit ihr leben, ohne schuldig zu werden, das ging nicht, das ging ganz und gar nicht.
Ein Bild stieg aus dem Nebel auf.
Ich als kleines Mädchen. Vielleicht fünf Jahre alt. Ich spielte am Strand, baute Sandburgen, vergaß die Welt, dort, wo Himmel und Meer sich vermischen. Vergaß die Zeit. Plötzlich stand mein Vater neben mir. „Anna, Mama ist weg."
Ich verstand ihn nicht. Ich spielte weiter.
Erst am Abend, als wir in unserer Ferienwohnung saßen, wir waren auf einer Insel im Urlaub, als mein Vater, mein Bruder und ich am Tisch saßen und Abendbrot aßen, merkte ich, Mama war weg. Sie hatte die Insel mit dem letzten Schiff verlassen. Sie war weg. Es war das erste Mal gewesen, dass sie ver-

schwand. Unangekündigt. Mein Vater stand den ganzen Abend an der Terrassentür unserer Ferienwohnung und starrte in die Dunkelheit, als wartete er darauf, dass sie irgendwo aus dem Nebel erschien und zurückkam.
Roland, der vier Jahre älter war als ich, tat so, als sei nichts geschehen. Ich sah die beiden an, sah in ihre Augen, die so unterschiedlich waren an diesem Abend. Die Augen meines Vaters waren leer, verloren, traurig. Die Augen meines Bruders blickten gleichgültig, kühl, nichtssagend. Meinen Bruder schien es gar nicht zu berühren. So als hätte er schon immer gewusst, dass sie gehen würde. Mein Vater war noch da, aber er war auch verschwunden. Mit jedem Verschwinden von ihr verschwand er auch ein wenig mehr. Mein Bruder schien von all dem nichts mitzubekommen.
Ich zählte nachts die Teppichfliesen in meinem Zimmer. Zählte 32 Teppichfliesen. Quersumme Fünf. Ich stellte mir meine Mutter vor. Wie ich sie gesehen hatte. Bevor sie verschwunden war. In der Küche. Sie hatte leere Augen gehabt. Verzweifelt leere Augen. Niemand hatte gedacht, dass sie einfach verschwinden würde.
Als wir nach Hause kamen, zurückkehrten von der Insel, war sie da. Sie öffnete uns die Tür und nahm uns in den Arm, als sei nichts gewesen. Als sei es so abgemacht gewesen, dass sie vor uns abreiste, weil sie noch etwas Wichtiges zu erledigen hatte. Wir sprachen nicht darüber. Sie verschwand eben ab und zu. Manchmal für einen Tag. Manchmal für drei Tage. Das Längste war eine Woche. Sie kam immer zurück. Es wurde Teil unserer Familie. Das Verschwinden unserer Mutter. Sie kam ja wieder. Es gehörte nicht dazu, dass sie eines Tages für immer fortblieb.
Ich hatte versucht, mit meinem Lächeln die Verzweiflung aus

ihren Augen fortzuwischen. Mit meinen Fotos. Sie war trotzdem gegangen.

Schuld ist nicht zu fassen. Wenn man nach ihr greift, entgleitet sie sofort, scheint wie in Luft aufgelöst. Aber die Schuld bleibt. Sie ist das dumpfe Brummen, das dauernde Vibrieren, das alles durchdringt. Das man versucht auszublenden und das doch den ganzen Körper in eine immerwährende Anspannung versetzt.
Die Schuld ist der rotbraune Klumpen, der seit Jahren in der Ecke des Raumes liegt, ohne Umrisse, zerfließend, unfassbar. Manchmal ist sie der vermeintlich warme, alte Wintermantel, der vor Kälte schützen könnte und doch dem Körper sofort jede Wärme entzieht, kaum dass man ihn angezogen hat.
Manchmal ist sie der schwere Stein, der mitten auf dem Bauch liegend, alles schwer macht. Plötzlich da, keiner weiß woher, wer ihn dorthin gelegt hat, ist er erdrückend.
Nimmt die Luft zum Atmen, den Appetit zu essen. Fordert auf zu strafen, sich selbst zu bestrafen.
Sie ist der dunkle Nebel, der das Licht verhüllt, der Perspektiven nimmt. Sie wird groß, größer, riesig, wenn sie da ist. Sie nimmt dich in ihre eiskalten Hände und singt dabei ihre dunklen Lieder. Die Lieder von Versagen, von Scham und Scheitern. Sie senkt sich auf dich wie eine Decke aus Blei.
Sie ist der Schwelbrand, der unbemerkt entstanden alles mit seinem tödlichen Atem vergiftet. Wenn die Schuld fort scheint, hinterlässt sie kalten Wind, kalte Abdrücke von Händen auf der Brust und Brandnarben auf dem Bauch. Und sie hinterlässt Angst. Angst vor einem auf der Lauer liegenden Gespenst, das aus der Tiefe zerstört, immer anwesend und doch nie da.

Anna ging langsam, als sie durch die blaue Pforte ging. Ja, es waren zwei Pforten und zwei Wege, sie hatte sich nicht getäuscht.
Sie ging durch die Pforte, die blauer war, die heller aussah und die beim Öffnen etwas knarrte.
Dahinter begann ein einsamer Weg, zwischen zwei Feldern zog er sich dahin, ohne dass ein Ende abzusehen war. Anna sah die Gestalt der alten Frau mit dem langen, grauen Zopf auf der Bank sitzen.
Anna ging langsamer als sonst, das fiel Asgard auf. Sie wirkte unschlüssig, wie sie ging, so als würde sie hin- und hergerissen werden, von links nach rechts, von rechts nach links.
Anna setzte sich neben Asgard. Der Nebel stand über den Feldern, es war früh am Morgen, die Sonnenstrahlen brachen sich in dem milchigen Weiß.
„Du hast sie erkannt", sagte Asgard, „du bist ihr nicht einfach gefolgt."
Anna vergrub ihre Hände in den Hosentaschen und nickte nur.
„Das ist gut. Es ist leicht, auf den anderen Pfad zu geraten. Man ist schneller darauf, als man es merken kann. Aber es ist gut ihn wieder zu verlassen."
„Manchmal habe ich das Gefühl, dass ich innerlich verbrenne", Anna rieb sich mit der Faust über das rechte Knie. „Es ist so heiß inmitten der Wut."
„Die Angst hat viele Gesichter", Asgard blickte ruhig in die Ferne, als würde dort etwas sein, was nur sie sehen konnte.
„Ich habe Angst zu zerstören", Anna sah Asgard an.
„Ich weiß", Asgard sah in Annas unruhige Augen.
Sie schwiegen, sahen den Pferden zu, die am Zaun hin- und hertrabten.

„Es ist deine Entscheidung, Anna, welchem Pfad du folgst. Immer. Du hast die Wahl."

„Ich bin so wütend auf die Angst. Sie hat fast alles zerstört in meinem Leben."

Asgard sah Anna schweigend an. Nach einer Weile sagte sie: „Die Dinge sind nicht immer so, wie sie scheinen. Was uns umzubringen scheint, hat uns vielleicht in Wirklichkeit gerettet. Was uns alles zu nehmen scheint, hat uns vielleicht alles gegeben."

Sie zeichnete mit ihrer linken Schuhspitze ein Zeichen in den Sand, das Anna nicht kannte. Es sah aus, wie ein großer Vogel, der über einen Berg flog.

Langsam stand Asgard auf: „Denk an den Ort, wo du warst, an dem du der Fülle des Bunten und der Stille begegnet bist. Nimm deine Wut mit dorthin."

Sie ging davon. Anna saß auf der Bank und sah ihr verwirrt nach.

Kapitel 13

Auf der Schwelle des Haupteinganges des Klosters Helenensee stand mein dunkelbrauner alter Reisekoffer, daneben der rote Rucksack. Nick ließ die Kofferraumklappe zufallen und pfiff vor sich hin. War ich total verrückt? Hierher zu fahren, das war gegangen. Einfach war es nicht gewesen, die Angst war immer wieder vom Bauch zur Kehle hochgestiegen, aber ich hatte zumindest während der Autofahrt keine Panikattacken gehabt, und nun war ich hier. Sören war dabei, etwas im Auto zu suchen. Ich blickte auf mein Gepäck auf der Schwelle, blickte auf die alte Klostermauer, die das gesamte Gebäude umgab, sah die Klosterkirche und dann meine Füße an. Ich wusste nicht, wie lange ich bleiben würde. Ich hatte es nicht festgelegt. Etwas in mir wollte am liebsten gleich wieder wegfahren.
„Da ist er ja“, Sören hielt lächelnd ein etwas lädiertes Kuscheltier hoch, ein kleines Känguruh, so groß, das es bequem auf der Handfläche sitzen konnte.
„Brandström“, stellte Sören das Känguruh vor, „frag nicht warum. Für ein Tier aus Australien ein seltsamer Name, ich weiß.“
Er drückte mir Brandström in die Hand und sagte: „Brandström passt auf dich auf. Und wenn du genug hast von Alleinsein und der Stille, dann red mit Brandström. Und wenn das nicht hilft, dann rufst du uns an. Alles klar?“
Es würgte mich in meinem Hals. Ich musste komplett durchgeknallt sein. Mit einer Angststörung allein im Kloster zu sitzen, das war bescheuert. Die Stimmen in mir wurden immer lauter: Anna, fahr nach Hause. Es hat keinen Sinn. Die Angst wird dich überwältigen, hier in der Stille, allein, du wirst keine Chance haben.

Nick nahm mich in den Arm und drückte mich.
Ich ließ alles geschehen. Es schien ein Film zu sein. Ich stand neben mir. Begriff nichts. Fühlte Angst und fühlte nichts.
Sören küsste mich auf beide Wangen.
„Anna, chérie, hab eine gute Zeit. Und denk dran, alles wird gut."
Er zwinkerte mich an, ich fühlte mich wie eine ausgehöhlte Frucht. Sah den beiden beim Einsteigen zu und sah sie fortfahren, bis sie hinter der Kurve verschwunden waren.
Kloster Helenensee. Auszeit. Urlaub. Mal weg sein. Langsam ging ich zu meinem Gepäck, setzte den Rucksack auf und nahm den Koffer in die Hand.
Zimmer 14. Quersumme Fünf. Fünf, wie die Angst.
Es war das erste Mal, dass ich allein weg war, seit dem Aufenthalt auf der Insel vor anderthalb Jahren, abgesehen von der Klinikzeit im Frühling. Das hier war nicht Klinik, das war Kloster. Allein mit mir, allein mit der Stille. Keine Therapiegruppen, keine Notfallknöpfe, das hier war Alleinsein.
Die Nonne an der Rezeption reichte mir den Schlüssel herüber.
„Gehen Sie vorne am Kreuzgang rechts, dann links, auf der rechten Seite ist der Aufgang zu Ihrem Zimmer, es ist der Aufgang elf. Dafür ist dieser Schlüssel."
Sie hielt mir einen Schlüssel mit einem gelben Punkt hin.
„Dann gehen Sie durch die Tür den Gang hinauf, eine Etage, die erste Tür links dann, dafür ist dieser Schlüssel, das ist die Tür zu Ihrem Zimmer, es gibt aber noch eine Zwischentür, die ist aber meistens offen...."
Ihre Worte verschwammen in meinen Ohren. Ich sah viele Schlüssel, wachsende Schlüssel, die sich vervielfachten, dazwischen die Zahl elf, eine Schnapszahl, die mochte ich, aber die

beiden Einsen waren schwarz und riesig, wie drohende Äxte, ich sah Türen, unendlich viele Türen, Gänge, die kein Ende fanden, und die Zahl vierzehn darin, feuerrot, lachend, sie brannte, mir war so heiß...

„Ist Ihnen nicht gut – Frau Svendheim?"

Ich zuckte zusammen. „Alles gut, doch, doch."

Ich nahm die Schlüssel. Meine Beine fühlten sich wie Gummi an, als ich mich umdrehte und losging.

„Wenn Sie noch Fragen haben sollten, melden Sie sich einfach. Ich bin noch bis 14 Uhr hier. Im Moment sind gerade viele Nonnen weg, das heißt, Sie haben das Kloster fast ganz für sich allein. Andere Gäste sind gerade auch nicht da."

Sie lächelte, als hätte sie ein Versprechen gemacht.

Ich ging mühsam voran, dachte an Dr. Avenstedt. Sie brauchen eine Auszeit, Entspannung, Erholung. Ob sich so Entspannung anfühlte, da war ich mir nicht sicher.

Es war jahrelang derselbe Traum. Ich hatte ihn immer wieder geträumt. Seit einem Jahr träumte ich ihn fast jede Woche. Ich lief durch zu große Häuser mit zu vielen Gängen und zu vielen Türen. Ich konnte Türen nicht öffnen, die ich öffnen wollte, weil die Schlüssel weg waren. Ich suchte Türen und fand sie nicht. Ich öffnete Türen und geriet in seltsame Räume, in die ich nicht wollte. Ich hatte immer Angst, die Orientierung zu verlieren, mich zu verirren. Die Häuser hatten zu viele Eingänge und zu viele Ausgänge. Ich suchte und hatte Angst. Fragte nach Schlüsseln. Die Wege veränderten sich, kaum war ich sie gegangen. Treppen ohne Geländer. Immer wieder stürzte ich an Treppen in die Tiefe. Ich lief, ich rannte, ich ging, ich fuhr auf Rollbahnen und Rolltreppen. Ich fand Wegweiser, die ich nicht lesen konnte. Ich suchte nach Menschen, die ich kannte. Ich versuchte mich zu orientieren. Fand Räume voller

Wasser. Angst. Geriet in Tiefen, die ich nicht gesucht hatte. Und irgendwann, am Ende dieser Träume, wollte ich nur eines. Hinaus. In die Freiheit.
Die Angst sich zu verlieren war wie, wenn der Horizont zu schwanken begann. Wie damals auf der Insel.
Meine Beine gingen den Weg entlang. Ich glaubte, dass ich an dem Ort angekommen war und ich glaubte, in einem Traum zu sein. Ich wusste noch nicht, ob es ein guter oder schlechter war. Irgendwie begannen sich Wirklichkeit und Traum zu vermischen.
Mir wurde schwindelig. Ich stellte den Koffer ab und sah die schwarze 11, die über die beiden großen Türen gemalt war, der Aufgang zu meinem Zimmer.
Es war dunkel hier, und feucht. Ich steckte den Schlüssel mit dem gelben Punkt ins Schloss und drehte ihn. Einmal, zweimal, drückte die Klinke und schob die schmale, hohe Tür auf, zwängte mich mit dem Koffer hindurch und stand in einem kleinen Treppenhaus. Links und rechts weitere Türen. Eine Treppe nach unten, eine nach oben. Die Tür ließ ich sorgfältig und aufmerksam ins Schloss fallen. Ich prüfte immer, ob Türen wieder von innen aufgingen. Ich hatte Angst davor, dass Türen sich nicht wieder öffnen ließen. Die Tür blieb zu, als ich auf die Klinke drückte. Mir wurde heiß, mein Herz raste, alles drehte sich. Ein Wort nur noch. Gefangen. Gefangen - in großen und dunklen Lettern. Ich griff erneut nach der Klinke, sah das Schloss davor, mit dem kleinen Griff. Ich zog den Griff nach links, drückte die Klinke, die Tür öffnete sich. Ich ließ sie wieder zufallen. Setzte mich auf meinen Koffer. Ließ die tanzenden Bilder und Buchstaben und den Schwindel sich beruhigen. Wo war ich? Kloster Helenensee. Januar. Es war der fünfte Januar. Fünf. Die Zahl kannte ich doch.

Nach einer Weile stand ich auf und ging die Treppe hinauf, auf der ersten Etage, die linke Tür, der andere Schlüssel. Warum stand dort zwischen der Tür links und der Tür rechts dieser riesige Spiegel? Spiegel waren mir unheimlich. Sie schienen einzuladen, in eine Welt einzutreten, schienen der Übergang in eine andere Wirklichkeit. Die Tür ging auf, eine normale Tür ohne weitere Schlösser. Hinter dieser Tür noch eine Tür, auch in Weiß, die offen sein sollte. Ich drückte die Klinke, sie war offen. Dann stand ich meinem Zimmer. Endlich. Ein Zimmer mit zwei Türen. Ich ließ mich ins das große, alte Bett fallen, die Matratze gab quietschend nach.
Ich hatte heute schon zwei Reisen gemacht. Die eine hierher, bis zum Kloster, die andere vom Eingang in dieses Zimmer.
Stille umfing mich.
Obwohl ich so erschöpft war, dass ich augenblicklich hätte einschlafen können, wurde ich unruhig. Ich blickte auf die altmodische Blümchentapete, auf die ebenfalls geblümte Bettwäsche, auf meinen Koffer. Ich war hier, allein, ich war angekommen. Die Vorfreude hatte sich in Grenzen gehalten, da ich Zweifel hatte. Zweifel an dieser Idee, einige Tage allein im Kloster zu verbringen.
Ich stand auf und öffnete den roten Rucksack, nahm die Thermoskanne heraus, goss mir etwas Tee ein. Trank in langsamen Schlucken. Die Beule in der Kanne, die kam von der Steilküste in Frankreich, wo ich die Kanne hatte fallen lassen. Der Atlantik vor mir. Gischt. Der Geruch von Freiheit. Alles erzählte mir seine Geschichte. Die Thermoskanne, der Rucksack, der Koffer. Sie alle trugen die Geschichten meiner Reisen in sich. Von einer Zeit, die doch so weit weg schien, so unglaublich weit weg und fremd.

Ich dachte wieder an die Tür unten, die beim Aufgang elf. Ob jemand die Tür von außen verschließen konnte, so dass ich sie von innen nicht mehr auf bekam? Und was war mit der Eingangstür? Wurde das Kloster nachts abgeschlossen? War ich nachts eingesperrt hinter diesen Mauern? Konnte ich jederzeit fliehen?
Ich beschloss an der Rezeption zu fragen, stand auf, nahm beide Schlüssel, tastete nach dem Handy in meiner Hosentasche, man wusste ja nie, wann man nicht mehr wegkam, irgendwo. Ich ging den Weg noch einmal, öffnete und schloss all die Türen.

„Ich habe eine Frage."
Die Nonne an der Rezeption lächelte mich an.
„Ja, natürlich. Was möchten Sie wissen?"
„Wird das Kloster nachts abgeschlossen? Kann ich nachts raus?"
Die Nonne überlegte einen Moment. „Das weiß ich gar nicht. Hmm, ja, doch, irgendwann wird abgeschlossen, aber ich weiß nicht wann."
„Ich würde gern nachts spazierengehen können."
„Eine Nachtschwärmerin, ich verstehe. Kleben Sie einfach einen Zettel an die Tür, wenn Sie gehen. Denn von innen kommen Sie immer raus, aber von außen nicht wieder rein."
Ich schaute auf den Gekreuzigten, der hinter der Rezeption an der Wand hing.
„Verstehe, vielen Dank."
Als ich mich zum Gehen wandte, sagte die Nonne: „Im Innenhof können Sie übrigens jederzeit spazierengehen, die Türen dort sind immer offen."

An einer Stelle war das Vertrauen zerbrochen. Schneller, als ich es merken konnte. Mit dem Vertrauen zerbrach eine Selbstverständlichkeit in meinem Leben. Die Selbstverständlichkeit alles tun zu können, was ich wollte.
Das Vertrauen wuchs nur langsam wieder. Erlebt zu haben, die Kontrolle über den Körper zu verlieren, über die Gefühle, verstörte mich nachhaltig. Auch wenn der Alltag nicht mehr von der Angst durchgeschüttelt wurde, so blieb diese flaue Furcht, es könnte doch wieder geschehen. Es könnte wieder passieren, dass der Sturm losbrach und ich nichts dagegen tun könnte. Man musste Halteseile in die Welt werfen, um dieser Furcht zu entkommen. Immer blieb die Angst vor der Angst zurück. Und die Unsicherheit darüber, wer mir am ehesten helfen könnte. War ich es selbst? Oder waren es andere? Konnte man sich auf andere verlassen? Oder machte ihre Hilflosigkeit die eigene erlebte Hilflosigkeit noch viel schlimmer?

Ich beschloss, nicht sofort wieder auf das Zimmer zu gehen, sondern mich im Kloster etwas umzusehen. Nachdem ich zweimal den Kreuzgang durchschritten und die Klosterkirche entdeckt hatte, fand ich den Weg zum Klostergarten.
Obwohl es Winter war und nichts blühte, hatte der Garten eine besondere Schönheit. Es waren sorgsam angelegte Beete mit Heilkräutern, dazwischen verschiedene Obstbäume und Rabatten, in denen im Sommer die Rosen blühen würden. Ich knipste mit den Fingerspitzen etwas Zitronenmelisse ab, deren Blätter der Frost bräunlich verfärbt hatte. Aber der intensive Geruch war noch da. Ich atmete ihn tief ein, hob den Kopf, mein Blick weitete sich. Hinter dem Klostergarten ging es in einen Wald, von Ferne hörte ich Pferde wiehern. Heute Nachmittag würde ich spazierengehen.

Ich schaute auf die Uhr. Es war schon viertel vor zwölf. Um zwölf gab es Mittag im Kloster. Essen wäre gut, nach der vielen Aufregung. Essen erdete mich immer und schenkte mir Boden unter den Füßen, das Gefühl im Körper anzukommen, aus dem die Angst mich immer wieder hinauskatapultierte.

Ich folgte dem Feldweg hinter der Klosterkirche, der hinter einer verwitterten Pforte begann. Eine blaue Pforte, wie ich sie noch nie gesehen hatte. Sie schwankte leicht im Wind. Dahinter begann ein Weg, dessen Ende nicht abzusehen war.
Als ich ein Stück gegangen war, merkte ich, dass ich müde war. Da vorne stand am Wegrand eine alte Holzbank, ohne Lehne, schon fast auseinandergefallen. Wer würde sich hierhin setzen? Ich setzte mich, weil ich mich so müde fühlte, als könnte ich keinen Schritt mehr weitergehen.
Ein stiller Weg, um sich zu erinnern und zurückzukehren. Um noch einmal anzufangen. Stille, nichts sonst.
Mir gegenüber, auf der anderen Seite des Weges, lag auf einer lichten Anhöhe eine kleine Pferdekoppel. Trotz der kalten Witterung waren zwei braune Pferde draußen, die eng zusammen standen, als wollten sie sich gegenseitig wärmen.
Ich fröstelte, vergrub meine Hände in den Jackentaschen. An meiner linken Hand spürte ich einen Zettel. Ich zog ihn heraus. Das war der Zettel von der alten Dame, deren Tasche ich zu Hause beim Spazierengehen gefunden hatte und der ich dann in der Kapelle begegnet war. Oder hatte ich das geträumt? Wie kam der Zettel in meine Jackentasche? Hatte ich ihn nicht zu Hause auf den Schreibtisch gelegt, vor das Bild von meiner Mutter?

Vorsichtig faltete ich den Zettel auseinander. Mit feiner, eleganter, steil aufragender Schrift stand dort in dunkelblauen Buchstaben:

Die Angst ist alles und nichts.
Sie führt dich wie nichts anderes an deine äußersten Grenzen.
Sie macht dich wie nichts anderes schwach
und sie macht dich wie nichts anderes stark.
Sie führt dich ins Dunkel
und sie zeigt dir das Licht.
Sie reißt dich entzwei
und sie macht dich ganzer.
Sie treibt dich in Ohnmacht
und sie zeigt dir, was Macht ist.
Sie stürzt dich in tiefste Verzweiflung
und sie lehrt dich, was Glauben ist.
Sie nimmt dir die Momente
und sie führt dich ins Heute.
Sie zwingt dich in Enge
und sie lehrt dich, was Weite ist.
Sie bedroht dich
und sie beschützt dich.
Sie bringt dir bei,
was Mitgefühl mit dir selbst ist,
was Sanftheit und was Stärke ist,
was Achtsamkeit bedeutet und innere Kraft.
Sie verlangt Entscheidungen,
in der Angst kannst du der mutigste Mensch sein.
Die Angst ist dein größter Feind
und sie ist dein bester Freund.
Sie fordert dich auf deine Grenzen zu überschreiten

und sie fordert dich auf deine Grenzen zu achten.
Sie löst in dir den größten Zweifel aus
und sie zeigt dir, was Hoffen ist.
Sie macht dich ungeduldig
und sie lehrt dich Geduld.
Sie reißt dich aus dem Leben
und sie führt dich ins Leben.
Sie zeigt dir den Ort,
wo es still ist und friedlich und weit.
Von ihr kannst du lernen,
den Weg des Lichtes und der Liebe zu gehen.

Ich weinte.
Erst ein wenig, dann immer mehr.
Ich vergrub mein Gesicht in den Händen. Etwas schien mich zu zerreißen, schien mein Herz entzwei zu reißen. Ein Schmerz, der mehr war als Trauer. Mehr als Verzweiflung. Ich stand auf, überquerte mit langsamen Schritten den Weg und sah zu den beiden Pferden hinüber. Langsam kamen sie näher. Ich sah sie durch den Schleier meiner Tränen. Das eine Pferd steckte seinen Kopf über den Zaun mir entgegen. Ich streichelte seine Nüstern und sah in seine großen dunklen Augen.
Als ich wieder einen Schritt zurücktrat, tanzte eine kleine weiße Feder vorüber, als läge sie auf der Luft. Ich lächelte und weinte zugleich. Als ich mich nach links umdrehte, sah ich in ihre Augen. Die Feder tanzte weiter und landete in ihrer geöffneten linken Hand. In der rechten Hand trug sie die violette Tasche, die aussah wie ein großer Regentropfen.
„Schön, dass du da bist, hier, an einem besonderen Ort."
Ich nickte stumm.

„Du hast meine Worte gelesen, Anna“, sie zeigte auf den Zettel in meinen Händen.
Wieder nickte ich nur, sah auf die weiße Feder in ihrer Hand.
„Die Angst hat viele Gesichter, vergiss das nie.“
Dann streckte sie ihre linke Hand aus und die Feder tanzte auf den Zettel. Sie landete auf dem Wort Sanftheit.
Als ich wieder aufschaute, drehte die alte Dame sich um. Ich hörte sie noch sagen: „Wir sehen uns“, und dann war sie auch schon so plötzlich und geräuschlos verschwunden, wie sie gekommen war.

Abendbrot aß ich allein im kleinen Speisesaal. Es gab Kartoffelsuppe, frisch gebackenes Brot dazu und Kirschauflauf als Nachtisch. Es schmeckte gut. Nur das Alleinsein beim Essen fand ich nicht so angenehm. Schade, dass gerade keine anderen Gäste da waren. Die Nonne, die das Essen brachte, war zwar freundlich auf ihre Weise, aber auch distanziert und unnahbar.
Als ich in mein Zimmer ging, es war gegen halb sieben, schlug mir plötzlich meine Angst entgegen. Angesichts eines wie endlos lang vor mir liegenden Abends und einer dunklen Nacht in der Einsamkeit des alten Klosters. Mir wurde kalt, obwohl ich das Zimmer gut geheizt hatte. Seit ich die Tür- und Schlüsselodyssee am Morgen überstanden hatte, war ich gut klar gekommen. Ja, ich hatte mich wohl hier im Kloster und seiner Umgebung gefühlt und keine Angst gehabt. Jetzt kam sie zurück. Ich begann zu zittern. Draußen war es längst dunkel. Schwarze Flächen vor den Fenstern. Bis jetzt hatten die Mahlzeiten und meine Aktivitäten dem Tag eine Struktur gegeben. Ich war angekommen, hatte mich angemeldet, Mittag gegessen, war spazieren gegangen, hatte Abendbrot gegessen. Der

nächste Anker in der endlos scheinenden Zeit war das Frühstück, in über zwölf Stunden. Ich öffnete mit zitternden Händen meinen Koffer. Links unten hatte ich sie hingetan, die kleine dunkelgrüne Tasche für den Notfall. Ich zog den Reißverschluss auf. Die Tropfen von Dr. Avenstedt. Und ein Zettel, auf dem ich notiert hatte, was helfen könnte, wenn ich allein mit mir in meiner Angst versank und mich an nichts mehr erinnern konnte. Ich blieb sitzen, stellte die kleine Tasche auf das Bett. Griff nach meiner Fototasche, die ich auch in den Koffer gelegt hatte. Öffnete sie und legte die alte Minolta von Onkel Toni neben mich, daneben die Nikon. Ich würde fotografieren, wenn nichts mehr ging. Ich stand auf, lehnte den Kopf gegen den Fensterrahmen, sah hinaus, sah auf den Klostervorplatz und die Straßenlaterne, die unruhig flackerte.
Ich merkte, dass ich einsam war.

Es war dieses dunkelviolette Gefühl, von dem ich nicht wusste, ob es näher an der Verzweiflung oder näher an der Angst wohnte. Die Einsamkeit, die ich nie hatte spüren wollen. Die mich auf einer einsamen Insel unerwartet erwischt hatte.
Ich war nicht auf sie vorbereitet gewesen. Ich hatte nicht gewusst, wie man mit dem Gefühl umgeht, in einer Glasglocke zu sitzen. Damit, dass die Welt von einem fortrutscht und alles nebelig wird.
Manchmal hatte ich die Einsamkeit mit der Angst verwechselt.
Aber die Einsamkeit ist stiller. Sie kommt nicht mit zuckenden Blitzen, ist nicht das aufgeregte Vibrieren der Angst. Die Einsamkeit kommt leise. Sie ist wie ein fremder Mensch, der sich schweigend neben dich setzt, wenn du irgendwo wartest. Die stundenlang neben dir hockt, ohne sich zu bewegen,

ohne etwas zu sagen. Die dich mit ihrer Reglosigkeit ansteckt. Die Einsamkeit erinnert an den Tod. Unvermeidlich. Sie zeigt einem die Vergänglichkeit. Und die eigene Austauschbarkeit.
Es war das erste Mal, seit ich auf der Insel gewesen war, dass ich nicht weglief. Ich spürte die dunkelvioletten Spitzen der Einsamkeit, spürte, wie sie sich neben mich gesetzt hatte und mich zu umhüllen begann. Sie spann mich in ihren dunkelvioletten Kokon, bis es schwarz wurde.
Ich hörte auf zu spüren, ich fühlte mich taub. Und weit weg. Ich ließ es geschehen. Ich rannte nicht weg. Heute nicht. Ich roch den fauligen Geruch von abgestandenem Blumenwasser. Ich roch die Einsamkeit.
Vor der ich jahrlang weggelaufen war. Ich war um die Welt gereist, ich hatte bis zum Umfallen gearbeitet, ich hatte auf Partys getanzt und versucht, sie nicht zu merken. Ich wollte mich lebendig fühlen. Und das war am besten gelungen, wenn ich immer unterwegs war, immer etwas zu tun hatte.
Jetzt war das Leben auf die Bremse getreten. Ich hatte stehen bleiben müssen. Ich war langsam geworden. Zu langsam, um vor der Einsamkeit zu fliehen. Die hinter der Angst wohnte.
Langsam drehte ich mich um, versuchte den dunkelvioletten Kokon vorsichtig abzuschütteln. Ich griff nach der Tasche auf meinem Bett. Nach meinem Notizbuch auf dem Tisch. Nach der Minolta. Halteseile.
Ankommen. Nicht weglaufen. Da bleiben, aber sich nicht verlieren. In der Einsamkeit.
Ich war einsam. Das hatte ich nicht gewusst.

Ich setzte mich an den kleinen Tisch, nahm den Wecker in die Hand. Betrachtete das Ziffernblatt. 19:02 Uhr. Früher

Abend. Schwarze Zahlen auf weißem Grund. Zeit war eine weiße Wüste. In der ich immer wieder verloren ging. Fest umfasste ich die quadratische Form des Weckers mit meiner rechten Hand. Die Suche nach einem Anker. Verschwommene Bilder.
Kennst du das Nichts? Das hatte ich meine Mutter gefragt, als ich fünf Jahre alt war und mit ihr Gänseblümchen pflückte. Sie hatte mich erstaunt angesehen und gesagt, du stellst seltsame Fragen. Ja, mir kamen Fragen, die aus dem Nichts kamen und ins Nichts gingen. Verwirrend losgelöste Fragen. Den Zusammenhang, den hatte ich in einer weißen Wüste gesucht, und nicht verloren, aber auch nicht gefunden.

Die Mauer der Angst hatte lang gehalten. Immer wieder war ich vor ihr auf- und abgelaufen, hatte ihre massiven Steine berührt und gespürt, wie ich abgewiesen wurde. Wenn diese Mauer fallen würde, würde eine alte Zeit zu Staub werden. Und Zeit wurde nicht zu Staub, das hatte meine Mutter auch einmal zu mir gesagt. Vielleicht würde ich in der weißen Wüste etwas wiederfinden, aber ich würde es vermutlich nicht erkennen. Vielleicht nicht. Auch wenn es zu mir gehörte. Es kam wie aus einer anderen Zeit, wurde meines und ich merkte es nicht, weil der Rest fehlte.
Als ich mich in den entleerten Momenten verloren hatte, hatte sie es nicht gemerkt. Sie hatte nicht gemerkt, dass ich nach einem Anker suchte, dass ich Angst hatte. Dass ich verzweifelt nach Halt suchte, nach einem Geländer, nach einer Hand, einem Arm. Wenn Haut aufbricht, tut es weh, hatte ich zu ihr gesagt. Haut bricht nicht auf, hatte sie geantwortet. Meine Haut bricht auf, hatte ich erwidert. Meine Haut ist eine aufbrechende Mauer.

Mein Scheitel brannte, das Zimmer drehte sich vor meinen Augen, mein Herz hämmerte in der Brust. Scheiße. Für einen Moment wurde ich wütend, dass sie wieder da war, die Angst. Wollte gegen die Mauer schlagen. Hielt inne. Setzte mich auf das Bett. Legte eine Hand auf den Scheitel. Ich wollte es allein hinbekommen. Sören hatte doch gesagt, dass ich jederzeit anrufen könnte. Ich wollte es allein schaffen. Ich musste mich nicht quälen. Sörens Stimme hören. Ein Anker in der Zeit. Jetzt-Zeit. Ich griff nach dem Handy. Legte es wieder weg, stand auf, ging umher. Setzte mich wieder hin. Ging auf Klo, hielt meine Hände unter kaltes Wasser. Sah nicht in den Spiegel. Verdammt.
Ich nahm zehn Tropfen aus der Flasche von Dr. Avenstedt. Rein pflanzlich. Kein Valium. Niemals Valium. Ich versuchte, ruhig zu atmen. Sah auf die Uhr. 19:17 Uhr. Die Zeit stand fast. Ich würde wahnsinnig werden, hier allein, mit meiner Angst, in diesem Zimmer, in der Stille. Tolle Auszeit, tolle Erholung.
Ich könnte hinuntergehen, im Kreuzgang spazieren, vielleicht würde ich dann ruhig werden.

32 Schritte für jede Seite des Kreuzganges. 32 große Schritte. Ich ging langsam. Setzte Schritt für Schritt auf. An den Wänden wenige Lampen, wie Fackeln, die leise flackerten. Nichts zu hören, außer meinen Schritten, und ab und zu ein Knistern in den Ecken. 32. Quersumme Fünf. Was sonst.
Wie lange würde ich so gehen können? Ich hatte mir über den dicken Wollpullover meine Winterjacke gezogen, hatte die Wollmütze auf, es war kalt, sehr kalt, so kalt, als würde ich draußen gehen. Aber es war eine andere Kälte hier drinnen, eine Kälte, die gefangen war, die Kälte eines jahrhundertealten

Gebäudes, gefangen hinter alten Mauern, dumpf und feucht. Eine Kälte, die nicht entwich.
Ich übte nicht zu denken. Nicht den Gedanken zu folgen, die mir Horrorszenarien der vor mir liegenden Nacht ausmalten. Versuchte mich nicht beeindrucken zu lassen von den aufgeregten Schlägen meines Herzens, von der mich umklammernden Kälte, von der Einsamkeit. Irgendwann würde es aufhören. Es raschelte, ich hörte leise Schritte. Zuckte unwillkürlich zusammen. Es schien, als ginge jemand etwa zehn Meter vor mir, wie aus dem Nichts gekommen. Ich ging schneller, um die nächste Ecke, bog in den nächsten Gang ein. Da, dort vorne, eine Gestalt, fast lautlos, in einer schwarzen Kutte, mit einer Kapuze. Das konnte nicht sein, nein. Ich fing an zu spinnen. Die Angst machte mich verrückt, das hatte ich gewusst. Aber es war ganz deutlich. Ich ging weiter. Hinter der lautlosen Gestalt hinterher. Sie war etwa so groß wie ich. Mein Herz hämmerte noch lauter. Mir wurde kurz heiß, dann eiskalt. Wer war es? Das war nicht die Tracht der Nonnen, die hier lebten. Sie trugen keine schwarzen Kutten mit Kapuze. War ich am Durchdrehen? War ich versehentlich durch einen der Spiegel gegangen? Es gab doch keine Geister. Mein Hals zog sich zu, ich schnappte nach Luft, bekam keine Luft mehr, taumelte gegen die Wand. Eiskalte Hände, die mir die Kehle zudrückten, das war das Ende, ich rutschte mit dem Rücken die kalte Wand hinunter, sah das Skelett vor mir, das mit knochigen Fingern mich gegen die Wand drückte und meinen Hals umgriff. Du hast keine Chance. Ein Totenkopf unter schwarzer Kapuze. Ich versuchte zu schreien. Es ging nicht. Ich kauerte an der Wand, auf dem Boden, so kalt war es noch nie gewesen. Nur noch sterben. Sofort. Der Angst ein Ende bereiten. Diese Qualen beenden. Die Gestalt mit der schwarzen Kutte stand

vor mir. Stand mit dem Rücken zu mir. Ich zitterte am ganzen Körper, griff mir an den Hals. Da war nichts.
„Steh auf", sagte die Gestalt. Eine helle, freundliche Stimme.
Mühsam drückte ich mich an der Wand hoch, meine Beine schlotterten, mein Atem ging stoßweise. Die Gestalt blieb mit dem Rücken zu mir stehen. Ein schwarzes Gewand, eine schwarze Kapuze. War das Wirklichkeit? War das ein Traum? Es war egal.
Ich hustete, fasste mir an das Brustbein, das wie Feuer brannte.
„Ich kann verschiedene Gestalten annehmen. Die Dinge sind nicht so, wie sie scheinen."
Ich stand zitternd dort, verstand nichts.
Sehr langsam drehte die Gestalt sich um. Die schwarze Kapuze hing ihr tief ins Gesicht. Eine zarte, weiße Hand erschien aus dem Gewand und schob die Kapuze sehr langsam aus dem Gesicht.
Ich starrte die alte Frau an. Das weiche Gesicht mit den strahlend blauen Augen, die mich freundlich ansahen. Sie hatte lange graue Haare, zu einem Pferdeschwanz gebunden.
„Ich bin Asgard", sagte sie.
Ich sah sie immer noch zitternd und stumm an.
„Hallo, Anna." Sie kannte meinen Namen. „Komm, wir gehen ein Stück zusammen."
Asgard machte eine einladende Handbewegung und forderte mich auf, den Weg mit ihr gemeinsam fortzusetzen. Mein Zittern hörte nicht auf.
32 Schritte pro Seite des Kreuzgangs. Quersumme Fünf. Wir gingen langsam.
„Die Zahl Fünf", sagte Asgard, „ist die Zahl der Vereinigung und der daraus gebildeten Mitte. Sie ist die Zahl der Vereinigung von Zwei und Drei, die Verbindung von Dualität und

Dreiheit. Sie entspricht dem Menschen. Und wenn man der Zahl Fünf bis an ihre Wurzel folgt, kommt man letztlich zu Gott."
Verwirrt blickte ich die alte Frau von der Seite an.
Sie erinnerte mich an jemanden, ich wusste nicht an wen. Und sie schien mich zu kennen. Sie sprach über Zahlen, über die Fünf. Über meine Angst.
Ich weiß nicht, wie lange wir im Kreuzgang gingen. So lange, bis ich nicht mehr zitterte. Bis alles leer wurde. Bis die Angst fort war, bis alle Gedanken fort waren, bis es nichts mehr gab, außer unserem Gehen.
Irgendwann war sie stehengeblieben, hatte mich angesehen und gesagt:
„Anna, geh jetzt schlafen. Es ist spät."
Sie hatte mich angelächelt und war verschwunden.

Als ich aufwachte, wusste ich erst nicht, wo ich war. Ich blinzelte, sah auf eine altmodische Blümchentapete. Ich merkte, dass ich mich gar nicht ausgezogen hatte und mit Pullover und Jeans im Bett lag. Was war heute Nacht geschehen?
Ich hatte immerhin geschlafen, womit ich nicht gerechnet hatte. Meine erste Nacht, allein im Kloster. Aber davor. Die Angst. Der Kreuzgang. Die Gestalt. Asgard. Hatte ich alles geträumt? Vermutlich.
Ich schlug die Bettdecke zurück und setzte mich auf. Fröstelte. Irgendwie war es hier überall klamm und kalt. Trotz aller Heizungen. Ich stand auf. Sah auf die Uhr. Es war halb acht. Wann war ich ins Bett gegangen? Ich hatte keine Ahnung. Um acht gab es Frühstück. Wie gut. Ich hatte großen Hunger. Immer wieder kam die Gestalt in der schwarzen Kutte mir in den Sinn. Asgard. Ich ging zurück zu dem kleinen Tisch, auf dem

meine Fotoapparate lagen. Was war das? Irritiert sah auf die alte Minolta. Auf dem Auslöser lag eine kleine weiße Feder. Ich hatte es nicht geträumt, nein. Die weiße Feder. Gestern Nachmittag, der Spaziergang auf dem Feldweg. Die alte Dame. Der Brief. Die vielen Gesichter der Angst. Die alte Frau heute Nacht. Die Frau unter der schwarzen Kutte. Die alte Frau, die mir gestern Nacht wie der Tod erschienen war.
Vielleicht war ich heute Nacht gestorben. Etwas von mir. Ich war weitergegangen inmitten der Angst. Trotz aller Angst. Hatte ihr gegenüber gestanden. Von Angesicht zu Angesicht. Ich nahm die weiße Feder in die Hand und lächelte.

Das Frühstück genoss ich sehr, den kräftig aufgebrühten schwarzen Tee, die knusprigen Brötchen. Ich fühlte mich hungrig wie lange nicht. Oft hatte ich keinen Appetit, aber das war heute morgen anders. Die Nonne, die das Frühstück bereit gestellt hatte, kam noch einmal herein und sagte: „Heute kommt noch ein weiterer Gast, eine Dame, dann sind Sie nicht mehr ganz allein."

Was ich brauchte, waren Anker in der Zeit. Sonst glaubte ich mich zu verlieren, in der weißen Fläche von Zeit. Ich brauchte Haltepunkte, um anzudocken, um die Gewissheit zu erfahren, dass die Welt und ich verbunden waren. Es war die Angst vergessen zu werden. Von der Welt.
Gestern Abend hatte ich mich wieder in der weißen Wüste verloren. Erst, wenn ich den Ausgang fand, den Ausgang aus der weißen Wüste, fing die Zeit wieder an. Wege fingen wieder an, die Welt hatte wieder Richtungen, es gab wieder ein Links und ein Rechts, ein Unten, ein Oben, ein Ankommen und Weitergehen.

Als meine Mutter eines Tages verschwand, war ich der weißen Wüste zum ersten Mal begegnet. Der haltlosen Angst, dem endlosen Fallen, in eine eisige weiße Fläche. Ich wurde zum schwerelosen Körper, der haltlos umhertrieb. Ein ungewisses Spiel. Das seitdem immer erneut begann. Das immer unerwartet begann. Ich wusste nie, wann ich die weiße Wüste wieder verlassen könnte. Ich konnte tausendmal denken, dass es die Welt außerhalb der Wüste gab, wenn ich darin war. Wenn mich die endlose weiße Fläche verhöhnte, mich zu einem Nichts erklärte, wenn sie mit mir spielte, mich hin- und herwarf, zwischen meiner Angst und einer wütenden Hoffnung. Ich konnte es nicht spüren. In der weißen Wüste gab es keine Erinnerung. Weil es dort keine Vergangenheit und keine Zukunft gab. Die weiße Wüste verschlang alles. Ich verlor dort meine Wurzeln. In weißen Wüsten wachsen keine Blumen.

Nach dem Frühstück ging ich spazieren. An einem kleinen Bach entlang, der hinter dem Kloster floss. Zum ersten Mal fühlte ich Abstand. Abstand zu meiner Angst. Bisher war ich vor ihr davongelaufen oder ich war die Angst gewesen. Jetzt konnte ich sie betrachten, ein wenig von weiter weg ansehen. Seit sie mir heute Nacht begegnet war. Im Kreuzgang. Seit sie vor mir gestanden hatte.

Zum ersten Mal sah ich die Spuren der Angst.
Sah ihre Spur der Verwüstung, die sie hinterlassen hatte. Brandspuren mitten in der Landschaft der Seele. Sie hatte tiefe Schneisen gezogen, den Boden metertief aufgerissen und tiefe Narben hinterlassen. Sie hatte Abgründe dort geschaffen, wo vorher Vertrauen gewesen war. Sie machte alles unsicher, machte die Welt zu einem Ort der Bedrohung. Sie zog hinter

sich her den Geruch verbrannter Erde. Und sie hatte überall, wo sie gewesen war, den Samen der Angst ausgesät, so dass die Angst von Gestern immer erneut zu einer Angst von Morgen wurde. Sie war die Feuerwalze, die Verzweiflung und Wut und Erschöpfung mit sich reißend, alles verbrannte und nichts nachließ - als Kälte. Kälte, die aus allen Richtungen kam und alles erschauern ließ. Sie war heiß und eiskalt zugleich. Sie verbrannte und ließ erfrieren. Die Angst brannte ihre Male in meinen Bauch. Tief hinein biss sie sich, in alte Wunden der Einsamkeit. Riesige Brandmale, die an sie erinnerten, wenn sie schon längst gegangen war. Die Angst blieb. Davor, dass sie wiederkommen könnte. Mit all ihrer vernichtenden Gewalt. Niemals würde ich die Stunden vergessen, in denen sie mich so lange schüttelte, bis ich verzweifelt in der Ecke lag, zusammengekrümmt vor Ohnmacht und Schmerz. Niemals würde ich ihren Griff vergessen können, der den Hals würgte, bis es so eng wurde, dass Atmen und Schlucken kaum noch gingen, wie sie mit ihren eiskalten Händen den Brustkorb flach presste und ihre Feuer in die Eingeweide trieb. Wie sie die Hitze quer durch den Körper jagte, in Blitzen nach oben trieb, bis ich das Gefühl hatte, vom Boden weggerissen zu werden und im Sturm panischer Gedanken zu explodieren. Niemals würde ich vergessen die Todesangst, die sie erzeugte, jene endgültige Angst, die alles nimmt und nichts zurücklässt. Immer dieselben Bilder. Zusammengekrümmt auf dem gelben Sofa liegend, zitternd, stundenlang, preisgegeben an eine nicht zu bändigende Kraft, das ohnmächtige Gefühl nichts mehr zu tun können. Die tägliche Unerträglichkeit. Die Wand, die immer näher rückte. Endlose, bleierne Müdigkeit, der man nicht nachgeben konnte. Der vergessene Schlaf. Weil sie immer wiederkam und keine Erholung zuließ. Weil sie alles aufwühlte

und keine Stille duldete. Ein verzweifelter Kampf. Einsamer Kampf. Niemand, der helfen konnte. Nur das tägliche Grauen etwas lindern. Das Gefühl nicht mehr zu können. Und die Hitze der Brandmale auf der Haut, in den Eingeweiden.
Sie wollte das Vertrauen mit sich reißen, den Glauben, die Liebe, die Hoffnung. Sie versuchte es immer wieder.

Ich spürte, wie mich das Gehen befreite, das langsame Gehen hier draußen, in der Nähe des Klosters, das Gehen auf dem Feldweg, das Gehen im Kreuzgang, im Klostergarten. Als würde jeder Schritt etwas klarer machen. Ich begriff, dass es lange dauern würde, bis die Wunden, die die Angst in meine Seele gerissen hatte, verheilen und vernarben würden. Dass der Weg in die Angst ein Sog war, ein Strudel, der einen mitriss wie einen Ertrinkenden, dass der Weg aus der Angst hinaus ein mühsamer war, der Schritt für Schritt voranging und viel Kraft und Mut erforderte. Dass es Zeit brauchen würde, bis Leben nicht mehr nur Überleben bedeuten würde.

Ich war den ganzen Morgen spazieren gegangen. Als ich zum Kloster zurückkehrte, es gab Fischfilet, Kartoffeln und Salat zum Mittag, traf ich die Frau, die die Nonne heute morgen angekündigt hatte.
Auf dem Tisch standen nun zwei Gedecke. Ich war nicht mehr allein.
„Ich heiße Maibrit“, die Frau schien etwa in meinem Alter zu sein, vielleicht etwas älter. Sie gab mir ihre Hand.
„Anna – das ist ja schön, dass ich nun nicht mehr allein essen muss.“
Wir setzten uns gegenüber hin. Maibrit hatte rotblonde, lange, leicht gewellte Haare und dunkelblaue Augen.

„Schon lange hier?“
„Nein, erst einen Tag, seit gestern morgen.“
„Wieso hast du dich entschieden hierher zu kommen?“ fragte Maibrit.
„Ach, ich brauchte eine kleine Auszeit. Weg von allem“, ich versuchte, so lässig wie möglich zu klingen. Small talk war nicht meine Stärke.
Maibrit nickte. „Ich brauche auch eine Auszeit. Meine beste Freundin ist gestorben, vor ein paar Wochen. Seitdem bin ich total durcheinander. Ich dachte, vielleicht ist dies ein Ort, um wieder zu mir zurückfinden.“
Ich griff nach meinem Wasserglas. Ja, ein Ort, um zurückzufinden, dachte ich, das war es bestimmt hier.
„Sie war erst 32 Jahre alt.“
Ich blickte Maibrit an, sie kämpfte mit den Tränen.
„Unfall?“
„Nein, krank, einfach krank. Und dann tot.“
Ich wollte ihre Hand nehmen und drücken, aber ich kannte Maibrit ja gar nicht. So sah ich sie einfach an.
Sie schluckte und sagte: „Ich bin froh, dass ich nicht der einzige Gast hier bin, ganz allein. Dass du da bist.“
Ich lächelte.
„Wir können gern auch mal zusammen spazierengehen. Ich wohne im Zimmer 14, Aufgang 11. Klopf einfach, wenn dir danach ist.“
„Ja, danke, das ist gut. Ich wohne im Zimmer 15, das ist wohl gleich daneben, selber Aufgang. Mit den ganzen Türen und Schlössern ist das hier ja so eine Sache....“
Erstaunt sah ich Maibrit an.
„Oder findest du nicht?“ fragte sie auf meinen Blick hin.
„Doch, doch“, ich stotterte fast, weil ich so überrascht war,

dass es nicht nur mir mit den Türen und Schlössern schwerfiel. Ich hatte natürlich geglaubt, meine Angststörung sei allein daran schuld. Und ich schämte mich doch so für diese Angst. Als ich wieder allein auf meinem Zimmer war, nahm ich die Minolta. Ich würde fotografieren heute. Drinnen und draußen. Ich würde die Scham fotografieren.

Scham ist die schwarze Wand, die verhindert, dass ich dir erzähle, was geschehen ist. Sie ist der weiße Nebel, der alle Geräusche verschluckt. Keine Worte dringen durch die Mauer der Scham. Was geschah, passierte nicht. Sie ist das versehentliche Vergessen, weil die Wahrheit so weh tut. Wenn du nach der Scham greifst, spürst du nur Kälte. Scham riecht wie ein altes Tuch, das lange nicht getragen wurde, zu lange in der Schublade lag. Muffig. Sie riecht nach abgestandener Zeit. Manchmal raschelt es in der Ecke, fast unbemerkt. Sie ist alt geworden, die Scham. Hat Risse bekommen. Doch noch immer dringt nichts durch sie durch. Kein Wort, kein Augenblick. Du kannst sie nicht sehen, meine Scham. Sie schließt deine Augen, und meine Augen, wenn wir reden wollen, miteinander, darüber. Die Scham ist mürbe geworden, aber sie zerbröselt nicht.

Ich hatte mich geschämt, dass sie gegangen war, meine Mutter. Dass ich eine Mutter hatte, die nicht bleiben konnte. Ich schämte mich für meine Angsterkrankung. Dass ich eine Grenze in mir trug, die niemand sehen konnte und die doch mein Leben so sehr bestimmte. Ich schämte mich, dass ich es bis jetzt nicht geschafft hatte, meine Angststörung zu überwinden. Dass ich mich fühlte, als sei ich im Geiste gelähmt. Ich schämte mich, dass ich Anker in der Zeit brauchte. Für meine

Haltlosigkeit angesichts einer weißen Wüste. Ich schämte mich dafür, keine Kontrolle zu haben über meine Angst. Ein Sklave meiner Gefühle zu sein. Ich schämte mich, mein Leben nicht ganz normal auf die Reihe zu bekommen. Ich schämte mich, nicht reisen zu können, nicht wegfahren zu können. Meinen Traumberuf als Reisefotografin, an die Angst verloren zu haben.

Wütend warf ich meine Jacke in die Ecke. Dann nahm ich die Minolta und fotografierte. Ich fotografiere die Scham. All das Verdeckte, was sich nicht ganz zeigte. Ich ging durch das Kloster, heute waren Besucher da und sahen sich das alte Gebäude an. Ich fotografierte halb offen gelassene Türen, nicht ganz zu gezogene Gardinen. Eine Hand vor dem Mund. Die nicht gesagten Worte. Das Schweigen, das zwischen den Menschen hing. Ein welkes Blatt im Garten, das eine Blüte darunter verdeckte. Augen, die wegsahen, weil sie Angst hatten geradeaus zu sehen. Bewegungen, die auswichen. Gebeugte Rücken. Auf den Boden gesenkte Blicke. Eine Handbewegung unter dem Tisch. Das geflüsterte Wort, das niemand sonst hören sollte. Verhüllte Augenblicke. Verschleierte Augen und Worte. Zugezogene Fenster. Ich fotografierte das Wegblicken der Anderen. Das Wegsehen vom Leid des Anderen. Ich fotografierte den Gekreuzigten. Die Orgeltöne, die nicht ausklangen. Ich würde fotografieren den Nebel auf den Morgenwiesen. Und die Schleierwolken am Abendhimmel.

Wenn ich fotografierte, gab es keine Zeit mehr. Nur Augenblicke. Aber das war keine weiße Wüste, das war Ewigkeit, die trug, in der man stehen konnte. Als ich auf die Uhr sah, war es halb vier. Noch wenig Zeit, um draußen spazierenzugehen, bevor es dunkel werden würde. Mich zog es hinaus, auf den Feldweg, wo ich gestern gewesen war und die alte Frau getroffen hatte. Gerade als ich ihren Brief gelesen hatte.

Anna ging durch die blaue Pforte, die leise im Wind schwankte. Dahinter begann ein einsamer Weg, zwischen zwei Feldern zog er sich dahin, ohne dass ein Ende abzusehen war. Dahinten saß sie, auf der Holzbank ohne Lehne. War sie die alte Frau, mit der sie auf der Insel in den Dünen gesessen hatte? Oder war es Asgard, die Anna seit einiger Zeit hier regelmäßig traf?

Die alte Frau strich ihren Rock glatt. Sie wusste, dass irgendwann alle Wege zusammenliefen. Und sie war so froh, dass Anna nicht aufgegeben hatte.

„Setz dich, Anna."

Anna nahm neben der alten Frau Platz. „Ich habe eine Frage."

„Ja?"

„Warum?" fragte Anna.

„Wie – warum?" Asgard blickte nicht von ihren Schuhspitzen auf, die von einer feinen Sandschicht überzogen waren.

„Warum hat meine Seele die Agoraphobie erfunden? Warum kann ich nicht mehr reisen?"

Ein Schweigen hing zwischen den beiden Frauen in der Luft. Asgard sah weiter ihre Schuhspitzen an, und Anna versuchte nicht zu weinen.

„Du hättest dich sonst zerstört. Manchmal rettet uns das, was uns zu zerstören scheint. Es war eine Notbremse deiner Seele."

Es begann zu dämmern. Die Tage waren kurz im Januar.

„Wie zerstört? Ich war glücklich. Ich war Reisefotografin. Mir stand die Welt offen."
„Du warst auf der Flucht, Anna. Jede Flucht zerstört uns irgendwann. Gleichgültig, ob sie außen oder innen stattfindet. Ob wir tatsächlich weglaufen oder Drogen nehmen oder achtzehn Stunden am Tag arbeiten. Jede Flucht führt tiefer in die Angst."
Anna spürte, wie Wut in ihr hochstieg. Sie mochte diese alte Frau so sehr, die ihr Halt und Geborgenheit geschenkt hatte und schenkte, in den Zeiten, in denen sie am verlorensten gewesen war. Aber es konnte doch nicht wahr sein, nein, die Angst hatte ihr doch alles genommen.
„Ich weiß, wie wütend du bist, Anna. Angst macht wütend. Die Grenze der Angst erzeugt Wut. Aber vergiss nie zu sehen, neben dem, was dir genommen wurde, das, was dir gegeben worden ist."
Es wurde jetzt rasch dunkler. Die beiden Frauen standen auf, verbeugten sich leicht voreinander und jede ging in eine andere Richtung davon.

Am Abend nach dem Abendbrot saßen Maibrit und ich in der kleinen Weinstube des Klosters.
„Was machst du beruflich, Anna?"
Ich dachte: Grenzarbeiterin, und antwortete: „Fotografin."
„Oh, ein toller Beruf. Eher Presse oder eher Kunst?" fragte Maibrit.
„Vermutlich beides." Ich grinste.
„Du weißt es nicht?" Maibrit grinste auch.
Wir hatten einen Beaujolais geöffnet und eine Tüte Salz-

stangen im Regal gefunden. Ich nahm eine Salzstange und brach sie in fünf Stücke. „Ich bin um die Welt gereist, ich war Reisefotografin, mein Traumberuf."

Maibrit drehte das Weinglas in den Händen und sah mich an: „Und jetzt?"

„Jetzt fotografiere ich die Eröffnung von Umgehungsstraßen und die Elefantenbabys im Zoo. Lokalpresse. Brotberuf."

Maibrit sah mich weiter unvermittelt an: „Ich habe dich heute Nachmittag fotografieren sehen. Es sah nicht nach Lokalpresse aus, es sah aus wie Hingabe an den Moment. Es war schön, dir nur zuzusehen."

Ich zuckte unwillkürlich zusammen. „Ach so, die Fotos, ja, die mache ich auch...."

„Zeigst du sie mir? Hast du welche dabei? Oder direkt auf der Kamera?"

Irritiert sah ich Maibrit an. Sie war so offen und direkt. Ich hatte meine Emo-Fotos, wie ich sie selber nannte, noch nie jemandem gezeigt. Aber ich hatte eine kleine Auswahl in meinem Zimmer liegen, für mich, zum Anschauen meiner Gefühle. Fotos der Enge, der Sehnsucht, Fotos von Grenzen, Fotos von der weißen Wüste, Fotos der Geduld und der Wut.

Geistesabwesend nickte ich und fast ebenso geistesabwesend sagte ich zu ihr: „Ich habe welche auf meinem Zimmer."

Eine Viertelstunde später saß Maibrit auf meinem Bett in meinem Klosterzimmer, mit meinen Fotos in der Hand. Ich saß auf dem Holzstuhl an dem kleinen Tisch.

„Die Fotos habe ich noch nie jemanden gezeigt", sagte ich, „es sind sehr persönliche Fotos. Anders als alles, was ich sonst für Magazine oder die Presse fotografiere. Keine Abbilder der

Wirklichkeit, um anderen von etwas zu erzählen, wo sie nicht waren. Sondern Spiegel für eine innere Wirklichkeit. Sie sind ein Versuch...", ich schluckte.
Maibrit sah auf: „... ein Versuch?"
„Ein Versuch klarzukommen....." Ich konnte es nicht verhindern, dass eine Träne über meine Wange rollte.
Maibrit zeigte auf ein Bild, das ein Fernglas zeigte, eingewickelt in schwarzen Samt, auf einer weißen Fensterbank liegend, am oberen Bildrand die Andeutung eines Horizonts. „Das ist toll, das Bild, das ist krass... es ist sehen und nicht sehen zugleich...."
„Es ist die Enge", erwiderte ich, „wenn Kreise ein Punkt werden."
„Und das hier berührt mich so", Maibrit hielt ein Bild hoch, auf dem eine gerade aufbrechende winzige Knospe zu sehen war, und dahinter die Rinde eines uralten Baumes, die den gesamten Hintergrund bildete.
„Das ist Geduld", sagte ich, "die man braucht, um die Enge wieder zu verlassen."
„Anna, das sind großartige Fotos."
Ich lächelte gequält. „Es sind Spuren. Ich habe eine Angsterkrankung, ich konnte auf einmal nicht mehr reisen, deshalb habe ich meinen Beruf als Reisefotografin aufgegeben, deshalb arbeite ich nun bei der Lokalpresse." Ich kämpfte wieder mit den Tränen und wunderte mich, dass ich so offen sprach. Ich kannte Maibrit kaum.
„Und deshalb hast du solche Fotos gemacht, Anna. Sie sind wirklich großartig, ich muss das wiederholen. Und falls du glaubst, dass ich nur nett sein will... ich arbeite in dem Bereich, ich kenne mich aus. Ich kenne die zeitgenössische Fotografie. Ich arbeite unter anderem für eine große Galerie, die sich auf

Fotografie der Gegenwart spezialisiert hat. Philipp wäre begeistert von deinen Fotos..."
„Ich habe nicht Fotografie oder Kunst studiert. Ich habe eine ganz normale Fotografenausbildung."
„Als wäre das entscheidend..." Maibrit schnaufte und breitete die Fotos auf meiner Bettdecke aus. „Darf ich sie Philipp zeigen?"
„Wer ist Philipp?"
„Ach so, Philipp ist der Inhaber der Galerie in Berlin. Und außerdem ist er für große Fotografie-Schauen in diversen Kunstmuseen zuständig."
Mir wurde heiß. Maibrit meinte es ernst.
„Ja, ähmmm, sicher, kannst du ihm welche zeigen. Soll ich eine Mappe fertigmachen? Ich fotografiere allerdings noch analog, das ist für manche ein Problem...."
Maibrit unterbrach mich: „Alles gut, ich nehme die Fotos so mit, kein Aufwand. Das ist völlig ok."
Ich nahm einen Schluck Wein.
„Du könntest bei der nächsten Ausstellung dabei sein. Aber diese Bilder brauchen eine Einzelausstellung. Unbedingt. Philipp weiß bestimmt einen geeigneten Ort."
Mir wurde schwindelig. Das hier ging alles viel zu schnell. Ich stand langsam auf. Eine Ausstellung. Als ich auf die Insel fuhr und das Meer fotografieren wollte, den magischen Ort, wo sich Himmel und Wasser berühren, da hatte ich an eine Ausstellung gedacht. Aber danach hatte die Angststörung alles vernichtet, alle Visionen, Ideen und Wünsche mit sich gerissen.
„Ich kann nicht nach Berlin fahren", sagte ich.
Maibrit meinte: „Aber deine Fotos können für dich nach Berlin fahren. Sie fahren dir an dieser Stelle einfach voraus."
Das war zuviel. Ich ging auf Toilette und heulte. Hier im Klos-

ter wusste ich nicht mehr, was geschah, was Traum und was Wirklichkeit war. Hier verschwamm alles. Der Horizont war hier anders. Und aus Punkten wurden wieder Kreise.
„Ich melde mich, wenn ich von Philipp eine Rückmeldung habe. Oder noch besser, er meldet sich direkt bei dir. Ok?"
Das sagte Maibrit, als sie weit nach Mitternacht mein Zimmer verließ, als wir den Wein zusammen ausgetrunken und über vieles geredet hatten.
Die Nacht war ruhig. Ich schlief sofort ein. Keine nächtlichen Erlebnisse in Kreuzgängen. Ich wachte auf, als es hell war, und mein dritter Tag im Kloster begann.

Ich weiß nicht, wie ich den weißen Raum gekommen war. Ich war am Morgen einige Male durch den Kreuzgang geschritten, um zu verdauen, was gestern alles geschehen war, als ich auf einmal eine Tür sah, in einem kleinen Gang, der von dem Kreuzgang abzweigte und den ich vorher nicht wahrgenommen hatte. Eine blaue Tür, anders als alle anderen.
Ich ging den kleinen Gang entlang, stand vor der blauen Tür, deren Farbe schon abblätterte, und öffnete sie.
Plötzlich stand ich in einem Raum, der nur weiß war. Ohne irgendeinen Gegenstand. Ohne Fenster. Weißer Boden, weiße Decke, weiße Wände. Sonst nichts. Für einen Moment begann etwas in mir zu taumeln. Ich suchte nach einem Horizont. Griff nach der Türklinke hinter mir, um den Raum zu verlassen. Ich hatte die Tür hinter mir einfach ins Schloss fallen lassen. Da ging die Tür auf und jemand kam herein.
In einem weißen Gewand.
Es war Asgard.
„Anna, ich habe etwas für dich."

Langsam drehte ich mich um.
Die alte Frau blickte mich mit ihren hellblauen Augen an.
„Es ist soweit, dass ich ihn dir geben kann. Öffne deine Hände."
Ich ging ein paar Schritte auf Asgard zu und stand nun mit geöffneten Händen vor ihr.
Sie griff in eine Tasche des weißen Gewandes und nahm einen goldenen Schlüssel heraus. So groß wie ein Handteller. Sie legte ihn in meine geöffneten Hände. Er schien kühl und warm zugleich.
„Damit du alle Türen öffnen und schließen kannst. Es ist der Schlüssel für den Weg."
Sie verbeugte sich. Ich verbeugte mich ebenfalls.
Ohne etwas zu sagen, ging sie hinaus und schloss die Tür.
Ich war allein. Ich hatte einen Schlüssel. Zum Öffnen und Schließen.

Kapitel 14

Als ich meine unterste Schreibtischschublade aufzog, weil ich nach einem Farbfilter suchte, fand ich die kleine Metallfigur, die mir André in der Klinik zum Abschied geschenkt hatte. Ein Läufer. Er hatte gelächelt und gesagt „Auf dass wir beide wieder laufen können".

André, der mir die Augen geöffnet hatte dafür, was alles auch innerhalb enger Grenzen noch geht. Er, der als ehemaliger Turner querschnittsgelähmt im Rollstuhl saß und trotzdem nie die Hoffnung aufgegeben hat, eines Tages wieder gehen zu können. Auch wenn alle Ärzte ihm keine Hoffnung machten.

„Ich weiß nicht wann, Anna, aber ich werde wieder laufen können", und er hatte mich dabei so angesehen, dass ich wusste, es würde genauso passieren. Egal, was alle anderen behaupteten.

Ich nahm die Metallfigur in die Hand, wärmte sie in meiner Handfläche und stellte sie auf meinen Schreibtisch. Ein schneller, athletischer Läufer, zielstrebig und kraftvoll. Höchstens acht Zentimeter hoch, aber sehr viel Stärke ausstrahlend.

„Anna, versprich mir, dass du nie aufhörst daran zu glauben, dass du es schaffen kannst. Dass du wieder reisen kannst und ohne Angst durch diese Welt gehst."

Ich hatte es ihm versprochen. Aber ich hatte meine Angst dabei gespürt, doch scheitern zu können. André ließ ein Zögern bei sich gar nicht erst zu.

Dieser Moment, als mir klar wurde, dass ich eine Angststörung hatte, dass ich nicht mehr die Stadt verlassen konnte, dass ich mit dieser Grenze erst einmal würde leben müssen, dass ich keine Ahnung hatte, ob ich jemals wieder reisen können würde, den würde ich niemals vergessen. Es muss ähnlich gewesen sein wie jener Moment, von dem André mir erzählt hatte, als er im Krankenhaus aufwachte und ein Arzt ihm sagte, dass er querschnittsgelähmt sei und nie wieder laufen können würde.

Ich saß in einem Café, allein, nach etlichen gescheiterten Fahrversuchen, die alles nur noch schlimmer gemacht hatten, die mich gelähmt und erstarrt zurückgelassen hatten, und spürte diesen Schmerz, den ich von nun an zu verdrängen versuchte. Dieser schneidende Schmerz, scharf und beißend, der sich in mein Herz wühlte und davon sprach, wie es war, nicht mehr die Wahl zu haben, mit einer engen Grenze zu leben, gefangen zu sein im eigenen Geiste. Niemand sah die innere Lähmung, die mich zeitweise bewegungs- und handlungsunfähig machte, und ich konnte nicht darüber sprechen. Wie oft hatte ich schon aufgeben wollen? Wie oft hatte ich die tiefe Resignation gespürt? Ich kämpfte gegen einen unfairen Gegner, eine Angst, die mit mir fremden Mitteln kämpfte, die stets gewann. Eine Erkrankung, die ihr Unwesen im Unsichtbaren trieb, für niemanden sichtbar. Dieser Schmerz war die tiefe Verzweiflung darüber, im Leben vor einer Grenze angelangt zu sein, die vieles unmöglich machte, die sich nicht mit einem starken Willen und viel Kraft bezwingen ließ. Reisen, Kino, Konzerte, unter vielen Menschen sein, entspannt allein sein, wegfahren, ankommen. Eine Erkrankung, die nach Bleiben verlangte.

Ich stellte die Figur vor ihr Bild. Sah meine Mutter an, wie sie lächelnd an der Gartenmauer lehnte. Davor der Läufer. Würde ich jemals wieder zu ihr laufen können? Würde ich jemals wieder ans Meer laufen? Meine Beine spüren ohne Angst, vorwärtsgehen, und mich lebendig fühlen? Ich stand vom Schreibtisch auf. Zu viele Fragen brachten nichts, sie führten ins Nichts, in die Leere.

Ich stand auf. Heute Nachmittag sollte ich beim Stadtfest fotografieren. Das würde einige Stunden dauern. Zweiseitige Fotostrecke für die Zeitung. Gut, dass ich in keiner Großstadt lebte, so dass sich die Menschenmengen in Grenzen halten würden.

Wann würde Philipp, der Galerist, anrufen? Ob er überhaupt anrufen würde?

Wahrscheinlich würde er meine Fotos nach einem flüchtigen Blick darauf sofort entsorgen.

Ich nahm mir einen Apfel aus der Obstschale auf der Buchenholzanrichte in der Küche, biss hinein, ging durch meine Wohnung, wie ein Fremder, als wäre ich noch nie hier gewesen. Als sähe ich alles das erste Mal. Ich liebte dieses Spiel, ich spielte es, seit ich fünf Jahre alt war. Alles betrachten, was so vertraut und nah war, als hätte ich es noch nie gesehen, als würde ich es mit den Augen eines anderen betrachten, und dabei alles neu sehen. Mein Blick streifte die Buchrücken, CD-Cover und blieb an einem Fotoalbum hängen. Erinnerung. Erinnerung an Reisen. An mein altes Leben. Ich nahm das dicke rotlederne Album in die Hand, meine erste Australienreise, fast zwei Jahrzehnte her. Als die Welt mir noch offenstand. Bevor ich es aufgeschlagen hatte, stellte ich es wieder in das Regal. Ich war zu jung, um von Erinnerungen zu leben. Seit ich eine Angststörung hatte, waren schöne Momente immer mehr nur Erinnerungen. Ich nahm das Album wieder heraus und schlug es auf. Tauchte ein, in den roten Sand, die magischen Momente im Outback, die flirrende Hitze, sah den Horizont, der so anders ist als hier.

Ich schlug das Album zu. Versuchte vergeblich anzuknüpfen in mir. Das war auch mein Leben, das war meine Reise gewesen. Mein Leben als Reisefotografin. Lange her, zu lange.

Ich blickte aus dem Fenster, sah hinaus, sah die alte Linde im Hinterhof, die ihr kahles Geäst in den Himmel streckte. Bald würde es Frühling werden. Noch einmal anfangen. Vergessen, was war. Die Angst vergessen. Wenn das ginge. Ich aß den Apfel auf und öffnete die Balkontür, trat hinaus. Das Kerngehäuse warf ich in den blauen Eimer in der Ecke. Dann sah ich den Wolken am Himmel zu, wie sie immer andere Figuren formten.
Hatte das Telefon geklingelt? Schnell ging ich wieder in die Wohnung. Es war zwölf Uhr, ich hatte noch etwas Zeit, bis zu Beginn des Stadtfestes.
Ich nahm den Hörer ab: „Anna Svendheim“.
„Philipp Marquard. Ich würde mich gern mit Ihnen treffen.“
Mir stockte der Atem. Philipp Marquard, der Galerist aus Berlin, Maibrit hatte ihm tatsächlich meine Fotos gegeben.
„Hallo?“
Ich beeilte mich zu antworten: „Oh, natürlich, Herr Marquard, schön, dass Sie anrufen. Gerne können wir uns treffen.“ Mein Herz raste.
Die Chance. Eine Ausstellung. Mein Traum. Fotografie als Kunst, nicht nur als Journalismus. Aber er würde Berlin vorschlagen, als Treffpunkt, und das ging nicht.
„Ich komme in zwei Wochen zu Ihnen. An dem Donnerstag in zwei Wochen, um 15 Uhr. Passt das?“
Ich schluckte: „Ja, passt sehr gut. Danke.“
Seine Stimme war offen und direkt. „Ihre Adresse habe ich schon von Maibrit bekommen. Was für ein Glücksfall, dass Sie sich im Kloster getroffen haben. Ich bin beeindruckt von Ihren Fotos.“
Ich konnte nicht sprechen, brachte nur ein “Danke“ heraus.
„Bis Donnerstag, dann. Machen Sie es gut“, Philipp Marquard verabschiedete sich und legte auf.

Konnte das wahr sein? Meine Gedanken überschlugen sich. Flogen durcheinander. Eine Ausstellung. Wo würde die sein? Würde ich hinfahren können? Wie ging es weiter?
Ich bewegte mich in Richtung meines Büros und packte meine Fotoausrüstung für den Nachmittag zusammen. Stadtfest. Nicht Meer, nicht Einsamkeit fotografieren. Sondern Coverbands, geschminkte Gesichter, Kuchenbuffetts.
Einen Tag später sichtete ich die Fotos vom Stadtfest. Meine ‚richtigen Fotos' würde ich niemals mit einer Digitalkamera machen, die kein Warten erforderte, keine Geduld, kein behutsames Komponieren, bei der das richtige Bild ein Zufallstreffer aus einer großen Anzahl von Fotos war, nicht das Ergebnis von Hingabe und Ausdauer. In der Redaktion sagte man mir, dass meine Fotos anders seien. Sie sähen aus, als wären sie nicht digital fotografiert, die Zeit wäre anders auf diesen Fotos, verglichen mit den Fotos der Kollegen. Auch wenn ich eine Digitalkamera in der Hand hatte, wartete ich. Ich machte nicht mehr Fotos, weil ich alles jederzeit löschen konnte, ich wartete und wählte aus, auch wenn mein Filmmaterial nicht begrenzt war. Ich wartete, sah durch den Sucher, nicht auf das Display – es war etwas anderes die Kamera am Gesicht zu spüren, sie an die Stirn zu drücken, als auf einen Bildschirm zu schauen und sie einen Meter von sich wegzuhalten.
Ich wartete auf den Augenblick, der mehr von den Wirklichkeit preisgab als jener davor, der etwas enthüllte, was eben noch verborgen war. Ich wartete auf den Moment, in dem sich die Magie des Lebens enthüllte, für Bruchteile von Sekunden, um sofort wieder zu verschwinden. Die Schichten darunter. Die Melancholie des Erkennens.
Es würde eine schöne Fotostrecke werden. Bis heute abend sollten alle Fotos in der Redaktion sein, für die Montagsaus-

gabe. Ich blickte auf den Kalender. Donnerstag in zwei Wochen. Dann würde Philipp Marquard hier auftauchen und mit mir sprechen. Unglaublich.

Plötzlich wusste ich, dass es um Abschied ging. Reisen hatte mit Abschied nehmen zu tun. Fortfahren, zurückkommen. Ankommen. Wiederkehren. Jede Reise ist ein Abschied. Vom Gewohnten, Vertrauten. Der Aufbruch ins Ungewisse. Nach jeder Reise kehrst du anders zurück. Wer hatte den Satz geprägt: Jede Reise hat eine heimliche Bestimmung, von der der Reisende nichts ahnt. Reisen war mein Beruf gewesen. Und eine Flucht. Wer immer auf der Flucht war, brauchte nicht Abschied zu nehmen. Er war schon woanders, bevor der Schmerz kam.
Es hatte nie einen guten Abschied gegeben für mich. Meine Mutter war einfach verschwunden. Weggefahren. Ohne Abschied. Von Hendrik war es ein jäher, ein zorniger Abschied gewesen. Keiner, der langsam gewachsen war, auf den man sich hätte vorbereiten können. Menschen verschwanden aus meinem Leben immer plötzlich. Abschied war der Moment, den ich nie vorhersehen konnte. Der immer jäh und schmerzhaft etwas aus meinem Leben riss. Wenn ich wieder reisen können würde, würde ich nicht mehr fliehen können. Ich würde den Abschied spüren.
Und ich hatte riesige Angst nicht mehr zurückzukehren. Abschied war der Unfall des Lebens. Kein bewusstes Loslassen. Sondern aus dem Leben gerissen werden. Zurückbleiben mit einer klaffenden, offenen Wunde, die nicht heilen konnte. Die immer wieder aufriss, blutete, eiterte.
Niemals würde ich es vergessen können, das wusste ich. Auch wenn ich wieder reisen könnte, wieder fliegen und ankommen und zurückkommen könnte. Nie würde ich an den Spuren der

Verzweiflung vorbeigehen können, ohne mich zu erinnern. An die Angst, die in meinem Leben gewütet hatte und die mir meine Lebendigkeit und Freiheit genommen hatte.
Ich ging zur Tür, nahm den Wohnungsschlüssel und lief los. Ich lief den Weg zum Fluss hinunter, ging den kleinen Trampelpfad entlang, an der alten Stadtmauer vorbei, bis ich vor der verrotteten Bank stand. Ich wollte zu ihr gehen, zu der alten Dame mit der violetten Handtasche, zu Asgard, die mir den Schlüssel gegeben hatte. Ich musste mit ihr reden über Abschied.

Anna setzte sich neben die alte Frau auf die Bank.
„Es geht um Abschied", sagte sie.
„Ich weiß", antwortete Asgard, mit der ihr eigenen ruhigen, sanften Stimme, die wie ein Fluss die Worte trug. Sie sagte es so, als hätte sie es immer gewusst, aber nie etwas gesagt.
Die alte Frau hob den Kopf, zog ihr wollenes Schultertuch gerade und zeigte auf die Pferde: „Guck, sie wissen, dass der Frühling naht, auch wenn es noch kühl ist. Im März kündigt sich das Leben an."
Anna blickte hinüber zu den beiden Braunen, die ihre Köpfe aneinander lehnten.
„Ich habe Angst Abschied zu nehmen. Darum bin ich immer gereist. Bis es nicht mehr ging."
Asgard lächelte leise. Anna war reifer geworden in den letzten beiden Jahren. Nachdenklicher. Tiefer. Sie hatte innehalten gelernt. Die alte Frau betrachtete ihre Schuhspitzen, die von einer dünnen Sandschicht überzogen waren. Als sie Anna zuhörte, war es, als hörte sie sich selbst zu.

„Ich reiste um die Welt, weil ich zu Hause ankommen wollte. Ich suchte das Zuhause in der Ferne, denn mein Zuhause war in dem Moment verschwunden, als meine Mutter verschwunden war. Wie alle Menschen hatte ich die Sehnsucht anzukommen, da bleiben zu können, und die ständige Bewegung des Reisens war eigentlich Ausdruck meiner Sehnsucht nach einem Zuhause. Als ich auf einmal nicht mehr reisen konnte, war ich gezwungen, das Zuhause hier zu suchen. Hier, wo ich war. Dort, von wo ich immer geflohen war. Das war verdammt schwer auszuhalten, aber ich hatte keine Wahl mehr. Das Leben warf mich auf mich selbst zurück, es schnitt mir die Fluchtwege ab, und nie zuvor hatte ich mich so nackt gefühlt, wie zu dem Zeitpunkt, als ich merkte, dass ich nicht mehr reisen kann."

So viel hatte die junge Frau noch nie gesprochen. Asgard schwieg. Asgard konnte berühren, ohne anzufassen.

Nach einer Weile sagte sie: „Reisen kann eine Flucht sein oder ein Sich-Verlieren. Wirklich im Außen reisen, tatsächlich im Außen begegnen, können wir nur, wenn wir all dem begegnet sind, was uns in dem Schatten unserer Seele entgegenkommt und was uns an dem verlassenen Ort unseres Selbst zu Tode ängstigt."

Anna weinte. Ganz leise. Ihr liefen einfach die Tränen über das Gesicht. Sie berührte Asgards Nähe und sich selbst. Dann stand sie auf.

Asgard sah sie an und sagte: „Ein neuer Weg beginnt, Anna. Gehe ihn. Und fotografiere sie, deine Angst, deinen Abschied."

Anna verbeugte sich und ging zurück, den einsamen Feldweg entlang, bis zu der blauen Pforte, die leise im Wind hin- und herschwang.

Es war März, fast Frühling.

Abschied schmeckt nach Angst. Nach der Angst sich nie wiederzusehen. Nach der Bitterkeit von Bitter Lemon und von zu früh, gemischt mit der Säuerlichkeit von Zitronen und der Schärfe von Ingwer. Abschied ist der eisige Wind, der durch alles hindurchdringt, gleichgültig, wie warm du dich angezogen hast. Ist der gleißende Blitz, der dir wie ein stechender Schmerz in die Eingeweide fährt, durchzogen von gelben Rissen.
Abschied hat die rauen und scharfen Kanten des ungeschliffenen Metalls. Wenn du nicht vorsichtig bist, verletzt du dich. Es sind die sich entfernenden Schritte, die zufallende Tür. Die Tür, die zu laut zugeworfen wurde, um in der Wut nicht die Angst zu spüren. Davor, dass es für immer sein könnte. Ein zu lauter Knall, der dich zusammenschrecken lässt. Das war Abschied, immer hart, unerwartet, unvorhersehbar.
Abschied könnte der laue Frühlingswind sein, der Blütenstaub mit sich trägt und woanders zu neuem Leben werden lässt. Abschied könnte hellblau sein und Stehenbleiben sein. Abschied könnte Begegnung sein, dunkelwarme Begegnung, mit dem Leben, mit dir selbst. Mit dem Tod. Abschied könnte Ankommen sein. Und weitergehen. Abschied ist eine langsam geschlossene Tür, um dem Frühling zu begegnen.

Ich fotografierte Abschied. Loslassen. Gehenlassen. Zulassen. Ich fotografierte Züge, die aus dem Bahnhof rollten und winkende Reisende. Ich fotografierte auf Parkbänken vergessene Zeitungen und die leeren, ausgetrunkenen Gläser auf den Tischen der Restaurants. Ich fotografierte Umarmungen, Händeschütteln, Sich-Umdrehen, Zurückschauen, Weglaufen, Zurückkehren.
Ich fotografierte in den Himmel steigende Luftballons und die Ferne des Horizonts. Die ausgebrannte Kerze, das erlöschende

Licht. Augen, die aneinander hängenbleiben, wissend, es nicht sagend. Ich fotografierte die ersten Schritte des Kindes und die letzten Schritte des Alten. Das weiße Gesicht der Sterbenden. Die Hand auf dem Türgriff. Ein letztes Mal. Tränen des Abschieds. Und Freude des Abschieds. Ich fotografierte die Gehenden und die Zurückkehrenden. Ich fotografierte Ende und Anfang. Die Ungewissheit. Dunkle Ahnungen. Leise Verzweiflung. Zusammengekauerte Gestalten am Wegrand. Leere Hände. Das Leben ohne Hoffnung. Und voller Hoffnung. Der Moment der Umkehr. Innen. Wenn aus vermeintlich gebrochenen Augen plötzlich Licht erstrahlt und ein Weg zu Ende gegangen wird, statt ihn abzubrechen. Ich fotografierte Linien, die im Nichts enden und Linien, die sich irgendwo wieder treffen.
Nachdem ich tagelang Abschied fotografiert hatte, wie im Rausch, wie besessen, nachdem ich mehrere Nächte kaum geschlafen hatte und zwischendurch für die Lokalzeitung ein paar Fotos gemacht hatte, sonst nichts, begann ich Kreise zu fotografieren.

Ich wusste nicht mehr, wann ich aufgehört hatte, Kreise zu zeichnen und zu vermessen. Das Leben war ein schrumpfender Kreis gewesen. Bis es ein Punkt wurde. Ich hatte den Kreis vergessen. Kreise kann man nicht vergessen. Ich entdeckte nun den Kreis wieder.

Der Punkt, wo sich sterben und geboren werden berühren, wo Ankommen und Weggehen dasselbe sind. Wo Angst und Mut dasselbe bedeuten. Ich fotografierte den schwarzen Kreis vor weißem Hintergrund. Und war angekommen. Nicht mehr. Und nicht weniger.

Irgendwann würde ich zurückkehren. Ans Meer. Nach Australien. Zu meiner Mutter. Nach Zuhause. Ich würde wieder reisen, ich würde die Hoffnung nicht aufgeben, das hatte ich André versprochen.

Mit unruhiger Hand drapierte ich den Blumenstrauß auf dem Esstisch.

„Rosen, chérie“, hatte Sören gesagt, „für diesen Anlass Rosen, gelbe Rosen mit rotem Rand. Wenn dein Galerist kommt und dich besucht, dann nach Frühling duftende Rosen.“

Es war der letzte Donnerstag im März. Kurz vor drei Uhr. Philipp Marquard auf dem Weg zu mir. Mein Herz klopfte. Meinte er es wirklich ernst?

Um drei Uhr klingelte es.

Philipp Marquard lächelte mich an, er hatte einen festen Händedruck und Augen, die wie die Lagunen, die ich in Chile gesehen hatte, leuchteten. In einem jungenhaften, verschmitzten Gesicht, das von lockigen, hellbraunen Haaren umrahmt wurde.

„Frau Svendheim, wie schön.“

Er trug dunkelblaue Jeans, ein weißes Hemd und ein dunkelblaues Leinensakko.

Manchmal sind Menschen wie eine Landschaft. Philipp Marquard war wie eine hellblaue Wüste, schien in eine Weite einzuladen, die mich erfreute und ängstigte zugleich.

Er legte seine schmale Ledertasche auf den Esstisch und öffnete sie, nahm Fotos heraus. Meine Fotos. Er legte sie sorgfältig nebeneinander, symmetrisch angeordnet.

Ferngläser in schwarzen Samt gehüllt. Die Begegnung von Himmel und Meer. Augen, die Geschichten erzählen. Rote Ampeln. Ballons. Sich kreuzende Linien.

Symmetrien des Alltags. Löcher in Wänden. Uhren ohne Zeiger. Offene Türen. Geschlossene Türen. Verfilzte Woll-

knäuel. Vertrocknete Äpfel. Aufbrechende Knospen. Fugen. Sich berührende Hände.
Philipp Marquard sah die Fotos schweigend an.
Gespannt wartete ich, was er sagen würde. Er ging zur Balkontür, sah hinaus, schwieg. Langsam drehte er sich um und kam auf mich zu.
„Es ist unglaublich“, sagte er, „ja, unglaublich. Incredible.“
Er nahm einen Stuhl und setzte sich, betrachtete die Fotos.
„Es ist, als könnten Sie die Seele der Dinge und der Menschen fotografieren. Es sind nicht nur Fotos, es sind Seelenlandschaften. Ich bin beeindruckt.“
Mein Blick wanderte über die Bücherregale an der Wand, über die unzähligen Fotobände, über die Namen der ganz Großen. Henri Cartier-Bresson, Man Ray, André Kertész.
„Sie dürfen nie aufhören zu fotografieren, egal was geschieht“, Philipp Marquard sah mich an, beinahe streng, „niemals. So können nur ganz wenige fotografieren, das ist eine Gabe. – Und Sie können es mir glauben. Ich betreue seit fast zwanzig Jahren große Fotosausstellungen, bundesweit, ich kenne mich aus.“
Ich war sprachlos, konnte kaum lächeln. Kein Zweifel, er meinte es ernst.
„Ihre Fotos sind von einer sprachlosen Stille und tiefen Leidenschaft. Sie vereinigen das Unvereinbare, sind wie Feuer und Wasser. Als würden sich darin die Schwere und die Leichtigkeit des Lebens vereinen. Sehr berührend.“
Ich setzte mich auch. Meine Beine zitterten. Ich konnte nichts sagen. Jemand sah meine Bilder, er sah sie nicht nur an, er sah sie. Das ist vermutlich das, was sich jeder Künstler wünscht.
Und dieser Jemand war nun auch noch Philipp Marquard, einer der besten Fotografiekenner der Gegenwart, wie ich

in der Zwischenzeit im Internet herausgefunden hatte.
Er stand auf, zog eine Zigarette aus einer silbernen Schachtel und deutete auf den Balkon. „Darf ich?“
„Sicher.“
Er ging hinaus, ich hatte Zeit zu verdauen, zum Sacken-Lassen. Als er wieder hereinkam, bot ich ihm etwas zu trinken an. Er ging mit dem Glas umher, blieb vor dem Tisch in der Ecke stehen, auf dem ich immer die Fotos der letzten Tage liegen hatte, um sie noch einmal zu betrachten, um Abstand zu gewinnen und dann auswählen zu können.
„Neu?“
„Ja, die Ergebnisse der letzten Woche. Großes Thema. Viele Bilder.“ Mir fiel es immer noch schwer, vernünftige und zusammenhängende Sätze zu formulieren, ich war so aufgeregt.
„Darf ich sie anschauen?“
Ich nickte.
In seiner ihm eigenen Langsamkeit sah er Foto für Foto an, schwieg. Die Momente des Abschieds. Die Melancholie und das Lächeln. Und der Kreis.
„Ich kann mich nur wiederholen – unglaublich. Welch eine Intensität. Diese Bilder hier müssen mit in die Ausstellung.“
Mir wurde heiß. Es war wirklich, nicht geträumt. Philipp Marquard meinte es ernst.

Es war fast zwanzig Uhr, als Philipp Marquard ging. Wir hatten über seine Ideen und meine Vorstellung gesprochen. Eine Ausstellung in Berlin. An einem bekannten Kunstort. Ich hatte gesagt, dass ich leider nicht dorthin fahren kann. Er hatte geantwortet: „Ich weiß“. Maibrit hatte ihm von meinem Handicap erzählt. Und er hatte hinzugefügt: „Aber Ihre

Bilder müssen in die Welt hinaus, von den Menschen gesehen und berührt werden. Sie werden Ihren Bildern irgendwann folgen. Auch nach Berlin. Und wer weiß, wo sonst noch hin."
Ich freute mich und ich spürte Wehmut. Die erste Ausstellung, und ich würde nicht dabei sein können. Aber Philipp Marquard hatte noch eine Idee gehabt. „Und parallel machen wir hier, wo Sie wohnen, eine Ausstellung, damit Sie die Chance haben zu spüren, wie Ihre Bilder bei den Menschen ankommen, damit Sie dabei sind."
Wir hatten über Konzepte für die Ausstellungen, Formate und Aufbau geredet. Dann musste er zum Zug.
Ich stand auf dem Balkon und sah in den Abendhimmel. Hielt mich am Balkongeländer fest. Ein paar Tage im Kloster. Sörens und Nicks Vorschlag dorthin zu fahren. Wegen der Erschöpfung durch die Angst. Maibrit dort treffen. Und jetzt Philipp. Das Leben war eine Aneinanderkettung von Zufällen, vermeintlichen Zufällen. Wenn ich die Angststörung nicht bekommen hätte, wäre ich nie ins Kloster gefahren. Niemals. War es Zeit, einen tieferen Sinn zu erkennen? Ich wusste es nicht. Ich fühlte mich, als hätte ich mehrere Tüten Brausepulver gegessen. Mein Inneres sprudelte, schäumte, überschäumte.
Ich ging hinein und griff zum Telefon.
„Kann ich vorbeikommen?"
„Chérie, Anna. So spät noch, aber ja, ja natürlich, was passiert?"
„Ja, was Gutes...."
„Dann stell ich schon mal den Champagner bereit.... und sage Nick Bescheid. Bis gleich, chérie..."
Ich packte eine Flasche Wein ein und fuhr los. Ich würde heute feiern müssen. Mit Sören und Nick. Das Leben feiern.

Dahinter begann ein einsamer Weg. Zwischen zwei Feldern zog er sich dahin, ohne dass ein Ende abzusehen war. Anna ging langsam, wie immer. Den Blick in die Ferne gerichtet, als würde sie nach etwas suchen, was schon lange verschwunden war.

Asgard saß aufrecht auf der Bank, die keine Lehne hatte, und betrachtete aufmerksam die Umgebung. Zwischendurch zeichnete sie mit ihren Schuhspitzen etwas in den Sand, was wie ein Alpha aussah, aber vielleicht war es auch ein Omega.

Anna hatte gelernt zu unterscheiden. Zwischen der Pforte, die mit mehr Moos bewachsen und deren Farbe schon fast ganz abgeplatzt war, und der anderen Pforte, die zu dem Weg führte, der mit weißem Sand bedeckt war, und zu Asgard. Zwischen Asgard und Laureen. Zwischen Geduld und Ungeduld.

Laureens Stimme war noch da, nicht verschwunden, aber Anna hatte gemerkt, dass es ihre Entscheidung war, dem Weg zu Laureen zu folgen oder den Weg zu Asgard zu gehen.

Anna setzte sich neben die alte Frau.

„Reiseangst ist eine Form von Höhenangst. Es ist die Angst zu fallen. Nicht in die Tiefe, sondern in die Weite“, sagte Anna.

Asgard nahm Annas linke Hand und legte sie zwischen ihre wettergegerbten, faltigen Hände. Das hatte sie nie zuvor getan.

„Ich bin stolz auf dich.“

Sie schwieg einen Moment. Dann sagte sie:

„Ich weiß um diesen Weg. Ich weiß um seine Schwere und seine Schwierigkeiten. Um das Gefühl es nicht zu schaffen. Aufgeben zu wollen. Um all die Verzweiflung. Um die Erschöpfung. Um das Gefühl, nicht mehr weitergehen zu

können. Es nicht mehr ertragen zu können und nicht zu wissen, woher die Hoffnung noch kommen soll."
Sie hielt inne, holte Luft.
„Aber ich weiß auch, wohin der Weg führt, welch strahlende Kraft aus ihm erwächst und wie tief seine Wurzeln sind. Ich weiß um das Lebensfeuer, das immer schöner und strahlender leuchtet, je weiter man ihn geht. Ich weiß, wie jeder bewusst gesetzte Schritt über eine Grenze, jede Selbstüberwindung, jede Entscheidung für sich selbst, jede Verbeugung vor sich selbst, einen stärker werden lässt, reifer, gelassener. Ich weiß, dass es sich lohnt, dem Ruf der Seele zu folgen. Auch dann, wenn kein Mensch in deiner nächsten Umgebung das zu verstehen scheint. Ich kenne die Einsamkeit und ich kenne das Glück, den wahrhaftigen Weggefährten zu begegnen und gemeinsam mit ihnen ein Stück zu gehen."
Anna schluckte. Zeit zog an ihr vorbei. Lebenszeit. Die letzten Monate, Jahre. Es war, als wäre eine innere Erstarrung in ihr aufgebrochen. Sie spürte wieder Hoffnung.
„Danke, Asgard. Ich danke dir sehr. Es war meine schwerste Lektion auf dieser Reise, meine Grenzen zu achten. Statt sie zu überschreiten. Mich selber zu achten, statt mir selbst Gewalt anzutun. Und mich dem Leben anzuvertrauen."
Sie wollte noch mehr sagen, aber sie konnte nicht.
Asgard lächelte, drückte ihre Hand und ließ sie los. „Gute Reise, Anna."
Anna stand auf und verbeugte sich vor der alten Frau mit dem langen Pferdeschwanz und den leuchtenden blauen Augen und ging los.
Die blaue Pforte hing fast reglos in der Luft. Nur wenn man direkt vor ihr stand, sah man, dass sie leise im Wind schwankte, als würde sie von unsichtbaren Händen bewegt.

Sieben Jahre später

Sieben Jahre ist es her, dass ich auf einer Insel war und der Horizont zu schwanken begann. Dass ich den Boden unter den Füßen verlor und nicht wusste, was das war, bis ich erkannte, dass ich eine Angststörung hatte.
Sieben Jahre später ist nicht alles wieder gut. Oder alles wie vorher.
Ich bin nicht wieder Reisefotografin geworden. Ich reise immer noch nicht wieder um die Welt wie früher. Reisen ist bis heute schwer für mich. Wegfahren, Ankommen, Zurückkommen. Bleiben. Reisen bedeutet heute, dreißig Kilometer in den nächsten Ort zu fahren und dabei Freiheit zu empfinden. Reisen ist für mich heute jede Begegnung, innen oder außen.
Nein, es ist nicht alles gut, aber vieles ist besser.
Meine Angst ist nicht mehr mein täglicher Begleiter, sie lauert nicht mehr hinter jeder Ecke. Ich lebe mein Leben mit der Angst, mit dieser besonderen Angst, die mich mitten aus meinem Leben herausgerissen hatte, als ich glaubte, ich sei glücklich. Ich lebe anders als vorher, als ich um die Welt flog und die Welt für mich keine Grenzen hatte. Ich habe gelernt innezuhalten und zuzuhören. Mir selbst zuzuhören. Still sein. Ich habe gelernt, dass die großen Reisen nicht außen stattfinden, sondern innen.
Nie vergessen werde ich, was es bedeutet, von der Angst verschlungen zu werden. Nie werde ich einfach vorbeigehen können an den Malen, die die Angst in meine Seele gebrannt hat. Nie werde ich das Gefühl vergessen, von ihrem sengenden Feuer verbrannt zu werden und in ihrer eisigen Kälte zu erstarren. Es gibt kein Leben ohne Angst. Ohne Abschied. Aber es gibt die Möglichkeit anzukommen.

Es hat viele Jahre gebraucht, bis ich gelernt hatte, dass die großen Veränderungen in kleinen Schritten geschehen.
Wie lange hatte ich gehofft, dass ich eines Tages aufwachen würde und keine Angst mehr hätte. Oder dass ich eines Tages einfach in einen ICE nach Zürich steigen und plötzlich keine Angst mehr haben würde. Wie oft hatte ich verzweifelt mit der Sehnsucht gerungen, wieder meine Lieblingsziele am Meer zu erreichen. Fast hätte ich dabei nicht gemerkt, dass sich die Veränderung in kleinen Schritten zeigte.
Als ich aufhörte immer soweit zu fahren, bis eine Panikattacke die nächste jagte, bis alles sich drehte und meine Seele und mein Körper sich entzweiten, als ich anders zu fahren begann, änderte sich vieles. Ich lernte meine Grenzen zu achten und zu erkennen, dass Angst nicht erst dann beginnt, wenn heiße Blitze den Körper durchschießen. Ich begann zu lernen, wo Angst anfängt, wie sich das anfühlt. Dann konnte ich soweit fahren, bis die Angst anfing und dort stoppen. Ich begann mich selber wieder zu achten. Und als dieses soweit war, nach vielen Jahren von Vorwärtsgehen und immer wieder Zurückgeworfen-Werden, wurden die vermeintlich kleinen Dinge einfacher. Ich konnte wieder einen längeren Weg durch den Wald gehen, ein kleines Konzert besuchen, zwei Kilometer auf einem fremden Weg fahren, ohne dass ich Angst bekam. Von außen betrachtet schien es vielleicht keine großen Fortschritte zu geben, aber das Wesentliche passierte woanders als auf der Straße.

Ein Horizont geht auf. Der Schmetterling schlüpft. Das Ende einer langen verpuppten Zeit. Ans Licht kommen. Sich zeigen. Es sind langsame Schritte. Ein Gesicht, das sich langsam hebt. Den Blick von den Füßen, vom Boden heben, auf den

Horizont richten. Das erste Mal. Wind, Wasser, Wellen. Dort, wo das Blau des Himmels sich mit dem Blau des Meeres vermischt. Der magische Ort. Zurückkehren. Ich bin zurückgekehrt. Hierhin. Ich bin eine andere geworden. Ich stehe dort, die Dünen im Rücken, das Meer vor mir. Ich habe wieder reisen gelernt. Schritt für Schritt. Nach Hause kommen ans Meer. Sich hinhocken und den Sand durch die Finger rieseln lassen. Es sind lange Jahre gewesen. Es öffnet sich der Horizont. Neuland. Ich reise. Neue Schritte. Manchmal kehrt man an denselben Ort zurück und ist ein anderer Mensch geworden. Ich wusste es nicht, als ich ihn das letzte Mal verließ. Wusste nicht, wie lange ich warten müsste, ihn wiederzusehen. Trug immer die brennende Sehnsucht nach dem Meer in mir. Ich stehe auf, gehe barfuß. An den Ort, wo das Wasser das Land berührt. Stehen im Wasser. Ich habe so oft davon geträumt, hier wieder einmal zu stehen. Das ist mehr. Mehr als Glück, mehr als Freiheit. Als Erleichterung. Es ist Freude. Und das Lächeln nach langem verzweifelten Kämpfen. Das Wissen, hier zu stehen und zu spüren. Zurückgekehrt. Nach Hause. Ich verbeuge mich vor den blauen Fluten. Vor dem Leben. Und vor mir. Manchmal kann man nicht einfach zurückkehren. Manchmal muss man warten, kämpfen, aufgeben, vertrauen, warten, verzweifeln, weitergehen. Und irgendwann doch ankommen. Zurückkehren. Ich lächele dem Horizont zu. Und dem Wind, der vom Meer weht und mir eine kleine weiße Feder zuträgt, die in meiner offenen Hand landet. Neuland.
Neuland hat die Quersumme sieben.

Danksagung

Der Weg zu diesem Buch war ein langer, nie gerader, oft verwirrender Weg. Dass dieser Roman fertig geworden ist, dazu haben einige Menschen beigetragen, denen ich an dieser Stelle von Herzen danken möchte.

Vor allem möchte ich meinen großartigen LeserInnen und ZuhörerInnen danken, die mir durch ihre tollen Rückmeldungen zu meinen vorigen Büchern, zum letzten Roman, meinen Texten, immer erneut Mut gemacht haben, auch dieses Buch zu schreiben und zu vollenden. Das Lob der LeserInnen bedeutet mir sehr viel, da ich für sie schreibe. Danke für Eure Worte, Mails, das Ausdrücken Eurer Begeisterung für meine Werke, mein Schreiben. Ohne Eure Begeisterung wäre es noch unendlich viel schwerer, diesen Weg zu gehen. Ich hoffe, dass Ihr Euch auch in diesem Buch wiederfinden und einen Ausdruck dafür entdecken könnt, was Euch in Euren Seelen bewegt und berührt.

Ungefähr sieben Jahre habe ich an diesem Buch gearbeitet. Sieben Jahre Schreiben und Leben, eine Zeit, in der diese Menschen wichtig waren:

Ich danke

- meinem wunderbaren Verleger für seine Offenheit und sein Engagement – danke, Werner.
- meinem langjährigen Begleiter und meinem Kampfkunstlehrer, Sabom nim Sven A., für seine Geduld, die hilfreichen Impulse und die Herausforderungen,
- Hannelore T. für ihre Begleitung und dafür, dass sie immer an mich geglaubt und mir Mut gemacht hat, neue Wege zu gehen,

- meinem Partner Matthias, der mir zur Seite stand und steht, dem ersten Kritiker meiner Bücher, für seine Offenheit für meinen literarischen Weg und sein Verständnis, wenn mitten im Urlaub ein Kapitel geschrieben werden muss,
- meinen wunderbaren SchreibschülerInnen, die mit so viel Hingabe und Begeisterung bei mir das Schreiben lernen und von denen ich immer erneut auch so viel lernen kann,
- meiner inneren Stimme, die mir gesagt hat, über dieses Thema einen Roman zu schreiben,
- Randolph P. dafür, dass er es geschafft hat, neue Perspektiven in mir zu wecken, der für viel frischen Wind sorgt, und dafür, dass er mir mit seiner zupackenden Direktheit so viel zumutet und zutraut,
- Bernhard S. für das Berühren des Niemandslandes in meiner Seele und viel Raum dazwischen,
- Christian E. für ebenfalls viel frischen Wind und erfrischende Klarheit,
- Michaela R. für ihren wunderbaren Unterricht, der mir ein großes neues Land eröffnet hat und mir gezeigt hat, was noch alles möglich ist,
- Luna W. für ihre Intuition, ihre liebevolle Art und das Erinnern an die uralten Wurzeln,
- Sabine J. und Friederike E. für die wertvollen Hinweise und Korrekturen,
- dem Leben.